主編：陳大為、鍾怡雯

華文小說百年選

臺灣卷

壹

編輯體例

一、時間距度：以一九一八年為起點，到二〇一七年結束。

二、地理範圍：以臺灣、香港、馬華、中國大陸等四個創作質量較理想，而且學術研究成果已具規模的華文文學區域為編選範圍。歐美、新加坡等東南亞九國的華文文學，不在選文範圍內。

三、選文類別：以新詩、散文、短篇小說為主，在特殊情況下，節錄長篇小說當中足以反映全書敘事風格，而且情節相對獨立的章節。

四、編選形式：以單篇作品為單位，透過編年史的方式，讓不同時代作品依序登場，藉此建構一地文壇的百年文學發展脈絡。百年當中，總會有幾個時期的整體創作質量，或直接受到政治局勢左右，或受二戰的戰火波及，而導致嚴重的崩壞；但也總會有那麼幾個時代人才輩出，而且出版業興盛，每個「十年」（decade）的選文結果因此不盡相同，不過至少會有一兩篇重要的作品負責呈現那個「十年」的文學風貌，或文學浪潮。在此一理念下建構起來的百年文學地景，應該是相對完善的。

五、選稿門檻：所有入選作家必須正式出版過至少一部個人作品集，唯有發表於一九五〇年以前的部分單篇作品得以破例。

六、選稿基礎：主要選文來源，包括文學大系、年度選集、世代精選、個人文集、個人精選、期刊雜誌、文學副刊、數位文學平臺。至於作家及作品的得獎紀錄、譯本數量、銷售情況、點閱與按讚次數，皆不在評估之例。

七、作家國籍：華人作家在過去百年因國家形勢或個人因素，常有南遊北返，或遷徙他鄉的行述，部分作家甚至產生國籍上的變化。在分卷上，本書同時考慮「原國籍」、「新國籍」、「異地定居」、「長期旅居」等因素（不含異地出版），彈性處理，故某些作家的作品會分別出現在兩個地區的卷次。

目次

總序

華文文學・百年・選

《華文文學百年選》是一套回顧華文文學百年發展的大書，書名由三個關鍵詞組成，涵蓋了全書的編選理念。

先說華文文學。在中港臺三地以外的華人社會，華文是一顆文化的種籽，從華文小學到華文中學，從華語到華文課本，「華」字的存在跟空氣一樣自然，一般百姓不會特別去思量它的命名有何不妥。華語文不但區隔了在地的異族語文，其實也區隔了文化中國這個母體，它暗示了一種「海外」獨有的、在地化的「非純正中文」或「非純正漢語」，日子久了，發酵成像土特產一樣的腔調。

在一九八〇年代進入中國學術視域的「華文文學研究」，不包括中國大陸的境內文學，因為那是「中國文學研究」，臺港澳文學後來跟海外華文文學融為一體，統稱為華文文學。當時臺灣學界不重視這個領域，命名權自然被中國學界整碗端去，先後成立了研究中心、超大型國際會議、專業學術期刊，甚至主動撰寫各國文學史，由此架設起一個龐大的研究平臺，「世界華文文學」遂成囊中之物。華文文學自此獲得更多的交流與關注，學科視野變得更為開闊，我們對東南亞華文文學的研究，確實獲利於此平臺，中國學界的貢獻不容抹煞。不過，「海外」華文文學詮釋權旁落的問題十分嚴重，除了馬華文學有能力在一九九〇年代奪回詮釋權，其他地區至今都沒有足夠強大的本土研究團隊跟中國學界抗衡，發不出自己的聲音。世界華文文學研究平臺，是跨國的學術論壇，也是話語權的戰場。

近十餘年來，有些學者覺得華文文學是中共中心論的政治符號，必須另起爐灶，重新界定了「華語語系文學」，它的命名過程很粗糙且漏洞百出，卻成為當前最流行的學術名詞。它建基於學理和心理上的「雙重反共」，在本質上並沒有改變任何東西，沒有哪個國家或地區的華文文學創作和研究從此改頭換面。

再度把鏡頭轉向廿一世紀的中國大陸，情況又不同了。原本屬於海外華人專利的「華語」，被中國民間商業團體改了體質，撐大了容量，成了現代漢語全球化的通行證，華語吞噬了漢語的概念版圖，一個懷抱天下的「華語世界」在中國傳媒界裡誕生。其中最好的例子是「華語電影傳媒大獎」（十七屆）、「華語音樂傳媒大獎」（十七屆），和「華語文學傳媒大獎」（十五屆），全都是包含中國在內的影音文學大獎；如果再算上那些五花八門的全球華語詩歌大獎，即可發現華語在非官方的日常使用領域中，正逐步取代漢語或普遍話，尤其在能見度較高的國際性藝文舞臺。

我們以華文文學作為書名，兼取上述華文和華語的慣用意涵，把中國大陸涵蓋在內（一如我們主辦的「亞太華文文學國際學術研討會」），強調它的全球化視野。這種視野同樣體現在馬來西亞「花蹤世界華文文學獎」（九屆），卻在臺灣逐步消失。這鎖國多年的結果，曾為全球華文文學中心的臺灣離世界越來越遠。

這套書的最大編選目的，不是形塑經典，而是把濃縮淬取後的華文文學世界，以編年史的形式帶進臺灣書市，學生和大眾讀者可以用最小的篇幅去了解華文文學的百年地景——展讀中國小說家如何歷經五四運動、京海之爭、十年文革、文化尋根，和原鄉寫作浪潮的衝擊，如何在新世紀開創武俠、科幻、玄幻小說的大局；或者細讀香港文人從殖民到後殖民，從人文地誌到本土意識的敘述；以及歷代馬華作家筆下的南洋移民、娘惹文化、國族政治、雨林傳奇。當然還有自己的百年臺灣文學脈動。

現代百年，真的是很長的時間。

這百年的起點，有幾種說法。在我們的認知裡，現代白話文的源頭來自白話漢譯《聖經》及晚清傳教士的衍生寫作，當時有些讚美詩的中文／中譯，已經是相當成熟的「歐化白話」，胡適不過借用現成的歐化白話來進行新詩習作，從這角度來看，《嘗試集》比較像是一筆重要的文學史料或遺產。真正對中國現代文學寫作具有影響力並產生經典意義的，是一九一八年魯迅發表的〈狂人日記〉，此文正式揭開中國現代文學乃至全球現代漢語寫作的序幕，是歷久不衰的真經典。故本書以一九一八年為起點，止於二〇一七年終，整整一百年。

百年文學，分量遠比想像中的大。

我們在過去二十年的個人研究生涯中，花了一半的心力研究中國當代小說、散文和詩歌，另一半心力則投入臺灣、香港、馬華新詩及散文，有關新加坡、泰國、越南、菲律賓的研究成果不及一成，北美和歐洲則止於閱讀。上述研究成果，以及我們過去編選的二十幾冊新詩、散文、小說選，都是這套大書的基石，編起來才不致於太吃力。經過一番閱讀與評估，我們認為只有中、臺、港、馬四地的文獻資料是相對完整的，文學史的發展軌跡十分清晰，在質量上足以獨自成卷，而且我們長期追蹤它們的發展，不時選取新近出版的佳作來當教材，比較有把握。歐美的資料太過零散，東南亞其餘九國都面臨老化、斷層、衰退的窘境，即使有很熱心的中國學者為之撰史，甚至編選出文學大系，但質量並不理想。我們最終決定只編選中、臺、港、馬四地，所以不冠以世界或全球之名，只稱華文文學。

最後談到選文。

每個讀者都有自己的好惡，每個學者都有自己的一部（沒有寫出來的）文學史，大家總是對別人編的選集產生異議。文學本來就是主觀的。為了平衡主編自身的個人口味與好惡，我們初步擬好隱藏其後的文學史發展架構，再從各種文學大系、年度選集、世代精選、選出部分被各地區的主流論述認可的經典之作；接著，從個人文集與精選、期刊雜誌、文學副刊、數位文學平臺，挖掘出能夠跟前者並肩的佳作。我們既選了擁有大量研究成果的重量級作家，和中流砥柱的實力派，同時也選了被主流評論忽略的大眾文學作家與文壇新銳。在同水平作品當中，我們會根據教學經驗挑選一些適合課堂討論，或個人研讀與分析的作品。至於作家的得獎紀錄、譯本數量、銷售情況、點閱與按讚次數、意識形態、族群政治等因素，皆不在評估之例。

編這麼一套工程浩大的選集，確實很累。回想埋首書堆的日子，其實是快樂的——重溫了一路陪伴我們成長的老經典，發現了令人讚歎的新文章。我們希望能夠把多年來在教學和研究方面累積的成果，轉化成一套大書，它即是回顧華文文學百年發展的超級選本，也是現代文學史和創作課程的理想教材，更是讓一般讀者得以認識華文文學世界的一流讀物。

陳大為、鍾怡雯

二〇一八年一月八日　中壢

時間刻度裡的故事

「二十世紀臺灣文學史」是我非常重視的課，隔年輪開，課很重，也不好教。此課的開端是論戰，用論文來講述各派文人的學理纏鬥與相互踐踏，其實挺枯燥，得花上極大的心力才能講得生動一些，但也有限。

每開一次課，新舊文學的戰火就從五四往臺灣本島漫延一次，點燃這片燎原之火的是張我軍，他大力主張沿用五四樣式的白話中文，並且用一部《亂都之戀》（一九二五）來實踐了他的理論。這本詩集揭露了一個現象：白話中文創作在日據臺灣的教育條件和社會氛圍底下，有相當大的實踐難度。在一九二〇年代登場的臺灣現代中文小說，除了面對白話中文的語言考驗，還得肩負民族思想啟蒙的先鋒大任。不管是抵抗殖民政權、鼓吹民族自決、提倡新文化，都是富有改革意識的寫作，讀這時期的小說，彷彿讀到大時代的縮影，以及開疆闢土的語言。賴和發表於一九二六年的處女作〈鬪鬧熱〉和〈一桿「稱仔」〉，正是這時期的代表作。

有了這樣的小說，文學史才能有血有肉的活了起來。

我總覺得，要讓學生了解日據臺灣的時代氛圍，記住它的人文精神，不能透過高硬度的學術論述，那些學理運作和分析會逐年淡忘，唯有小說，唯有細讀〈鬪鬧熱〉和〈一桿「稱仔」〉，日據臺灣的反殖民印象方能在腦海裡留存久遠，而且是非常生動的，充滿文學史論述所缺乏的生活細節，還有那個時代說話的方式和聲音。這種記憶是活的，可以隨時再提取出來，成為演講或討論的內容。當時我就想：這門課需要一部隱含文學史發展軌跡的臺灣百年小說選，其中有部分小說可以跟文學史論述並肩而行。

成書之際，我們選擇〈鬪鬧熱〉作為全書的開卷之作，主要是它比較內斂，並沒有直接暴露出反殖民的意圖，而是經過一層又一層的鋪設，讓讀者自行思索箇中的題旨，讀起來比較有味道，儘管賴和的白話中文還不是那麼的成熟，但在當時仍是頂尖的。在沉重的大歷史之外，一定要有個人的小故事，翁鬧在一九三七年發表的〈天亮前的愛情故事〉（日文版原題〈夜明前戀物語〉），即是一篇惡魔主義的頹廢寫作，透過意識流手法帶領飽受震撼的日據讀者深入其內心情慾世界，是多麼大膽的小說。當時的小說家免不了會從日本文學汲取迷人的文學養分，以日文創作，再由後人譯成中文。這也是日據小說的一項特質。我們選的第三篇日據小說是吳濁流〈先生媽〉，發表於一九四四年，不慍不火的敘述恰如其分的批判了當時的皇民化政策，甚至把文學史課堂必定討論的元素，全寫進小說裡去了，簡直是活教材。即便從單純的小說閱讀心態來看，也很動人。

日據小說的數量沒有很多，我們收錄三篇，每個十年（decade）一篇，借此管窺一九二〇至一九四〇年代的臺灣。

國民黨政府在一九五〇年代開始壓制日據時期的歷史記憶，從國民的文化生活到教育思想，當然也包括文學，特別是左翼色彩較重的小說家，賴和、吳濁流、巫永福、楊守愚、楊逵等人都受到壓制，本土小說創作面臨了嚴重的斷層危機。在低氣壓的環境裡，曾經旅居北平的臺籍小說家鍾理和，在一九五九年發表了〈蒼蠅〉，以幽微的感官表述處理了愛情意識，其語言表現較之前輩更上層樓，但它跟當時主流反共文學無關。反共小說寫得較出色的大多是長篇，好的短篇難尋。同年，曾經定居北平二十七年的臺籍作家林海音發表了〈驢打滾兒〉，翌年結集出版《城南舊事》。故事寫的是民國時期的北平，但跟反共扯不上關係。

我特別喜歡《城南舊事》，喜歡書裡的每一篇小說，反反覆覆的讀。也許是自傳體小說的緣故，林海音講述的北平童年舊事，聲音極富滲透力，看似平平無奇的人物舉止言談，卻營造出無隔閡的閱讀效應，輕易虜獲讀者的心。更厲害的是：她重新命名了北平時期的城南，到了廿一世紀還統治著它，不管近年有多少新撰的城南主題書籍面世，都籠罩在她充滿魅力的文字底下。且說這篇〈驢打滾兒〉，根本沒用上前衛的西方小說技巧，亦無微言大義，字字句句信手拈來，故事說得自然又踏實。故事的最後，讀到小英子目送宋媽坐著驢車遠去，那幅雪中趕驢的畫面真的很難忘卻，它輾碎了反共文藝的樊籬，告訴我們在那個刀光劍影的時代有更值得一讀的經典小說。

一九六〇年代以後，隨著各種社會思潮的興替、西方文學理論的輸入，臺灣小說的技巧與風格越來越多元，我們可以在近六十年來臺灣文學史的不同時間點，幫這些——北國原鄉、臺灣鄉土、現代主義、後設實驗、女同情慾、歷史傷痕、眷村歲月、西夏傳說、南洋故事、荒野怪譚、前衛武俠、政治科幻、虛擬都市、新興鄉土——小說找到所屬的位置。它們身上分別帶著某個時代和世代的胎記，小說本身就是不同時間裡的故事，很容易辨識。

我不準備再每個十年講述一段，朱西甯、王尚義、白先勇、黃春明、李永平、蘇偉貞、張貴興、王湘琦、朱天文、賀景濱、朱天心、郭箏、陳雪、陳淑瑤、郝譽翔、張耀升、駱以軍、吳敏顯、楊富閔、黃錦樹、王定國、蔡素芬、阮慶岳，這些頂尖小說家都是大家非常熟悉的，但作為一部百年小說選，除了編年史架構之外，必有不同之處，最後還是要提一提。

臺灣是華文短篇科幻小說的重鎮，我們選了兩篇科幻小說，一是張系國發表於一九八〇年的〈銅像城〉，華文科幻的必讀經典；一是相隔三十年後張經宏的〈出不來的遊戲〉，新世紀的接脈力作；從銅像的政治寓意到走不出來的電玩人生，可窺見軟科幻在選題上的世代變化。我們也選了二〇一四年的短篇武俠〈晚年〉，逐年老化的大俠肉體，殘酷地顛覆了武俠小說的老套路，沈默是新世紀華文武俠的頂級高手，寫了多部震撼力十足的系列長篇。最終必須提到的是司馬中原，正是家喻戶曉的司馬中原，我們不選他大氣磅礴的英雄傳奇，另挑了一篇跟殭屍有關的〈火葬〉，發表於一九七〇年，此文從敘事語言、人物對白，到既合理又匪夷所思的情節變化，無不充盈著一代說書大師的神采。這是很本色的小說，把一個故事講好，是非常重要的。同理，一部百年小說選除了要具備文學史和時代思潮的背景定位，還得編得精采，好讀，耐讀。我們深信這三十二篇貫穿百年時光的臺灣小說，將帶來無窮的閱讀樂趣，也讓整個華文世界的讀者看到臺灣的小說魅力。

陳大為

二〇一八年一月八日　中壢

拭過似的、萬里澄碧的天空，抹著一縷兩縷白雲，覺得分外悠遠，一顆銀亮亮的月球，由著淺藍色的山頭，不聲不響地，滾到了天半，把她清冷冷的光輝，包圍住這人世間，市街上罩著薄薄的寒煙，人家屋簷的天燈和電柱上的路燈，通溶化在月光裡，寒星似的一點點閃爍著。在冷靜的街尾，悠揚地幾聲洞簫，由著裊裊的晚風，傳播到廣大空間去，似報知人們，今夜是明月的良宵。這時候街上的男人們，似皆出門去了，只些婦女們，這邊門口幾人，那邊亭仔腳幾人，團團坐著，不知談論些什麼，各個兒指手畫腳，說得很高興似。

有一陣孩子們，哈哈笑笑弄著一條「香龍」，由隘巷中走出來，繞著亭仔腳柱，繞來穿去。

「厭人，」一婦人說，「到大街上玩去罷，那邊較鬧熱。」

孩子們得到指示，嘻嘻譁譁地跑去。

「等一等，」一個較大的孩子說：「我去拿一面鑼來。」

「好，好，趕快來。」孩子們雀躍地催促著說。

ㄎㄢ！ㄎㄢ！ㄎㄢ！銅鑼響亮地敲起來。

「到城裡去啊！」有的孩子喊著。

「好好，去去啊！」「來來！」走在前頭的孩子喊。

一陣吶喊的聲浪，把他們一起捲下中街去。

過了些時，孩子們垂頭喪氣跑回來，草繩上插的線香，拔去了不少，已不成一條龍的樣子，鑼聲亦沒有聲息，有的孩子不平地在罵著叫喊著。

「鬧出什麼事來？」有些多事的人問。

「被他們欺負了，他媽的！」孩子們回答著，「把我們龍的頭割去！」

「汝們吵鬧過人家罷？」有人詰責著問。

「沒有！我們一些兒沒有。」孩子們辯，「我們在空地上，他媽的不明不白的受過他們一頓罵！」

「那邊有些人，本來是橫逆不過的。」又一人說。

「蹧躂人！」又有人不平地說，「不當讓他便宜。」

「孩子們的事，管他則甚？」有人不相關地說。

一時議論沸騰起來，街上頓添了一種活氣，有人說：「十五年前的熱鬧，怕人都記不起了，再鬧一回亦好。」有人說：「要命，鬧起來怕就不容易息事。」

明月已漸漸斜向西去，籠罩著街上的煙，迷濛地濃結起來，燈火星星地，在冷風中戰慄著，街上布滿著倦態和睡容，一絲絲的霜痕，透過了衣衫，觸進人們肌膚，在成堆的人們中，多有了袖著手、縮著頸、聳著肩、伸著腰、打呵欠的樣子了。議論已失去了熱烈，因為寒冷和睡眠的催促，雖未見到結論，人們也就散去。

隔晚，那邊也有一陣孩子們的行列，鬧過別一邊去，居然宣布了戰爭，接連鬥過兩三晚，已經因著「囝仔事惹起大人代」。一晚上一邊的行列，被另一邊阻撓著，因一邊還都屬孩子，擋不住大拳頭，雖受過欺負，只有含恨地隱忍著。——像這樣子，保不定不鬧出事來，遂有人出來阻擋，鬧熱也就半路上結局了。

一邊就以為得到了勝利——在優勝者地位，本來有任意凌辱壓迫劣敗者權柄。所以他們不敢把這沒出處的威權，輕輕放棄，也就忠實地行使起來。可不識那就是培養反抗心的源泉，導發反抗力的火線。一邊有些氣憤不過的人，就不能再忍住下。約同不平者的聲援，所謂雪恥的競爭，就再開始。——一邊是抱著滿腹的氣憤，一邊是「儉腸捏肚也要壓倒四福戶」的子孫，遺傳著有好勝的氣質。所以這一回，就鬧得非同小(俗謂發狂)可(俗謂狗)了。但無錢本來是做不成事，就有人出來奔走勸募。雖亦有過人反對，無奈群眾的心裡，熱血正在沸騰，一勺冰水，不是容易就能奏功，各要爭個體面，所有無謂的損失，已無暇計較。一夜的浪費將要千圓。又因接近街的繁榮日，一時看熱鬧的人，四方雲集，果然市況一天繁榮似一天。

在一處的客廳裡，有好些個等待看鬧熱的人，坐著閒談。

「唉！我記得還似前天，」甲微喟地道，「怎麼就是十五個年。」

「歲月真容易過！」乙感嘆著說，「那時代的頭老——醉舍，已經財散人亡，現在想沒得再一個，天天花費三兩百塊，不要緊的喲。」

「實在無意義的競爭——胡鬧，」丙喝過茶慢慢地說，「在這時候，大家救死且沒有工夫，還有空兒，來浪費有用的金錢，實在可憐可恨，究竟爭得什麼體面？」

「樹要樹皮，人要面皮，」甲興奮地說，「誰甘白受人家欺負，不要爭一爭氣，甘失掉了面皮！」

「什麼是面皮？」丙論辯似的說，「還有被人家欺辱得不堪的，卻自甘心著，連哼的一聲亦不敢，說什麼爭氣，孩子般的眼光，值得說什麼爭面皮！」

「現時還算比較好些，」一個有年紀的人，阻斷爭論，經驗過似的鄭重說，「像日本未來的時，四城門的競爭，那就利害啦！」

「什麼樣子，那時候？」一個年輕的稀奇地問。

「唉！」老人感慨地說，「那時代，地方自治的權能，不像現時剝奪得淨盡，握著有很大權威，住在福戶內的人，不問是誰，福戶內的事，誰都有義務分擔，有什麼科派捐募，是不容有異議，要是說一聲不肯，那快就不能住這福戶內，所以窮的人，典衫當被，也要來和人家爭個臉皮。」

「聽說有一椿可憐可笑的，」乙接嘴著說，「西門那個賣小點的老人，五十塊的老本和一圈豚，連生意本，全數花掉，還再受過全街的笑話。」

「實在也就難怪，」甲吐出一口飽吸過的香菸，在菸縷繚繞的中間，張開他得意的大口，「前回不是因得到勝利（他一人的批判），所以那邊的街市，就發達繁昌起來，某某和某某，不是皆發了幾十萬，真所謂狗屎埔變做狀元地。」

「就說不關什麼，」一位像有學識的人說，「也是生活上一種餘興，像某人那樣出氣力的反對，本該挨罵。不曉得順這機會，正可養成競爭心，和鍛鍊團結力。」

「這回在奔走的人，」乙說，「不是有學士、有委員、有中等學校卒業和保正，不是皆有學問有地位的人士，他偏說這種舉動是無知的人所做的，要賣弄他自己的聰明。」

「聽說市長和郡長，都很贊成，」乙說，「昨晚曾賜過觀覽，在市政廳前和郡衙前，亦放不少鞭炮，在表示著歡迎。」

「那末汝以為就無上光榮了？」丙可憐似的說。

「能夠合官廳的意思，那就……。」甲說，「他媽的，看他有多大力量能夠反對！」
「聽說有人在講和，可能成功嗎？」老人懷疑地問。
「他媽的，」甲憤憤地罵，「花各人自己的錢，他不和人家分擔，不趕他出福戶去，也就便宜，要硬來阻礙鬧人家的興頭，他媽的！」
…………
「明夜沒得再看啦！」纔進屋子來的一個人說。
「什麼被他勸說過嗎？」丙驚疑地問，「聽說某某的奔走，已不成功了，怎麼樣就講和？」
「人們多不自量，」進來那人說，「他叩了不少下頭，說了不少好話，總值不得市長一開口，他那麼盡力，不能成功，剛纔經市長一說，兩方就各答應了。」
「怎麼就這樣容易？」丙說，「實在想不到！」
「因為不高興了。」那人道，「在做頭老的，他高興的時候，就一味地吶喊，現在不高興了，就講和去。」
「下半天的談判，不是誰都很固執嗎？」丙說。
「死鴨子的嘴巴，」那人說，「現在小戶人家已負擔不起，要用到他們做頭老的錢了。還有不講和的，不過嘴裡……」

「早幾點鐘解決，一邊也就可節省幾百塊，」乙說，「聽說路關鐘鼓，已經準備下，這一筆錢就白花的了！」

「我的意見，」丙說，「那些富戶家，花去了幾千塊，是不算什麼。他們在平時，要損他一文，也是不容易，再鬧下去，使勞動者們，多得一個賣力的機會，亦不算錯。」

「汝還有算不到，」老人說，「只抵當賓客的使費，在貧家，也就不容易，一塊錢，現在不是糴不到半斗米？」

「他媽的，老不死的混蛋！」甲總不平地罵。

鬧熱來到了，街上的孩子們在喊。這些談論的人，先先後後，亦都出去了，室裡頭只留著茶杯茶瓶菸草火柴在批評這一回事，街上看鬧熱的人，波湧似的，一層層堆聚起來。

翌日，街上還是鬧熱，因為市街的繁榮日，就在明後兩天。——人們的信仰，媽祖的靈應，是策略中必須的要件；神輿的繞境，旗鼓的行列，是繁榮上頂要的工具——真的到那兩天，街上實在鬧熱極了。第三天那些遠來的人們，不能隨即回家，所以街上還見得來往人多，一到夜裡，在新月微光下的街市，只見道路上，映著剪伐過的疏疏樹影，還聽得到幾聲行人的咳嗽和狺狺的狗吠，很使人戀慕著前幾天的鬧熱。

作者簡介

——賴和（1894-1943），一生剛好橫跨日本殖民臺灣五十年。本名賴癸河，一名賴河，出生彰化，筆名有懶雲、甫三、安都生、灰、走街先等。日據時代臺北醫學校出身，懸壺濟世，並參與臺灣新文化運動反抗日本殖民統治，曾二度入獄。先生行醫之餘，多從事文學，並以白話漢文創作小說而盛名垂世，號稱「臺灣新文學之父」。

天亮前的愛情故事

翁鬧

一

我想戀愛，一心一意只想戀愛。為了愛情，叫我獻出此身最後一滴血、最後一塊肉也在所不辭，因為我相信只有愛情才是令我的身體與精神完足的唯一軌跡——我偏不說是奇蹟，正是軌跡，因為只有它——只有愛情才能滿足我所祈求的每一個點上的條件，連成全宇宙唯一的一條線——從這個意義上看的話，說奇蹟倒也無妨。跟妳說這些故事之前我得先聲明，請妳千萬要記得我是一個混跡在千萬人當中也不會特別突出的、再平凡不過的人了。現在，就讓我把自己的經歷和想法不誇大也不扭曲地通通告訴妳。

不知道對妳或別人來說如何，至少對我而言，愛情的開頭多半慘痛不已。

有一次，對，大概是十歲左右的時候，我在鄉下的家中看見庭院裡一隻大紅雞冠、雄糾糾的公雞突然張開了一邊的翅膀，用爪子用力撥著院子裡的土。牠維持著同樣的姿勢，緩緩地向院子裡一隻平和地啄著土的白色母雞靠近——我不是出於好奇所以從頭看到尾的，那個光景就這麼偶然地扎進了我的眼膜，但這不是重點——公雞彷彿要證明自己的雄風一般，一步一步地往母雞身旁磨蹭；牠的雞冠直挺挺地立著，顏色更紅了，就好像身體裡的血液瞬間飽漲。你可知道，在那樣的時候，不只是雞，連看著的人都會感到熱血沸騰啊！你別笑！千萬別當玩笑！因為我是一本正經在告訴你這些事的。至於那隻母雞，母雞只是溫順地縮著身體閃閃躲躲；實際上，當那隻公雞電光石火般地猛咬住牠的脖子、想跳到牠身上去時，牠逃走了。牠為什麼逃走？還能為了什麼，不就是因為牠不能開口說不，所以用行動表示的嗎！這麼一來，公雞更加凶暴了，牠像一枝箭直直地往母雞的後頭追去，又以加倍猛烈的動作跳上了母雞的背，像顆子彈般穩穩地嵌在牠的身上。結果如何呢，前一刻還要逃跑的母雞突然放棄抵抗，竟然就將身體弓起來了。接下來發生的事就不提了，也沒有說明的必要了。我突然想，就是這個！就是這個瞬間！人類三不五時地奔波勞碌——說得更白一點，大家整天戴著一副聖人君子的面孔又是買股票、又是生意、又是公司云云地總是轉個不停的原因，想必是預想到了這一瞬間的歡愉，才能那樣義無反顧地汲汲營營吧！你說這想法太乖張？一點也不錯，我就是這樣一個乏味的男子，不過我只是遵守最初和你的約定，把所有的事情原原本本、不假修飾地說出來罷了。我再怎麼笨，也料想得到你在聽我說這些故事之後只會更加確認我是個乖張的人。但是，你要怎麼看我，那是你的自由，完完全全是你的自由，不是嗎？你難道甘心像個呆頭鵝似地讓我干涉你的想法、隨意操縱你的思想嗎？你問我到底在想什麼？不，我沒有什麼了不起的意志，更何況我還有凡事務先尊重別人意向的癖性。雖然自己說來都覺得丟人，但請你相信，我實在是因為太尊重別人的意志，到頭來讓自己連意志這東西也失去了。我願意告訴你這意志喪失的經過，但恐怕開了頭會沒完沒了，所以我還是快往下講吧！不過話又說回來，從我這樣跟你說話便可以知道，我並不算全然喪失意志。這不是笑話。再怎麼說，人總不至於在意志全失的狀態底下還能生存，所以，請你明白像我這樣的人也還殘留著一小片意志，這就夠了。

再回頭說雞的故事吧。牠在我的身體裡種下可怕的思想後，又若無其事地用爪子撥著院子裡的土。說實話，在那之前我還以為嬰兒就像父母親說的那樣是從石縫或頭頂上冒出來的，但我已經知道那沒有道理了。從此以後便持續了一段漫長的暗中摸索，暗中摸索的結果想必你也看出來了，意外一反常態地過早為我帶來了一線光明。你知道香蕉吧？把香蕉放著不管當然也會熟，不過若是想讓它早點成熟，就要每天把它從甕裡拿出來曬太陽，或者把香插在甕裡，這就叫催熟。一經催熟，原來要三週才能熟成的東西只消一週左右就成了。三週和一週，這可是相當驚人的差別呢！我也同樣地在少年時期經歷了反覆不斷的催熟再催熟，因而不由自主地造就出我的老成。這世間若說有哪個少年比我更老成，我是不信的。

在那個犯忌諱的事件之後，我又目睹過不知多少類似的光景。是的，我永遠記得自己十三歲的那年春天，因為順利考上中學，和家母一起往山上去向某一個非常靈驗的神明那裡還願。拜過神明之後，我獨自走到廟埕上。那裡是一片南風習習、春色駘蕩的景致——真只能這麼說了，除了說春天以外沒有別的詞彙可以形容。你問我的出生地？忘了告訴你，我出生在南方的國度。你說你是從北方的雪國來的吧！如果有一天你厭倦了這個都市的生活，想要找個風光明媚的地方去走走，不妨去看看那間廟所在的地方。我站在廟的廟埕上，突然看見兩隻鵝搖搖晃晃地從我的眼前走過，我馬上想到這兩隻鵝一定是一公一母，若非如此絕不可能那麼親熱地走在一起；是的，如果不是一公一母的話，走在一起不可能看起來那麼親睦。接下來的發展就驗證了我的判斷是對的。兩人，不，是兩隻鵝走到了屋簷底下，其中一隻用喙啣住了另一隻的頸子，被啣著的那隻十分溫順地蹲了下來，另一隻就跳到牠的背上去。可是這傢伙不只體型大，還相當笨拙，眼看牠的腳一再打滑，一遍又一遍地從母鵝背上滑落下來。你猜牠摔了幾次？當我發覺應該從一開始就計算的時候，已經數不清牠掉下來多少次了，光是我從半途起算的次數，牠就跌了十九次左右。真是驚人哪！到最後讓看的人都不免為牠著急起來。不過，那光景並不會讓人感覺不舒服，因為那兩隻鵰都流著口水，是真的在流口水，還有……

還有，我可以對你說說更加如癡如醉的那對蝶的故事。那是我中學二年級快要結束、正是十五歲那年的早春，某一天，我正在音樂室彈鋼琴，有一隻翅膀豔麗的鳳蝶從開著的窗戶飛進來，不知怎麼的就掉到了我手指前的鍵盤上。正想用手揮開的時候，我猛然發現那不是一隻，趕緊把手縮了回來。沒錯，那是兩隻蝶像被釘牢了一般、緊緊地黏在一起。這兩隻蝶宛如人酩酊大醉時那樣，晃晃悠悠地顫抖。在那一瞬間，暴虐取代憐憫占據了我的心。我這個人，請聽清楚，從少年時代要過渡到青年的那段時間實在是沒什麼慈悲心腸的，簡直可以用狂暴來形容，能破壞的東西全破壞光了，因為那時，違背我自身意志的另外一個意志在我心底盤據著。「二律背反」這個我至今深信不疑的宇宙定理也毫不例外地在我身上應驗——我生來容易心軟，正因為這樣，我的行為反而加倍地心狠手辣了。我做了一件殘忍的事——我抓起了這兩隻欲生欲死、忘了飛翔的鳳蝶，然後，你猜我做了什麼事？我把這兩隻恐怕雷劈到頭上都分不開的蝶硬生生拉開。本以為輕而易舉，偏偏無論如何都分不開，我於是使勁了力氣扯開牠們，兩隻蝶才分了開來。我把牠們放在鍵盤上，以為牠們大概會自己飛走吧，可是，沒想到牠們不但不離開，甚至益發陶醉似地、劇烈地抖動著小小的軀體和翅膀向對方靠近。你猜猜，我看見這種情景之後使了什麼手段？打死牠們？才不是。真正的凌虐不是執行死刑，而是執拗的拷問，這點我很清楚。我用兩手分別抓起兩隻蝶，一隻往東、一隻往西，看準最遠的距離就朝空中高高地拋出去。啊啊！我的殘虐在這件事上算是極致了吧！你想必不會以為對這等弱小的生物施虐是可以容許的。現在你大概可以瞭解了吧，我這個人，我這個人實在是胡作非為，離經叛道的事樣樣幹得出來。如果你對我有任何看法的話，請特別留意這一點。你問我這兩隻蝶後來怎麼了？那當然是如癡如醉地在被拋出去的空間裡畫著好幾個同心圓打轉，勉強才能畫出方向不定的曲線；有時似乎快要墜地，卻又為了找尋被拆散的對方而拚命地飛了起來。然而，命運畢竟將牠們導向了漸行漸遠的結局，各自都朝相反的方向尋覓著對方。接下來，突然地，兩隻鳳蝶幾乎同時像是從爛醉當中乍然醒來一樣，不再繞圈子，毅然朝相反的方向遠遠地飛走了。我想此後在這個無邊無際的空間裡，牠們應該再也沒有重聚的時候了。

蝴蝶的故事說得有些長了，雖然我還想告訴你那加倍熱烈的豬的故事、更狂野的牛的故事，還有更難言喻的蛇的故事，現在還是作罷了吧！如果你願意的話，我是可以把每一種生物都拿來說一說，比方說那隻蠶……，不，還是就此打住，回到正題上吧！我可以說的故事實在太多了，若要我把某一天某一分鐘內的所見所聞、所思所想全部鉅細靡遺地說出來，起碼要三個月的時間。我沒有那麼多餘裕，你想必也沒有那麼空閒，所以，光是想著該如何把這個已經起頭的故事簡潔地說完，就十足叫我心煩意亂了。

我嘮叨了這麼多無關緊要的小事，其實真正想說的還在後頭；在開始接下來的話題之前，是有必要先說說這些無關緊要的小事的。

二

剛剛也說過，我想戀愛，一心就盼著愛情而已，只有愛情是我唯一的熱切想望。對於我這樣的廢材來說，本來就沒有所謂理想或者希望那種體面的東西，因此我從來也半點沒考慮過什麼名譽、成功或富貴。我唯一的願望，是將自己喜歡的唯一一個女孩、自己所愛的唯一一位女性緊緊地擁在懷裡。是的，那是我全部的願望，一直到現在都不曾改變。啊啊，我所愛的女人啊！我要用盡我胳膊的力氣將她抱緊，貼著她甜美的唇，那麼，當這副身軀與她的肉體合而為一的時候，「我」才終於能夠展現出它完足無缺的容貌！你知道嗎，這個想法一旦在我心底冒了芽，立刻以驚人的速度抽長，不久就在五體當中扎了根。你相信嗎？這個世界不會有像我這樣的偏執狂了，我是真的瘋子，但這是我年少以來的夙願，雖然不值得自傲，也算求仁得仁了。至於我為何變成這樣的人，我想已經不需要多作說明，聰明的你從我剛剛說到的少年時代的環境就可以看出端倪。你覺得很荒唐嗎？可是就我看來，人類思想感情的萌生和發展總有一些荒誕無稽、不正經又瑣碎的事象作起頭，而這個重要得幾乎支配了這個人一輩子的瑣碎事象則必有千萬種可能、人人各不相同。這麼說的話，對於我從離經叛道的圈子裡淬鍊出一個足可謂我的血與肉的價值千鈞的思想來，也不用太大驚小怪，不是嗎？況且，所謂的離經叛道隨著時光推移，可能越來越不像離經叛道呢！

我想要一個愛人，帶著一種苦澀而癡狂的心情想望著。夜裡就寢的時候，我總是道一聲「愛人啊，睡吧！」才躺下的。她沒有名字，不能喚她的名字確實很遺憾，可是別說名字了，我連她在哪裡都不清楚，因為，你看，我與她一面也沒見過啊！有時半夜醒來，在我心底浮現的一定是愛人的面影。雖然我沒見過她，她卻真真切切地站在我的眼前，那恬靜地微笑著彷彿聖女般的姿容清清楚楚地映入我的眼簾。我以虔敬的心情閉上我的眼睛，因為愛人的姿容無比莊嚴，我看得見她的周圍為光所籠罩。我伸出雙手，緊緊地將她抱在懷裡。啊啊！我巨大的女性！我這世上的最愛！我熾烈地吻著我愛人的唇，我的唇熱情地索求著她。我將愛人的全副身體靠著我，胸膛像火燒一般，我對她滿溢的愛甚至使我流下淚來。

請原諒我不知不覺亢奮起來……此刻我的胸膛彷彿就要裂開，你應該也看到了我的筋肉像起痙攣似地抽搐著。在你面前，我才敢厚著臉皮說這些話；換作是別人，我是絕對不會說的，畢竟在別人面前，我絲毫不會有說這些事的心情。請聽我說，在你面前我一點都不在乎自己變成什麼樣子；聽好了，從前我不管遭受到多大的威脅，也不曾像今晚這樣將自己的原形曝露在他人面前，可是你，面善又純潔的你，請看進我的內心深處。我是一隻野獸。如果聖賢之道才是為人之道，我無疑是走上了歧路、活該被瞧不起的存在。你儘管輕蔑我吧，但是千萬別拿我當笑話！野獸可以被看輕，但絕不是應該被嘲笑的對象，畢竟它連值得你一笑的價值都沒有。提到這裡我有個想法，我想啊，如果這地上再次為野獸所據，該有多好啊！我不是期望人類滅絕，請你別動氣，我的意思是希望現在的人類把所有的生活樣式和文化全部忘掉，再一次回到野獸的狀態。說實在的，比如說當我看到那些花幾百圓買來不為保暖，而是掛在肩上給人看的圍脖就感到莫名的嫌惡。從它垂在背上而不是圍在脖子上就可以知道，它在最關鍵的禦寒上起不了任何功能。看見這情景你還能平心靜氣嗎？我簡直想吐。還有，比如那個收音機，這東西實在讓人受不了，不管你走在路上或是坐在室內，那個喋喋不休衝撞你耳膜的噪音是什麼東西！怎麼忍受得了！那東西沒讓人類集體瘋掉才真叫我覺得不可思議。我要是在這個城市裡再住上兩年，肯定要瘋的，這點我十分清楚，所以我打算再過一年，也就是趁我還沒瘋的時候隱居到鄉下去。你說如果連鄉下都聽得見收音機沒日沒夜的播送怎麼辦？當然是搬家了。搬家之後還是一樣的話嗎？你乾脆說這世間都被收音機的聲音充滿的話怎麼辦好了，如果真變成那樣，我是一定會瘋的，只能想到這種結果了。另外，只要一想到那些市區電車、汽車和飛機，我就全身發毛。市區電車那種東西明明就像蛞蝓一樣慢吞吞地貼著地上爬，竟然一下撞車啦，一下又追撞啦，總是在出事，真是太糟糕了。你再想想看這傢伙肚子裡的東西——皺巴巴像醃過的酸梅一樣該進棺材的老太婆、一大早就慘白著臉大打瞌睡的中學生……其他的雜碎就不提了，說也說不完。至於汽車，這傢伙的劣行實在讓人不敢恭維——路已經不寬了，開得那麼快，是要趕著去赴死嗎？迅風那樣——不，用迅風來形容那傢伙是抬舉它了，我要修正說是瘟疫——像瘟疫那樣，颼地掃過你的袖子和衣襬就走了，只留下塵土和不快。真是會讓人短命哪！還有，你說怎麼著，當你刻意閃開來站到路邊去的時候，它又發出尖銳的聲音突然煞車，從窗口探出頭來喊你一聲「大爺！」，遇到這種情形，再怎麼好脾氣的人也會氣得跺腳吧！再來是飛機，早上的新聞才說它飛越太平洋啦，橫越大西洋啦，到了晚上準又有摔下來的消息，哪裡是什麼壯舉嘛！如此種種歸結起來，我更加覺得自己是個不適合生存的人了，真的，打從很久以前我便一點一點地感覺到自己是個不適合生存的人，只是連我自己也不曉得這種感覺會在什麼時候累積到那個會帶來恐怖破滅的極限，只怕就在不遠的將來吧！我的破滅可是和你一點關係也沒有，因為我自己根本也不在乎……

真抱歉，我又岔題了。好像變冷了啊！外頭大概在下雪吧。話說回來，今年反常地一場雪也沒下，明明後天就要迎接基督降生節了呀！對了對了，說到基督降生節，據說我是在節日前一天的大半夜出生的，所以明天可是我的生日哪！你問我幾歲了？啊啊，你問到了我的傷心事，明日午夜，我啊！我就滿三十；後天早上睜開眼，我已經不能不把自己的年齡算作三十一了。今天是我三十歲的最後一天，我差點忘了這件事，現在意外得知這個驚人的事實，我又是歡喜、又是傷心。三十歲！啊啊，我的青春就這麼一去不返了！就這麼消失了！我在這裡就此宣告它的終息。你十八歲是嗎？哦，你為什麼要告訴我呢？你大概想不到你的這一句話如何地刺痛、刨刮著我的胸口，但我要告訴你，你的這一句話已經對準我生命的要害扎進最後一刀。我的青春從此拉下最後的一幕，對我來說，青春不再的人生已經不算是人生了，當我還在你這個年紀的時候我就已經是這麼想的。我還沒把我十七、八歲時候的故事告訴你吧？我本來就想說這個故事的。且聽我娓娓道來。當年，我對戀愛十分憧憬，渴望有個戀人，連在睡夢中也不忘了祈求「我所愛的女子，現身吧！」這是我靈魂的呼喚。如果此時此刻她出現了，我已經準備好用盡我全身全靈的力氣將她擁抱，即使只有一分鐘的時間，不，只有一秒鐘的時間都好，只要在那一秒鐘我的肉體可以與戀人的肉體完全相融、我的靈魂可以與戀人的靈魂完整地契合，我已別無所求、別無所欲，只願「將此身瞬間化為無形」。直到現在，我仍然為了那一秒鐘等得心焦。從前我相信那一秒鐘會在我三十歲以前降臨到我的青春，並且深信不疑，可是如你所見，直到現下此刻它從來都不曾降臨。我對我自己發誓，如果到了三十歲結束的最後那一剎那我還無緣經歷那一秒鐘，我勢必要了結自己的生命、絕對不要再歹活下去。請不要笑！我也知道這聽起來很荒謬，但我只想說一件事，請讓我說吧！我要說，世間所有人，無一例外地正在被比我更愚蠢的念頭所糾纏，尤其在他們拋擲生命的瞬間，若不是愚蠢到了無可救藥的極限，他們是不可能斷然將生命拋卻的。你別誤解，我不是在責難他們，反而要為了這一點對他們心生景仰。如果他們不是那樣地一度岔離他們人生中的常規，我對他們絕不會有半點切膚之情。話再說回來，我的人生規劃就像剛才說的，即將迎向它大團圓的結局；我長久以來的各種演技都要變得空洞而無意義。我不相信在這僅剩的二十個鐘頭內，有可能出現讓它轉為充實而有意義的變化，因為根據那恐怖的蓋然性法則、那直須唾棄的慣性法則，連最小限度的可能性都不會給我。

青春方酣的你！在我精神的內部，就好像芬芳的酒正在變成讓人皺眉的醋酸一樣，我對這人世間的愛也經歷醱酵作用，逐漸變成強烈的憎恨。就算我的人生和青春在悠長的時劫當中幾乎無足輕重，相信我這無限小的憎恨必定會與無限小的憎恨一起對這宇宙施加破壞的作用。

三

話雖如此，其實我也有過幾次戀愛的感覺，遇過一些像是可以成為我戀人的女子。回想起來應該是我中學四年級的晚秋。學校放學後我和朋友一如往常地到公園附近的一家餐館吃天婦羅——我們倆天天到那裡吃天婦羅，從來沒間斷過，一天也沒有！當放學的鈴聲響徹校園的同時，只感覺到天婦羅的香氣一個勁地撲鼻而來，此時如果還有繼續講課的老師，朋友與我就會擠眉弄眼地在肚子裡吐惡言，終於等到起立敬禮完，一溜煙地往外衝。每一次最先衝出去的總是我。等不及老師答完禮，換句話說，老師的頭都還沒抬起來我就先動作，因此我也常常被罰重新敬禮，就是有這麼可惡的老師！我們跑回宿舍丟下書包，雙腳就自動朝賣天婦羅的店走。我和友人的步調不約而同地相當一致，從學校到天婦羅餐館走快些的話來回要三十分鐘，而門禁是五點。我們在校門前碰頭。

「喂，幾點了？」我問朋友。

「整四點半。」朋友說。

「好，走吧！」

大概就是這個樣子。如果離門禁只剩二十分鐘，我們就用跑的；如果連二十分鐘也不到，就只好放棄了，這種時候會採行別的手段──九點熄了燈，當大家都睡了之後，我們再爬牆出去。你知道嗎？夜裡的街道真的好美啊！有一回夜裡從天婦羅店回來的時候，被食古不化的漢文老師發現，託他向校長告的密，我們停學了一個禮拜。那一陣子好開心哪！因為我家就在同一條街上，每天從早到晚我們都是在天婦羅店度過的。這世上的事就是這麼莫名其妙，為了不讓我們吃天婦羅而施加的處罰，卻反倒給了我吃天婦羅的自由。好笑不好笑？好笑的話，放聲大笑也好、隨你高興怎麼樣都好，笑一笑吧！你為什麼不笑呢？吃東西的故事沒意思？那真是可惜了，我還以為吃的話題無窮無盡，你想聽多少我都能說呢！

接著我就來說說我們是怎麼遇見那個彷彿可以作戀人的女子吧！事情經過是這樣的。那是一個週日，我們倆從早就在街上閒晃。我那朋友是個哲學家，對叔本華尤其傾倒，總認為這個世界令人悲觀和嘆息。我嗎？我根本沒在念書，換句話說就是個廢材。當時，我那朋友自己說他正處於一個精神上的轉變期，他對我說：

「我是何等一個傻子啊！從今以後我必不再論道哲學。」他援引了某個哲人的話來說明自己的心境，又說：

「哲學家如身在沃野，嘴嚼乾草。」說畢又補述一句：

「今天起，我要拋棄哲學，開始談戀愛。」

這就是他從哲學家到戀愛家的轉向聲明了。我因為從來沒有什麼學問基礎，二話不說就應聲答道：「那好」，以表支持。朋友陰鬱的臉頓時開朗了，他一直是過著憂悒的日子，因此這個轉變使我大受刺激。我們十分快活，我們跳著華爾滋，那是從街上跳舞的地方偷看來的舞步。我們穿過落葉開始飄起的噴水池公園，朝著最熱鬧的街道走去。那條街上成排都是百貨公司一樣的大商店。我們倆穿著寒傖的制服昂首闊步，當我們來到一家和服店時，忽然見到兩三個女人，還有那個女子正在裡頭買東西。最先發現的人當然是輕佻的我，我那朋友雖然不再當哲學家了，長久以來已經養成了走路只看地面的習慣，好吧！就算他沒盯著地上，美麗的女人也很難清楚地映照進他掛著眼鏡的眼底。我輕輕地碰了一下他的手臂，什麼話也沒說，什麼話也說不出來，因為怕一開口就會被那幾個女人發覺。朋友馬上注意到了，他輕輕笑了一下，突然低聲喊道：

「機會來了！」

我立刻明白了他的意思。我們在路邊的樹蔭底下停住腳，經過五分鐘的商議之後，斷然決定主動出擊。我打前鋒，意氣揚揚地走進和服店，掌櫃的疑神疑鬼地看了我一眼。啊啊！穿制服的中學生為什麼會被人那樣看輕，我到現在仍覺得難以理解。那些店員連一聲「請進」也沒說，但是這也沒什麼大不了的，我們只覺得走進一家女人才會駐足的店有些難為情而已。那幾個女人都回過頭來了，哦！那當中的一個！穿著淡紅色衣裳、年紀不過十八歲的女性！她正是我們夢想中的故事女主角，當我從正面一眼看到她的臉，我便清楚地感覺到了。她有著無比柔美的腰和一雙美麗的腳，我的熱情頓時沸騰到了極點。啊啊！穿制服的十七歲中學生真是可悲啊！

不久，她們走出和服店，我們也跟著走了出去。我們始終隔著十步左右的距離尾隨在後，她們走到哪裡便跟到哪裡，就像兩隻忠實的狗。寒風拂掃過街，街道兩旁的路樹窸窸窣窣地打戰，悄然無聲地落下葉來；落葉隨風舞動了一陣之後，留下淡淡的回音躺在地上。我一路諦聽著自己的心跳，以及大自然所交織出的這些似有若無的聲響——完全不在我的預期之內。對於這個事實，你會不會也覺得很不可思議呢？就是人在最激動的時候，平常無知無覺的這些細微的聲響會在轉瞬之間變成天地間唯一存在的聲音，將我們轄治。

她們走進了一家飾品店。那是一間窄小的店鋪，我們只好在隱約可以看見她們身影的樹蔭下等著她們出來。三位女子經過了頗長的時間之後，終於雙手各拎著滿滿的提袋走出了飾品店。那位美麗的女子站在她們中央一起往前走，然而只有那位美麗的人曾經兩度回過頭來看著我們。我們已經恢復了平靜。她們從繁華的街道逐漸走到僻靜的小路，我們就這麼尾隨了大約半個小時，忽然在行人稀落、路旁成排的房子也將要走到盡頭的地方，她們不見了。就那麼一眨眼的工夫憑空消失了。我的朋友氣得跺腳、拿下眼鏡來擦，但我看見了，我看見淡紅色的衣裳飄動，接著那美麗女子的臉匆匆地看了我們一眼。我告訴朋友我所見到的，他感動得幾乎要掉淚，因為他正好摘下眼鏡才錯過了我所看見的。他慌忙戴上眼鏡，偏偏沒戴好又掉了下來，我就在半空中將眼鏡接住了。我們倆商量過後再次採取行動。女子的家十分清幽，我們茫然地在門檻前呆立了好一段時間。

「有人在家嗎？」出聲的是我的朋友。沒有人應門，頗有進深的院落中傳出一些聲響。

「有人在家嗎？」我重複朋友的話又喊了一聲，然後我們就像善盡了職責似地默默等著。彷彿聽見有人從裡頭走了出來。

「有何貴幹？」那是一個二十五歲前後、體形瘦削的年輕人。

「不，沒什麼事。」我答道。年輕人氣定神閒地走出來，站到我們身旁。他悠閒的神態令我們頓時覺得輕鬆起來。

「不，有事。」我的朋友馬上否定了我的回答。

「什麼事啊？」年輕人一邊笑著，一邊像是對舊識說話般詢問我們。

「呃，剛剛走進貴府的小姐……我想應該是走進貴府沒錯……」朋友一本正經地說。

「喔，確實是進這個門，怎麼了？」

「沒，沒什麼。」我不必要地插嘴道。朋友沒理我，繼續問：

「請問，小姐已經出嫁了嗎？」

年輕人放聲大笑起來。

「不，還沒出嫁，但是明天要嫁人了。你們應該也看到了，今天就是出門去辦嫁妝的。那是我妹妹。」

我們就這麼碰壁了。稍頃，朋友怪聲怪氣地說：

「喔，這樣啊！」又壓低了聲音對我說：「喂，回去吧！」我輕輕點了點頭表示贊同，但因心中百感交集，於是忍不住開口道：

「令妹實在是個美人！」

年輕人開心地笑了起來。我一定臉紅了，趕緊跨過門檻走出門外。朋友還留在門裡說道：

「讓你見笑了。」

這時，年輕人加倍開心地笑著說：

「不，一點也不，你也不必在意。年輕時誰不如此？」

我們向年輕人鞠個躬便離開了。

啊啊！那位年輕人的和藹！還有，穿制服的兩個中學生的寒傖！

你知道嗎，這就是我的初戀，不覺得很可憐嗎？我們就在那場悲哀的戀愛首航當中全軍覆沒，之後大約一個月的時間裡，每日食不知味，陷入深淵般的憂愁。哲學家朋友的臉上總是帶著一副讓人不忍直視的悒鬱神情，但我們一直咬著牙忍耐著這番考驗，絕口不提我們共同的失戀。

四

那是我五年級的時候。當時我十八歲了，因為暑假回到家裡。季節進入八月下旬，暑假也快結束了，陽光已經變得柔和，路樹也再度窸窸窣窣地打戰起來；街道上起風了，天空在樹頂上逐漸拔高。寺院的鐘聲想必是從以前就存在了，但在那時才第一次傳進我的耳朵，因為大自然所交織成似有若無的音響已經在我心中復甦。我開始準備回學校上課了。

在這段期間裡的某一天，住在隔鄰的我的一個兒時玩伴家裡有同學來訪。她向我介紹了她的同學。晚餐過後，她們一起來到我家，我們就在我的書房裡天南地北地聊。

我的靈魂被那位同學所吸引，完全地著迷，十二萬分地愛上了這位女孩，我的言談因此逐漸變得語無倫次。我的兒時玩伴察覺到我的不對勁，慌慌張張地對同學說要回家。她們走出了我的房間，離開之前，我的兒時玩伴就當著那女孩的面輕輕地抱了我一下。這對我們來說絲毫不是不自然的舉動，但我生氣了，非常地氣憤。

由於氣憤，我喜歡的那位女孩第二天要離開時，我仍然鬧著脾氣，也沒去送她。多傻啊！那樣打動我心扉的女孩就要離開了，我竟然還躺在床上，真是太糊塗了！

我後悔了。極度的悔恨包圍了我，但幸運的是，我知道女孩的住處，這總算使我得到些許安慰。

回學校之後又過了兩個月時間，這段時間之內我不斷地想念那位女孩，在心底描摹著她的身影，一時半刻也未曾稍忘。進入十一月，在一個吹著寂寥的風的週日，我終於下定決心對誰也沒提地前往她的家。我搭上了火車，一個小時後下車的地方是一個冷清的鄉村小站。為了壓抑我胸口的悸動，我在車站出口站了片刻，欣賞那裡的田園風光。啊啊！這就是她眼中所見的風景！這裡就是她上下車的車站哪！——那實在是很溫馨的聯想。你能了解嗎？人之所欲其實都是很微薄的小事，我也沒有過分的野心；只要能與她在一起，我情願永住在那寂寥得令人感傷的田園。我邁步上前，很快就找著了她的家，雖然心裡還有一些躊躕，但又想到既然都來到了朝夕戀慕的女孩家門口，若就此回頭，還不如一死來得痛快。因此，我鼓起勇氣敲了她的家門。一位四十歲左右、氣質優雅的女人為我開了門。

「請問，您是哪位？」

我報上自己的姓名，那位女人沒有半點驚訝的神色，只說：「那請進吧！」我進了屋子，與那位女人相對而坐。

我先開口說：「我是為了令媛，對您有事相求而來的。」

「我聽小女提過你，有什麼事請直說吧！」

我戀人的母親出乎意料地以親切的言詞待我。那想必是因為我囁囁嚅嚅的緣故，她才這麼作好使我舒心。我欲言又止，預先計畫好的種種臺詞一齊湧上了喉頭，霎時為了該取捨哪一個臺詞而迷惘了。各式各樣的臺詞在我的聲帶底下推推搡搡、鬱塞不已，這個時候我才發現這些臺詞全都派不上用處。我感到困惑，這時突然有一個全新的臺詞從心底冒了出來，這句臺詞以千鈞萬馬的聲勢力排所有推推搡搡中的臺詞，從聲帶的深處跳了出來。

「伯母，請把令媛嫁給我吧！」

不是我講出了這句話，是這句話憑著自己的聲勢迸發出來的。然而，這話說得太好、說得太漂亮了！直到現今，我仍然認為它是我有生以來說過的最擲地有聲的一句話，儘管它很不幸地並未奏效。

伯母以低沉的聲音回答我：

「說來實在遺憾，她在故鄉已經有婚約了。承蒙你看上小女，我由衷感謝，但這件事恐怕沒辦法答應你了；更何況她父親大約一週前剛過逝，我們不久就要回家鄉去了。」

也許是我的主觀，伯母的聲音聽來有些黯然。我很訝異會聽到她父親的死，當我的視線朝隔壁房間望去時，我看到簇新的白布覆蓋著遺骨壺、線香的煙靜靜地裊裊而上。突然地，我感到悲傷，於是說道：

「令尊去世了嗎？我不知道這件事，請讓我也上個香吧！」

這時候，從餐室的紙門之間出現了穿著女校制服的女孩身影。啊啊！那正是我在夢中也描摩著、思念著她姿容的戀人。她以含笑的眼眸看著我，很快地又失去蹤影，這是為了不讓她母親發現的緣故。我的心跳加快，但我不得不隨著她的母親站起、往隔壁的房間走去。她的母親為我點了香，我便恭恭敬敬地在亡者的靈前磕頭、久久地伏著，突然感到兩行熱淚從我的臉頰流了下來。我忍不住用手抹去，手背上便留下了一道從手腕到食指尖的水痕。啊啊！我是哭了嗎？不，我沒哭，只是胸口上有著沉甸甸的壓力，那沉重的東西直壓在我的心上使我招架不住而已。我站了起來，回到會客的房間抓起了我的帽子——那是一頂陳舊又有破洞的帽子、一頂壓扁了的、別著金屬徽章的帽子。

「打擾了。伯母，再見！」我朝著門快步走去。吃驚的伯母跟在我後頭追了上來，我目不斜視地跑出門後回望了一眼，在走下脫鞋玄關的伯母背後看見了她的臉。

「再見了，伯母！」我再度喊了一次，然而對方大概是聽不到的——只有我以為是自己喊了，其實從未發出聲音來。

好心的你啊！這就是我的愛情了，我的愛情就到此為止。從那時起，我再也沒遇見過她。那之後大約過了四個月我就從學校畢業了。她應該也從女校畢業了，因為她的同年級同學，也就是我的兒時玩伴也畢業了。四月底的時候，我從隔壁的兒時玩伴口中得知她與母親一起回去了遙遠的故鄉。故事就這麼結束了。時間一點一點地將她的身影從我胸口抹去，我也逐漸淡忘了。兩年後，當我又聽說她結婚的消息時，已經感覺不到任何衝擊。她已經結婚的這件事，是從隔壁女孩與我母親的閒聊當中察覺出來的。

你覺得她後來過得如何呢？我並不清楚。然而奇異的是，自從我再無法見她的第四年的某一天，我收到了她的來信。信上只有署名，沒有地址。直到現在我還能覆誦這封信的內容。

與君一別，倏忽四年。分袂以來，思君之情，無時或釋，憂愁不減反增。此番心情，吾久祕不欲人知。嗟夫，關河迢遞，雲程阻隔。縱思君情殷，亦絕無相會之期。每憶當時別離情景，猶覺心痛欲裂。餘生惘惘，所記憶者，惟此時此刻耳。然當時怯懦，未能一吐衷言。及今思之，悶悶於胸，此恨當終生難消。如今舊話重提，非為抱怨，惟自傷年華消逝。憶昔相遇於君家，初次會晤，已暗自傾心；無奈身不由己，終難啟齒。吾乃一介女流，頹然無力，徒倍覺思君，歷歷在目。

別了！別了！君值盛年，願兄忘懷，莫再以妹為念。修此寸箋，唯此願而已。別了！

這就是她信裡的內容了。我那槁木死灰般的心幾乎要為此重新燃燒，可是，一切又在沉睡當中淡淡地結束了。

從那之後又經過了多少星霜啊？到如今，對她的所有回憶以及我的青春時光早已經消逝失蹤。

尚在青春年華的你啊，我對你說的就是以往至今我所有的愛情了。無可否認，我確實是個乏味的人，然而對於一個像我這樣深深地渴望著愛情、熱烈地想要一位戀人的人，神竟然連一秒鐘的愛情都不曾施捨給我，叫我無論如何難以接受。啊啊！青春正在消逝！它正快速地離我而去！

好心的你，耐著性子聽完我又長又乏味的故事的你，天似乎快要亮了。把那件上衣遞給我吧，我必須趁天未亮趕回家去，因為公司的出勤時間是七點，何況我還得搭上那個溫吞的市區電車，搖搖晃晃將近一個小時先回家收拾準備不可。好，好，有緣的話未必不會再見。第一次到你這裡來就對你說這些故事，你一定覺得我不是什麼正當男人吧，但如果我告訴你，我是連一個可以說這些話的朋友也沒有，你一定多少可以原諒我的失態吧。你想必曾經聽幾十個，不，幾百個男人講過同樣的故事吧，但是像我這樣意志與行為極端分裂的男人，應該還是第一次遇到吧。啊啊！我就這麼在你身旁躺了一晚。我是多麼地想要把你抱緊，卻做不到；我一點都不因此自豪，反而覺得羞慚——像我這樣窩囊的人只有被瞧不起，才算人符其名吧。

啊啊！我好想抱著你！用這兩條手臂所有的力氣將你抱緊！不，我沒這勇氣。啊！不行！不行！把我的帽子拿來吧！下次來的時候再看看吧！屆時，我一定也拿出勇氣給你看的。現在不行！許多想說的故事還充塞在我的胸口，實在不行。如果還有再來的時候，一定再說給你聽，現在，我的心裡還很難過……。咦，你，哭了嗎？怎麼了？到底怎麼了呢？別哭了，就當為了讓我心裡好過一點吧，請你別哭了。你一哭，下次來找你會使我的心情沉重，舉步維艱。好善良的你，請你別哭！如果在我下次到來之前，你願意認真考慮你與我的命運，那麼我答應你我一定會再來的。
天亮了，我得趕快走了。請你送我到那邊門口吧！真抱歉！善良的你，讓我看一眼你的笑容吧！謝謝你，這下我可以放心走了。再見！再見！

作者簡介

——翁鬧（1910-1940），生於臺灣彰化，死於日本東京時，年紀只有三十歲。畢業於臺中師範學校，在員林國小、田中國小實習五年後，到東京一圓躋身「中央文壇」的美夢，短短六年間密集發表詩、散文、小說等作品，對人性寫實面的描寫極盡幽微，在文章的鍛鍊上又極端前衛，也曾經以咫尺之遙拿下日本文學獎的獎座。作品收錄於《破曉集：翁鬧作品全集》。

先生媽

吳濁流

後院那扇門，咿呀的響了一聲，開了。裡面走出一個有福相的老太太，穿著尖細的小鞋子，帶了一個丫頭；丫頭手提著竹籃仔，籃仔裡放著三牲和金銀紙香。

門外有一個老乞丐，伸著頭探望，偷看門內的動靜，等候老太太出來。這個乞丐知道老太太每月十五一定要到廟裡燒香。然而他最怕同伴曉得這事，因此極小心的隱密起來，恐怕洩漏。他每到十五那天，一定偷偷到這個後門等候，十年如一日，從來不缺一回。

當下他見到老太太，恰似遇著活仙一樣，恭恭敬敬地迎接。白髮蓬蓬，衣服襤褸補了又補，只有一枝竹杖油光閃閃，他到老太太跟前，馬上發出一種悲哀的聲音：

「先生媽，大慈大悲！」

先生媽聽了憐憫起來，立刻將乞丐的米袋拿來交給丫頭，命令她：

「米量二斗來。」

但丫頭躊躇不動。先生媽看了這情形，有點著急，大聲喝道：

「有什麼東西可怕，新發不是我的兒子嗎？零碎東西，不怕他，快快拿來。」

「先生媽對是對的，我總是沒有膽子，一看見先生就怕得要命。」

說著，小心翼翼地進去了。她觀前顧後，看看沒有人在，急急開了米櫃，量米入袋，倉倉皇皇跳出廚房，走到先生媽面前，將手掌撫了一下胸前，纔不那樣怕。因為廚房就在錢新發房間的隔壁，量米的時候如果給錢新發看見，一定要被他臭罵一頓。他罵人總是把人罵得無容身之地，哪管他人的面子。

有一次丫頭量米的時候，忽然遇見錢新發闖進來，他馬上發怒，向丫頭喝道：

「到底是你最壞了。你不量出去，乞丐如何得到。老太太說一斗，你只量一升就成了。」

丫頭聽了這樣說法，不得不依命量出一升出來。先生媽就問明白這個緣故，馬上發怒罵道：

「蠢極了！」

借了乞丐的杖子，兇兇狂狂一直奔了進去。錢新發尚不知道他的母親發怒，仍在吵吵鬧鬧，說了一篇道理。

「豈有此理，給乞丐普通一杯米最多，哪有施一兩斗米的！」

母親聽了這話，不分皂白，用乞丐的杖子亂打一頓罵道：

「新發！你的田租三千多石，一斗米也不肯施，看輕貧人。如果是郡守、課長一來到，就大驚小怪，備肉，備酒，不惜千金款待他們。你成走狗性，看來不是人了。」罵著，又拿起乞丐的手杖向錢新發打下去。家人嚇得大驚，七舌八嘴向老太太求恕，老太太方纔息怒。錢新發敢怒而不敢言，氣無所出，只怨丫頭生出是非。做人最難，丫頭也無可奈何，不敢逆了老太太，又難順主人，不得不每月到了十五日依然慌慌張張，量出米來交給乞丐。

後來到了戰局急迫，糧食開始配給，米也配分。先生媽因時局的關係不能施米，不得不用錢代了。丫頭的每月十五日的憂鬱，到了這時候，纔解消。

錢新發是K街的公醫，他最喜歡穿公醫服外出，旅行、大小公事、會葬、出診，不論何時一律穿著公醫服。附近的人沒有一個能夠看見他穿著普通衫褲。他的公醫服常用熨斗熨得齊齊整整像官家一樣，他穿公醫服好把威風擺得像大官一般。他的醫術，並沒有精通過人，只能算是最普通的，然而他的名聲遠近都知道。這偉大的名聲是經什麼地方來的呢？因為，他對患者假親切，假好意。百姓們都是老實人，怎能懂得他的箇中文章，個個都認錯了他。於是一傳十，十傳百，所以他的名聲傳得極普遍的。這個名聲得到後，他就能夠發財了，不出十四、五年，賺得三千餘石的家財。錢新發，他是貧苦人出身。在學生時代，他穿的學生服補了又補，縫了又縫，學生們都笑他穿著柔道衣。他的學生服，補得厚厚的，實在像柔道衣。這樣的嘲笑使他氣得無言可對，羞得無地自容，但沒有辦法，只得任他人嘲弄了。他學生時代，父親做工度日，母親織帽過夜，纔能夠支持他的學費。他艱難刻苦地過了五年就畢業了。畢業後，聘娶有錢人的小姐為妻，叨蒙妻舅們的援助，開了一個私立醫院。開院的時候，又靠著妻舅們的勢力，招待官家紳商和地方有勢者，集會一堂，開了極大的開業祝宴，來宣傳他的醫術。這個宴會，也博得當地人士的好感，收到意外的好成績。於是他愈加小心，凡對病者親親切切，不像是普通開業醫生僅做事務的處置。病者來到，問長問短說閒話。這種閒話與病毫無關係，但是病者聽了也喜歡他的善言。老百姓到來，他就問耕種如何；商人到來，他就問商況怎麼樣；婦人到來，他就迎合女人的心理。

「你的小相公，斯文秀氣，將來一定有官做。」

說的總是奉承的話。

又用同情的態度，向孩子的母親道：

「此病恐怕難醫，恐怕發生肺炎，我想要打針，可是打針價錢太高，不敢決定，不知尊意如何？」

他用甜言商量，鄉下人聽見孩子的病厲害，又聽見這些甜言順耳的話，多麼高價的打針費，也情願傾囊照付。

錢新發不但這樣宣傳，他出診的時候，對人無論童叟，一樣低頭敬禮，若坐轎，到了崎嶇的地方也不辭勞苦，下轎自走，這也博得轎夫和老百姓的好感。

他在家裡有閒的時候，把來訪問的算命先生和親善好事家作為宣傳羽翼。他的宣傳不止這二、三種，他若有私事外出也不忘宣傳，一定抱著出診的皮包來虛張聲勢。所以，他的開水特別好賣。

錢新發最關心注意的是什麼呢？就是銀行存款摺，存款自一千元到了二千元，二千元不覺又到三千元，日日都增加了，他心裡也是日日增加了喜歡，盤算著什麼時候才能夠得到上萬元。預算已定，愈加努力，愈發對患者打針獲利。到了一萬元了，他就託仲人買田立業，年年如是。不知不覺他的資產在街坊上也算數一數二的了。

然而，錢新發少時經驗過貧苦，竟養成了一種愛錢癖，往往逾過節約美德的界限外。他干涉他母親施米的，也是這種癖性暴露出來的。雖然如此，他也有一種另外的大方。這是什麼呢？凡有關名譽地位的事，他不惜千金捐款。這樣的捐款也只是為了業務起見，終不出於自利的打算。所以他博得人們的好評，不知不覺地成為地方有力的士紳了。當地的名譽職，被他占了大半。公醫、矯風會長、協議會員、父兄會長、其他種種名譽的公務上，沒有一處會漏掉他的姓名。所以他的行為，成為Ｋ街的推動力。他率先躬行，當局也信任他。國語家庭，改姓名，也是以他為首。

可是，對於「先生媽」總不能如意，他不得不常勸他母親：

「知得時勢者，方為人上人，在這樣的時勢，阿媽學習日本話好不好？」

「…………」

「我叫金英教你好嗎？」

「蠢極了，哪有媳婦教媽媽的！」

「阿媽不喜歡媳婦教你，那麼叫學校裡的陳先生來教你。」

「愚蠢得很，我的年紀比不得你。你不必煩勞，我在世間不久，也不累你了。」

錢新發沒有法子，不敢再發亂言，徒自增加憂鬱。

錢新發的憂鬱不單這一件。他的母親見客到來，一定要出來客廳應酬。身穿臺灣衫褲，說出滿口臺灣話來，聲又大，音又高，全是鄉下人的樣子。不論是郡守或是街長來，也不客氣。錢新發每遇官客來到，看了他母親這樣應酬，心中便起不安，暗中祈求「不要說出話，快快進去。」可是，他母親全不應他的祈求，仍然在客廳上與客談話，大聲響氣，統統用臺灣話。錢新發氣得沒話可說，只在心中痛苦。錢家是日本語家庭，全家都禁用臺灣話。可是先生媽全不懂日本話，在家裡沒有對手談話，因此以出客廳來與客談話為快。臺灣人來的時候不敢輕看她，所以用臺灣話來敘寒暄，先生媽喜歡得好像小孩子一樣。日本人來的時候也對先生媽敘禮，先生媽雖不懂日語，卻含笑用臺灣話應酬。錢新發每看見他的母親這樣應酬，忍不住痛苦，感到不快極了。又恐怕因此失了身分，又錯認官客一定會輕侮他。錢新發不單這樣誤會，他對母親身穿的臺灣衫褲也惱得厲害。

有一天，錢新發在客人面前說：「母親！客人來了，快快進後堂好。」先生媽聽了，立刻發怒，大聲道：「又說蠢話，客人來，客人來，你把我看做眼中釘，退後，退到哪裡去？這不是我家嗎？」

罵得錢新發沒臉可見人，臉紅了一陣又一陣，地上若有洞，就要鑽入去了。從此以後，錢新發斷然不敢干涉母親出客廳來，但心中常常恐怕因此失了社會的地位，丟了自己的面子，煩惱得很。

錢新發，當局來推薦日本語家庭的時候，他以自欺欺人的態度對調查員說他母親多少曉得日本話應酬，所以能得通過了。錢新發已被列為日本語家庭，而對此感到無上光榮，馬上改造房子，變為日本式的。設備新的榻榻米和紙門，採光又好，任誰看到也要稱讚的。可是這樣純粹日本式的生活，不到十日，又惹了先生媽發怒。先生媽根本不喜歡吃早餐的「味噌汁」，但得忍著吃，也忍不住在日本草蓆上打坐的苦楚。先生媽吃飯的時候，在榻榻米上強將發硬的腳屈了坐下，坐得又痛又麻，飯也吞不下喉，沒到十分鐘，就痲得不得站起來了。

先生媽又有一個習慣，每日一定要午睡。日本房子要掛蚊帳，蚊帳又大，不但難掛，又要晝晚掛兩次，惱得先生媽滿腔鬱塞。這樣生活到第九天晚飯的時候，桌上佳味，使她吃得久，先生媽腳子麻得不能動，按摩也沒有效。錢新發沒可奈何，不得不把膳堂和母親的房子仍然修繕如舊，錢新發敢怒不敢言，沒有法子，只在暗中嘆氣。他一想起他的母親，心中被陰雲遮了一片。想要積極地進行自己的主張，又難免與母親衝突。他的母親頑固得很，錢新發怎樣憔悴，怎麼侷促，也難改變他母親的性情。若要強行，一定受他母親打罵。不能使母親覺悟，就不能實現自己的主張。雖然如此，錢新發並不放棄自己的主張，在能實現的範圍內就來實現，不肯落人之後。臺灣人改姓名也是他為首。日本政府許可臺灣人改姓名的時候，他爭先恐後，把姓名改為金井新助，馬上掛起新的門牌，同時家族開始了穿「和服」的生活。連他年久愛用的公醫服也丟開不問。同時又建築純日本式的房子。這個房子落成的時候，他喜歡極了，要照相作紀念。他又想要母親穿和服，奈何先生媽始終不肯穿，只好仍然穿了臺灣服拍照。金井新助心中存了玉石同架的遺憾，但他不敢說出來，只得自惱自氣著。然而先生媽拍照後，不知何故，將當時準備好的和服，用菜刀亂砍斷了。傍人嚇得大驚，以為先生媽一定是發了狂了。

「留著這樣的東西，我死的時候，恐怕有人給我穿上了，若是穿上這樣的東西，我也沒有面子去見祖宗。」

說了又砍，砍得零零碎碎的，傍人纔了解先生媽的心事，也為她的直腸子感動了。

當地第一次改姓名的只有兩位：一位是金井新助，一位是大山金吉，大山金吉也是地方的有力者，又是富家。這兩個人常常共處，研究日本生活，實現日本精神。大山金吉沒有老人阻礙，萬事如意。金井新助看了大山金吉改善得快，又恐怕落後，焦慮得很，無意中想起母親的頑固來，惱得心酸。

第二次當局又發表了改姓名的名單，當地又有四、五個，總算是第二流的家庭。金井新助看了新聞，眉皺頭昏，感覺得自尊心崩了一角。他的優越感也被大風搖動一樣，急急用電話來地聯絡同志。須臾，大山金吉穿了新縫的和服，手拏一枝黃柿杖子，足登著一雙桐屐得得地來到客廳。

「大山君，你看了新聞嗎？」

「沒有，今天有什麼東西發表了。」

「千載奇聞。賴良馬改了姓名，不知道他們有什麼資格呢？」

「唔！豈有此理……呵呵！徐發新、管仲山、賴良馬……同是鼠輩。這般猴頭老鼠耳，也想學人了。」

金井新助忽然拍案怒吼：「學人不學人，第一沒有『國語家庭化』，又沒有榻榻米，並且連『風呂』（日本浴桶）也沒有。」

「這樣的猴子徒知學人，都是スフ」。（原文Stople Fiber人造纖維，非真貨之意。）

「唔！」

「當局也太不慎重了。」

二人說了，憤慨不已。沉痛許久，說不出話來。金井新助不得已，亂抽香菸，將香菸和嘆氣一齊吐出來，大山金吉弄著杖子不禁憂鬱自嘲地說：「任他去。」說罷嘆出一口氣來，就將話題換過。

「我又買了一個茶櫥子，全身是黑檀做的，我想鄉下的日本人都沒有。」

「日後借我觀摩。我也買了一個日本琴，老桐樹做的。這桐樹是五、六百年的。你猜一猜值多少錢呢……花了一千兩百塊錢呢。」

大山金吉聽見這話，就上去看裝飾在「床間」的日本琴，拏來看，拏來彈。

郡守移交的時候，新郡守到地方來巡視。適逢街長不在，「助役」代理街長報告街政大概。接見式後，新郡守就與街上的士紳談話，金井新助也在坐。他身穿新縫的和服，這和服是大島綢做的，風儀甚好，一見誰也認不出他是臺灣人。新郡守是健談的人，態度慇懃，問長問短。這時候，助役一一介紹士紳，不意中說出金井新助的舊姓名。新助聽了，變了臉色，紅了一陣又一陣，心中叫道：「助役可惡。」他的憎恨感情渤渤湧起來了，同座的士紳沒有一個知道他的心事。他用全身之力壓下自己的感情，隨後又想到他在職業上與助役抗爭不利，不如付之一笑，主張已定，仍然笑咪咪的，裝成謙讓的態度談話。助役雖然又介紹金井氏的好處，然而終難消除他心裡被助役汙辱了的感情。

第三次改姓名發表了，他比從前愈加憂鬱。人又多，質又劣，氣成如啞子一樣，說不出來的苦。不久又發表了第四次改姓名，他看了新聞，站不得，坐不得。只得信步走出，走到大山氏家裡。看到大山氏放聲叫道：「大山君，千古所未聞，從沒有這樣古怪，連剃頭的也改了姓名。」大山金吉把金井拿的新聞看了，啞然連聲都喘不出，半晌，只吐出一口大氣。金井新助禁不得性急，破口罵出臺灣話來：「下流十八等也改姓名。」他想，改姓名就是臺灣人無上的光榮，家庭同日本人的一樣，沒有遜色。一旦改了姓名，和日本人一樣，絲毫無差。然而剃頭的，補皮鞋的，吹笛賣藝的也改了姓名。他迄今的努力，終歸水泡，覺得身分一瀉千里，如墜泥濘中，竟沒有法子可拔。他沉痛許久，自暴自棄地向大山氏說：

「衰，最衰，全然依靠不得，早知這樣……」不知不覺地吐出真言。他的心中恰似士紳的社交場，突然被襤褸的乞丐闖入來一樣了。

有一天，國民學校校庭上，金井良吉與石田三郎，走得太快了，突然相碰撞，良吉馬上握起拳頭，不分皂白向三郎打下去。三郎嚇道：

「食人戇子，我家也改了姓名。不怕你的。」

喝著立刻向前還手。

良吉應聲道：

「你改的姓名是スフ。」

三郎也不讓他，罵道：

「你的正正是スフ。」

罵了，二人亂打一場。

三郎力大，不一會良吉被三郎推倒在地。三郎騎在良吉身上亂打，適逢同校六年級的同學看到，大聲嚇道：「學校不是打架地方。」說罷用力推開。良吉乍啼乍罵：「莫迦野郎，沒有日本浴桶也改姓名，真真是スフ。」

「你有本事再來。」

二人罵了，怒目睜睜，又向前欲打，早被六年級的學生阻止不能動手，良吉的恨不得消處，大聲罵道：

「我的父親講過剃頭的是下流十八等，下流，下流，下流末節，看你下流！」良吉且罵且去了。

金井良吉是公醫先生的小相公。石田三郎是剃頭店的兒子。這兩個是國民學校三年級的同學，這事情發生後的二三日，剃頭店的剃頭婆，偷偷來訪問先生媽。

「老太太，我告訴你，學校裡你的小賢孫，開口就罵，下流，スフ，スフ，想我家的小兒，沒有面子見人。老太太對先生說知好不好？」

剃頭婆低言細語，託了先生媽歸去。

晚飯後，金井新助的家庭，以他夫婦倆為中心，一家團聚和樂為習。大相公、小姐、太太、護士、藥局生等，個個也在這個時候消遣。到了這時候，金井新助得意揚揚，提起日本精神來講，洗臉怎樣，喫茶、走路、應酬作法，這樣使不得，一一舉例，說得明明白白，有頭有尾，指導大家做日本人。金井先生說過之後，太太繼續提起日本琴的好處，插花道之難，且講且誇自己的精通。藥局生最喜歡電影，也常常提起電影的趣味來講。大學畢業的長男，懂得一點英語，常常說的半懂不懂的話來。大家說了話，小姐就拿日本琴來彈，彈得叮叮噹噹，最後大家一齊同唱日本歌謠。此時護士的聲音最高最亮。這樣的娛樂每夜不缺。

獨有先生媽，絕不參加，吃飯後，只在自己房裡，冷冷淡淡，有時蚊子咬腳，到了冬天也沒有爐子，只在床裡，憑著床屏，孤孤單單拏被來蓋腳忍寒。她也偶然到娛樂室去看看，大家說日本語。她聽不懂，感不到什麼趣味，只聽見吵吵嚷嚷，他們在那裡做什麼是不知道的。所以吃完飯，獨自到房間去。然而聽了剃頭婆的話，這夜飯後她不回去房間裡。等大家齊集了，先生媽大聲喝道：

「新發，你教良吉罵剃頭店下流是什麼道理？」

新助吞吞吐吐，勉勉強強地辯解了一番，然而先生媽搖頭不信，指出良吉在學校打架的事實來證明。說明後就罵，罵後就講。

「從前的事，你們不知道，你的父親做過苦力，也做過轎夫，你罵剃頭是下流，轎夫是什麼東西哪？」

大聲教訓，新助此時也有點覺悟了，只有唯唯而已。

但是過了數日，仍然是木偶兒一樣，從前的感情又來支配他的一切。

十五日早晨，先生媽輕輕地咳嗽，要去廟裡燒香。老乞丐仍在後門等候，見了先生媽，吃了一驚，慌忙問道：

「先生媽，你元氣差多了，不知什麼地方不好？」

先生媽全不介意，馬馬虎虎應道：

「年紀老了。」

說了就拏出錢來給乞丐。

次日先生媽坐臥不安，竟成病了。病勢逐日加重。雖也有進有退，藥也不能醫真病。

老乞丐全不知此事，到了來月十五日，仍在後門等候。然而沒有人出來，乞丐愈等愈不安，翹首望內，全不知消息。日將臨午，丫頭才出來。

「先生媽病了，忘記今天是十五日，方纔想起，吩咐我拏這個錢來給你。」

說罷將二十元交給乞丐就要走。乞丐接到一看，平常是伍元，頓覺先生媽病情不好，馬上向丫頭哀求著要看先生媽一面。丫頭就憐乞丐的心情，將他偷偷帶進去。乞丐恭恭敬敬地站在先生媽的床頭。先生媽看乞丐來了，就將瘦弱不支之身軀用全身的力氣撐起來坐。

「我想不能再見了，來得好，來得最好。」

說罷喜歡極了，請乞丐坐。乞丐自覺衣服襤褸，不敢坐上漆光潔亮的凳子，謙讓了幾次，然而先生媽再三勸他坐，乞丐也不得不坐下。先生媽才安心和乞丐閒談，談得很愉快，好像遇到知己一樣，心事全拋談到最後……

「老哥，我在世一定不長久了。沒有什麼所望的，但想再吃一次油條，死也甘心。」

先生媽想起在貧苦時代吃的油條的香味，再想吃一次，叫新助買，他又不買，因為新助是日本語家庭，只吃味噌汁，不吃油條的。

次日乞丐買了油條，偷偷送來。先生媽拏油條吃得很快樂，嚼得很有味，連讚數聲好吃。「老哥，你也知道的，我從前貧苦得很，我的丈夫做苦力，我也每夜織帽子到三更。吃番薯簽過的日子也有。我想那個時候，比現在還快活。有錢有什麼用？有兒子不必歡喜，大學畢業的也是個沒有用的東西。」

先生媽說了，嘆出氣來。乞丐聽得心酸。先生媽感到淒涼的半生，一齊湧上心頭，不禁淚下。乞丐憐憫地，安慰她道：

「先生媽不必傷心，一定會好的。」

「好，好不得，好了有何用呢？」

先生媽自嘲自語，語罷找了枕頭下的錢，拏來給乞丐。乞丐去後，先生媽叫新助到面前，囑咐死後的事。

「我不曉得日本話，死了以後，不可用日本和尚。」

囑咐了一番。

到了第三天病狀急變，先生媽忽然逝去。然而新助是矯風會長，他不依遺囑，葬式不用臺灣和尚，依新式舉行。會葬者甚眾，郡守、街長，街中的有力者沒有一個不來。然而這盛大的葬式裡，沒有一個痛惜先生媽，連新助自己也不感悲傷，葬或不過是一種事務而已。雖然這樣，其中也有一個人真心悲痛的，這就是老乞丐。出喪當日，他不敢近前，在後邊遙望先生媽的靈柩而啼哭。從此以後，每到十五，老乞丐一定備辦香紙，到先生媽的墳前燒香。燒了香，老乞丐看到香菸繚繞，不覺淒然下淚，嘆一口氣說：

「呀！先生媽，你也和我一樣了。」

作者簡介

——吳濁流（1900-1976），本名吳建田，新竹縣新埔鎮人。日治時代臺北師範學校畢業。終戰前曾任臺灣公學校教諭、臺灣日日新報記者；戰後曾任記者、編輯、省社會處專員、大同高工職校教師、機器事業公會職員等。重要著作有：《亞細亞的孤兒》、《功狗》、《波茨坦科長》、《南京雜感》、《黎明前的臺灣》、《臺灣文藝與我》、《無花果》、《臺灣連翹》；「臺灣作家全集」收有《吳濁流集》。一九六四年創辦《臺灣文藝》雜誌，並主編一到五十三期，直到他去世。另成立有「吳濁流文學獎」，獎掖後起臺灣作家。一九九六年新竹縣立文化中心建有「吳濁流館」。

1959

蒼蠅

鍾理和

臨走時，她回首送了他一個魅人的眼波，這裡面表示著什麼，他充分明白。她是以她的整個靈魂，以她最寶貴的東西，化作這回首一瞥送給他的。這裡包藏著她所能獻給他的一切：熱戀、恩愛，以及那觸到人心深處的處女的芳心。他感到一陣快樂，便以一個會心的微笑，回答了她。

她輕輕地走了。那豐滿的肩頭，優美的腳踝；那娉婷的背影，清藍的衫裾帶起一陣似夢似幻不可捉摸的香風。

她由門邊消逝了——

他目送著她的身影走出屋門，而後目光停留在那無邊深幽的門邊。他聽見她走在水泥地上的腳步聲——那是謹慎忌憚，但又為熾熱的某種心事撩得有些慌亂的腳步聲。這聲音已越過水泥的前庭，走出兩旁有豬欄和柴草房的沙質土場了。

他屏聲靜氣，把每條神經化作無數耳朵，向四面豎起。聽吧！那小心翼翼地印在沙質土上又輕又細的足音！接著，那果樹園的竹門咿呀——輕輕地開了，然後是悉悉索索的聲音。那是用更輕微的手勢和更顫動的心在分開芭蕉葉和果樹枝。更遠了，更遠了……

——她是在那裡等他！

在蕉陰深處！

她的回首一瞥，那水汪汪溫軟軟的眸子，和下一刻便可以把她抱在懷中的思想，這一切在他心上燃起一把火。他的臉頰和耳朵全都熱的；瞳孔冒著煙霧；皮膚像有人拿了毛刷在輕輕地刷，使他感到一陣陣奇癢，又一陣陣麻酥。

他抬頭看壁上的鐘。長短針正指著一點又十分。然後他的視線又自壁鐘移向櫃上那昏昏欲睡的男子——她的哥哥。他一邊看著，一邊計畫如何脫身走開。這位稍顯肥胖的哥哥，額頭和鼻孔滲著細粒的汗珠，不住張嘴哈氣。本就有點笨鈍的人，這時更顯出一條牛樣的滿足感，好像他在世間只有一個願望：讓他好好睡場午覺。

午長人靜。火辣辣的夏日在外面扯起閃爍的火焰；暑氣迫人。那撞在玻璃窗上的蒼蠅的嚶嚶嗚聲，更在人們慵懶和睏倦之上加足了催眠的力量。

他旋轉身子。他決心在這時候走。

忽然哥哥在那邊說話了：

「呵。沒有一絲風！」

他一驚，急忙轉過身子。

哥哥閉攏眼睛，又哈出一口氣。他的兩道眉毛擠在一處，下巴拉得長長，看上去又醜陋、又愚蠢。有兩顆汙濁的，比油脂還濃的眼淚，在眼眶裡轉著。

「好像風是死了！」

哥哥又咒罵起來，然後在櫃檯上伏了下去……。

他連一秒鐘也不敢浪費，轉身走出屋子。

在門口，他留心觀察四處，半個人影也不見，大概都像老鼠一般躲進洞裡去了；只聽見廚房那向有幾個女人的說話聲。

他擺出清閒人的態度大模大樣的搖過前庭和土場。搖到有竹籬的園門前，又向兩邊觀察。很好！沒有一個人注意到他的行動。他半提半推的打開園門，又隨手把它帶上。這以後已無需多費心思了，就放開步子逕向那——她是否已等得不耐煩了？——十分熟識的地方走去。芎蕉樹、芋、絲瓜架、楊桃樹……

——到了！

啊，她！她就在楊桃樹下那隻大水窖邊背向這邊立著。他想：她一定明白他正在向她走來，可是她卻佯裝不知。看！這不恨煞人嗎？就是她這種淘氣使他愛，又使他恨，覺得有些牙癢癢。他一陣興奮，於是一頭餓虎似的一躍上前，自後邊把她抱住，把她向自己這邊翻轉身。她如一株枯樹倒在他懷裡。於是兩個人的嘴唇就合在一起……。

他們感到窒息，感到暈眩和脹熱，好像掉在烈焰中，火氣由四面八方把他們包圍起來。又好像他們周身一切都變成柔軟的水，一點一點的向四面氾濫，洋洋灑灑，世界和他們兩個便都漂浮在那上面，漂過一個世紀：不，永恆——。

然而他們不知道！

吻後——那已不能以時間來計量了！——他們便坐在水窖的邊沿上，緊緊地偎依著。她的兩隻手被他握著。他們眼睛朦朧而恍惚，像醉酒的人半閉著；興奮後的疲勞淡淡地刻在他們那微紅的臉孔上。那大量的，如雨傾注的愛的慰撫，麻醉和壓倒了他們年輕純淨的靈魂。他們還沒有完全清醒過來。

沉默了一會兒之後，他們便開始了每次相同的問答。

「妳等好久了？」他說，一邊輕輕地撫摸著她的手背。

她閉一會眼睛。「不！」

四圍很靜。深邃的芎蕉和果樹，把現實生活的瑣碎與煩擾統統給擋在外邊了。就是頭上的太陽透過繁茂的樹葉落下來，也是軟軟的、陰涼的。偶爾有陣微風從什麼地方蕩過，於是整個果樹園便充滿幽幽的神祕的低語；竹頭像老爺爺的手一樣顫動著。

「有沒有人看見你來？」她問他，抬頭看他的眼睛。

「沒有！」他說。

「我哥哥沒有看見你？」

「沒！」

四隻眼睛相對，兩顆心融會在一起了。微笑由兩人的口角漾開。

他揮開胳臂又把她抱在懷裡。

兩人的嘴唇又緊緊地合在一起，——。

猛的，他們好像聽見園門那邊有聲音嘩啦嘩啦地響了起來。哦，有人來了！哥哥來了！兩人都驚恐了，來不及細察聲音的來源，站起來便慌慌張張分頭走開。

他急急忙忙越過後邊的籬笆，繞了個大圈走出去。好一會兒，他才懷著不安的疑惑但又大方地走進那間屋子。

果如他所料，她的哥哥還維持著剛才的姿勢伏在櫃檯上睡覺。屋裡一切照舊——一切都跌進昏沉的午夢中，蒼蠅的鳴聲——那幽幽的低唱，仍在無氣力的午夢的和平邊緣上歌唱著，彷彿嘲笑著人們的虛偽和做作。

他本能地看看壁鐘。一時三十分。才只二十分鐘？他感到一陣懊悔。這時櫃檯上的男人動了動，然而沒有醒。他的頭側在一邊；他的臉壓歪了，像魚兒一般扭著嘴，涎水由嘴裡牽著一條線，沿著墊在下邊的手流在櫃檯上。那下邊已經有一大灘了。那手和臉孔、頸脖全冒著汗水。一隻蒼蠅放平了翼子在他臉上闊步著。牠用兩隻前肢扛著尖喙這裡那裡刺著，那暗色的眼睛和翼子發出遲鈍的光閃。牠在他眼角邊停下來，翹起屁股，用兩隻後肢搓著，搓得神氣而有致。

他從門口向廚房和迴廊看了看。廚房裡依舊還是那幾個女人在說話；她和她的嫂嫂則在迴廊上聊天。兩個女人都漠然地看了他一眼，在她那陌生人似的冷淡做作的眼睛裡，似乎在告訴他：親愛的，明天見；今天就這樣完了！

櫃檯上的哥哥又動了動，從睡夢中舉起手往頭上邊拂了拂，然後，終於坐了起來。他的下巴印著一塊紅痕；一條灰色的涎水像蛛絲般的掛在下唇，看來像一個大白癡！他困難地睜開眼睛，一邊咒罵著：「熱死了！」他瞇細著眼睛，向屋裡抬了抬臉，於是詫異地說：

「怎麼，你還在這裡哪？」

他向哥哥看了一眼，心裡感著些微憎惡，於是一句話沒說，默默地走出那間屋子。

作者簡介

——鍾理和（1915-1960），屏東人，後遷居高雄美濃。幼年接受私塾漢文教育，後受同父異母兄和鳴鼓勵，接觸新文學作品，也決定以文學創作為職志，更奮發學習中文。作品有濃厚的自傳色彩，題材大致以描寫中國大陸、臺灣農民的生活經驗及對臺灣人命運之感思為主，文字簡練樸實，有悲天憫人之心，因此生活雖困躓艱屯，卻能以莊嚴而坦然的心情面對。字裡行間洋溢著生活的意義與生命的智慧。病逝後，文友以「倒在血泊裡的筆耕者」稱之，是對其不朽形象最傳神的寫照。生前多不為人所知，直到根據他的人生遭遇改編的電影《原鄉人》的上映，才使一般民眾認識了他。長篇小說《笠山農場》曾獲中華文藝獎。一九七六年張良澤曾編成《鍾理和全集》八冊出版，一九九七年高雄縣文化中心復出版了《鍾理和全集》。

1959 —— 城南舊事：驢打滾兒 —— 林海音

換綠盆兒的，用他的藍布撢子的把兒，使勁敲著那個兩面釉的大綠盆說：

「聽聽！您聽聽！什麼聲兒！哪找這綠盆去，賽江西瓷！您再添吧！」

媽媽用一堆報紙，三雙舊皮鞋，兩個破鐵鍋要換他的四隻小板凳，一塊洗衣服板；宋媽還要饒一個小小綠盆兒，留著拌黃瓜用。

我呢，抱著一個小板凳不放手。換綠盆兒的嚷著要媽媽再添東西。一件舊棉襖，兩疊破書都加進去了，他還說：

「添吧，您。」

媽說：「不換了！」叫宋媽把東西搬進去。我著急買賣不能成交，凳子要交還他，誰知換綠盆兒的大聲一喊：

「拿去吧！換啦！」他揮著手垂頭喪氣地說：「唉！誰讓今兒個沒開張哪！」

四隻小板凳就擺在對門的大樹蔭底下，宋媽帶著我們四個人——我，珠珠，弟弟，燕燕——坐在新板凳上講故事。燕燕小，擠在宋媽的身邊，半坐半靠著，吃她的手指頭玩。

「你家小栓子多大了？」我問。

「跟你一般兒大，九歲嘍！」

小栓子是宋媽的兒子。她這兩天正給我們講她老家的故事：地裡的麥穗長啦，山坡的青草高啦，小栓子摘了狗尾巴花紮在牛犄角上啦。她手裡還拿著一隻厚厚的鞋底，用粗麻繩納得密密的，是給小栓子做的。

「那麼他也上三年級啦？」我問。

「鄉下人有你這好命兒？他成年價給人看牛哪！」她說著停了手裡的活兒，舉起錐子在頭髮裡劃幾下，自言自語的說：「今年個，可得回家看看了，心裡老不順序。」她說完楞楞的，不知在想什麼。

「那麼你家丫頭子呢？」

其實丫頭子的故事我早已經知道了，宋媽講過好幾遍。宋媽的丫頭子和弟弟一樣，今年也四歲了。她生了丫頭子，才到城裡來當奶媽，一下就到我們家，做了弟弟的奶媽。她的奶水好，弟弟吃得又白又胖。她的丫頭子呢，就在她來我家試妥了工以後，讓她的丈夫抱回鄉下去給人家奶去了。我問一次，她講一次，我也聽不膩就是了。

「丫頭子呀，她花錢給人家奶去啦！」宋媽說。

「將來還歸不歸你？」

「我的姑娘不歸我？你歸不歸你媽？」她反問我。

「那你為什麼不自己給奶？為什麼到我家當奶媽？為什麼你賺的錢又給了人家去？」「為什麼？為的是——說了你也不懂，俺們鄉下人命苦呀！小栓子他爸爸沒出息，動不動就打我，我一狠心就出來當奶媽自己賺錢！」

我還記得她剛來的那一天，是個冬天，她穿著大紅棉襖，裡子是白布的，油亮亮的很髒了。她把奶頭塞到弟弟的嘴裡，弟弟就咕嘟咕嘟的吸呀吸呀，吃了一大頓奶，立刻睡著了，過了很久才醒來，也不哭了。就這樣留下她當奶媽的。

過了三天，她的丈夫來了，拉著一匹驢，拴在門前的樹幹上。他有一張大長臉，黃板兒牙，怎麼這麼難看！媽媽下工錢了，摺子上寫著：一個月四塊錢，兩副銀首飾，四季衣裳，一床新鋪蓋，過了一年零四個月才許回家去。

穿著紅棉襖的宋媽，把她的小孩子包裹在一條舊花棉被裡，交給她的丈夫。她送她的丈夫和孩子出來時，哭了，背轉身去掀起衣襟在擦眼淚，半天抬不起頭來。媒人店的老張勸宋媽說：

「別哭了，小心把奶憋回去。」

宋媽這才止住哭，她把錢算給老張，剩下的全給了她丈夫。她囑咐她丈夫許多話，她的丈夫說：

「你放心吧。」

他就抱著孩子牽著驢，走遠了。

到了一年四個月，黃板兒牙又來了，他要接宋媽回去，但是宋媽捨不得弟弟，媽媽又要生小孩子，就把她留下了。宋媽的大洋錢，數了一垛交給她丈夫，他把錢放進藍布褡褳裡，叮叮噹噹的，牽著驢又走了。

以後他就每年來兩回，小叫驢拴在院子裡牆犄角，弄得滿地的驢糞球，好在就一天，他準走。隨著驢背滾下來的是一個大麻袋，裡面不是大花生，就是大醉棗，是他送給老爺和太太——我爸爸和媽媽。鄉下有得是。

我簡直想不出宋媽要是真的回她老家去，我們家會成什麼樣兒？誰給我老早起來梳辮子上學去？誰餵燕燕吃飯？弟弟挨爸爸打的時候誰來護著？珠珠拉了屎誰來給擦？我們都離不開她呀！

可是她常常要提回家去的話，她近來就問了我們好幾次：「我回俺們老家去好不好？」

「不許啦！」除了不會說話的燕燕以外，我們齊聲反對。

春天弟弟出麻疹鬧得很凶，他緊閉著嘴不肯喝那蘆根湯，我們圍著鼻子眼睛起滿了紅疹的弟弟。媽說：

「好，不吃藥，就叫你奶媽回去！回去吧！宋媽！把衣服、玩意兒，都送給你們小栓子、小丫頭子去喲！」

宋媽假裝一邊往外走一邊說：

「走嘍！回家嘍！回家找俺們小栓子、小丫頭子去喲！」

「我喝！我喝！不要走！」弟弟可憐巴巴的張開手，要過媽媽手裡的那碗蘆根湯，一口氣喝下了大半碗。宋媽心疼得什麼似的，立刻摟抱起弟弟，把頭靠著弟弟滾燙的爛花臉兒說：

「不走！我不會走！我還是要俺們弟弟，不要小栓子，不要小丫頭子！」跟著，她的眼圈可紅了，弟弟在她的拍哄中漸漸睡著了。

前幾天，一個管宋媽叫大嬸兒的小伙子來了，他來住兩天，想找活兒做。他會用鐵絲給大門的電燈編燈罩兒，免得燈泡兒被賊偷走。宋媽問他說：

「你上京來的時候，看見我們小栓子好吧？」

「嗯？」他好像吃了一驚，瞪著眼珠，「我倒沒看見，我是打劉村我舅舅那兒來的！」

「噢，」宋媽懷著心思的呆了一下，又問：「你打你舅舅那兒來的，那，俺們丫頭子給劉村的金子他媽奶著，你可聽說孩子結實嗎？」

「哦？」他又是一驚，「沒——沒聽說。準沒錯兒，放心吧！」

停一下他可又說：

「大嬸兒，您要能回趟家看看也好，三、四年沒回去啦！」

等到這個小伙子走了，宋媽跟媽媽說，她聽了她侄子的話，吞吞吐吐的，很不放心。

媽媽安慰她說：

「我看你這侄兒不正經，你聽，他一會兒打你們家來，一會兒打他舅舅家來。他自己的話都對不上，怎麼能知道你家孩子的事呢！」

宋媽還是不放心，她說：

「打今年個一開年，我心裡就老不順序，做了好幾回夢啦！」

她叫了算命的給解夢。禮拜那天又叫我替她寫信。她老家的地名我已經背下了：順義縣牛欄山馮村妥交馮大明吾夫平安家信。

「念書多好，看你九歲就會寫信，出門丟不了啦！」

「信上說什麼？」我拿著筆，鋪一張信紙，逞起能來。

「你就寫呀，家裡大小可平安？小栓子到野地裡放牛要小心，別盡顧得下水裡玩。我給做好了兩雙鞋一套褲褂。丫頭子那兒別忘了到時候送錢去！給人家多道道乏。拿回去的錢前後快二百塊了，後坡的二分地該贖就贖回來，省得老種人家的地。還有，我這兒倒是平安，就是惦記著孩子，趕下個月要來的時候，把栓子帶來我瞅瞅也安心。還有……」

「這封信太長了！」我攔住她沒完沒了的話，「還是讓爸爸寫吧！」

爸爸給她寫的信寄出去，宋媽這幾天很高興。現在，她問弟弟說：

「要是小栓子來，你的新板凳給不給他坐？」

「給呀！」弟弟說著立刻就站起來。

「我也給。」珠珠說。

「等小栓子來，跟我一塊兒上附小念書好不好？」我說。

「那敢情好，只要你媽答應讓他在這兒住著。」

「我去說！我媽媽很聽我的話。」

「小栓子來了，你們可別笑他呀，英子，你可是頂能笑話人！他是鄉下人，可土著呢！」宋媽說的彷彿小栓子等會兒就到似的。她又看看我說：

「英子，他準比你高，四年了，可得長多老高呀！」

宋媽高興得抱起燕燕，放在她的膝蓋上。膝蓋頭顛呀顛的，她唱起她的歌：

「雞蛋雞蛋殼殼兒，裡頭坐個哥哥兒，哥哥出來賣菜，裡頭坐個奶奶，奶奶出來燒香，裡頭坐個姑娘，姑娘出來點燈，燒了鼻子眼睛！」

她唱著，用手扳住燕燕的小手指，指著鼻子和眼睛，燕燕笑得咯咯的。

宋媽又唱那快板兒的：

「槐樹槐，槐樹槐，槐樹底下搭戲臺，人家姑娘都來到，就差我的姑娘還沒來；說著說著就來了，騎著驢，打著傘，光著屁股挽著髻……」

太陽斜過來了，金黃的光從樹葉縫裡透過來，正照著我的眼，我隨著宋媽的歌聲，斜頭躲過晃眼的太陽，忽然看見遠遠的胡同口外，一團黑在動著。我舉起手遮住陽光仔細看，真是一匹小驢，得、得、得的走過來了。趕驢的人，藍布的半截褂子上，蒙了一層黃土。喲！那不是黃板兒牙嗎？我喊宋媽：

「你看，真有人騎驢來了！」

宋媽停止了歌聲，轉過頭去呆呆的看。

黃板兒牙一聲：「窩——哦！」小驢停在我們的面前。

宋媽不說話，也不站起來，剛才的笑容沒有了，繃著臉，眼直直瞅著她的丈夫，彷彿等什麼。

黃板兒牙也沒說話，撲撲的撣打他的衣服，黃土都飛起來了。我看不起他！拿手摀著鼻子。他又摘下了草帽搧著，不知道跟誰說：

「好熱呀！」

宋媽這才好像忍不住了，問說：

「孩子呢？」

「上——上他大媽家去了。」他又抬起腳來撣鞋，沒看宋媽。他的白布的襪子都變黃了，那也是宋媽給做的。他的襪子像鞋一樣，底子好幾層，細針密線兒納出來的。

我看著驢背上的大麻袋，不知道裡面這回裝的是什麼。黃板兒牙把口袋拿下來解開了，從裡面掏出一大捧烤得倍兒乾的掛落棗給我，咬起來是脆的，味兒是辣的，香的。

「英子，你帶珠珠上小紅她們家玩去，掛落棗兒多拿點兒去，分給人家吃。」宋媽說。

我帶著珠珠走了，回過頭看，宋媽一手收拾起四個新板凳，一手抱燕燕，弟弟拉著她的衣角，他們正向家裡走。黃板兒牙牽起小叫驢，走進我家門，他準又要住一夜。他的驢滿地打滾兒，爸爸種的花草，又要被糟蹋了。

等我們從小紅家回來，天都快黑了，掛落棗沒吃幾個，小紅用細繩穿好全給我掛在脖子上了。

進門看見宋媽和她丈夫正在門道裡。黃板兒牙坐在我們的新板凳上發呆，宋媽蒙著臉哭，不敢出聲兒。

屋裡已經擺上飯菜了。媽媽在餵燕燕吃飯，皺著眉，抿著嘴，又搖頭又嘆氣，神氣挺不對。

「媽，」我小聲的叫，「宋媽哭呢！」

媽媽向我輕輕的擺手，禁止我說話。什麼事情這樣的重要？

「宋媽的小栓子已經死了」，媽媽沙著嗓子對我說，她又轉向爸爸：「唉！已經死了一兩年，到現在才說出來，怪不得宋媽這一陣子總是心不安，一定要叫她丈夫來問問。她侄子那次來，是話裡有意思的。兩件事一齊發作，叫人怎麼受！」

爸爸也搖頭嘆息著，沒有話可說。

我聽了也很難過，但不知另外還有一件事是什麼，又不敢問。

媽媽叫我去喊宋媽來，我也感覺是件嚴重的事，到門道裡，不敢像每次那樣大聲喝叱她，我輕輕的喊：

「宋媽，媽叫你呢！」

宋媽很不容易的止住抽噎的哭聲，到屋裡來。媽對她說：

「你明天跟他回家去看看吧，你也好幾年沒回家了。」

「孩子都沒了，我還回去幹麼？不回去了，死也不回家了！」宋媽紅著眼狠狠的說，並且接過媽媽手中的湯匙餵燕燕，好像這樣就表示她待定在我們家不走了。

「你家丫頭子到底給了誰呢？能找回來嗎？」

「好狠心呀！」宋媽恨得咬著牙，「那年抱回去，敢情還沒出哈德門，他就把孩子給了人，他說沒要人家錢，我就不信！」

「給了誰，有名有姓，就有地方找去。」

「說是給了一個趕馬車的，公母倆四十歲了沒兒沒女的，誰知道他說的是真話假話！」

「問清楚了找找也好。」

原來是這麼一回事兒，宋媽成年跟我們念叨的小栓子和丫頭子，這一下都沒有了。年年宋媽都給他們兩個做那麼多衣服和鞋子，她的丈夫都送給了誰？舊花棉被裡裹著那個小嬰孩，到了誰家了？我想問小栓子是怎麼死的，可是看著宋媽的紅腫的眼睛，就不敢問了。

「我看你還是回去。」媽媽又勸她，但是宋媽搖搖頭，不說什麼，儘管流淚。她一匙一匙的餵燕燕，燕燕也一口一口的吃，但兩眼卻盯著宋媽看。因為宋媽從來沒有這個樣子過。

宋媽照樣的替我們四個人打水洗澡，每個人的臉上、脖子上撲上厚厚的痱子粉，照樣把弟弟和燕燕送上了床。只是她今天沒有心思再唱她的打火連兒的歌兒了，光用扇子撲呀撲呀搧著他們睡了覺。一切都照常，不過她今天沒有吃晚飯，把她的丈夫扔在門道兒裡不理他。他呢，正用打火石打亮了火，巴達巴達的抽著旱菸袋。小驢大概餓了，牠在地上臥著，忽然仰起脖子一聲高叫，多麼難聽！黃板兒牙過去打開了一袋子乾草，牠看見吃的，一翻滾，站起來，小蹄子把爸爸種在花池子邊的玉簪花又給踩倒了兩三棵。驢子吃上乾草了，鼻子一抽一抽的，大黃牙齒露著。怪不得，奶媽的丈夫像誰來著，原來是牠！宋媽為什麼嫁給黃板兒牙，這蠢驢！

第二天早上我起來，朝窗外看去，驢沒了，地上留了一堆糞球，宋媽在打掃。她一抬頭看見了我，招手叫我出去。

我跑出來，宋媽跟我說：

「英子，別亂跑，等會跟我出趟門，你識字，幫我找找地方。」

「到哪兒去？」我很奇怪。

「到哈德門那一帶去找找——」說著她又哭了，低下頭去，把驢糞撮進簸箕裡，眼淚掉在那上面，「找丫頭子。」

「好。」我答應著。

宋媽和我偷偷出去的，媽媽哄著弟弟他們在房裡玩。出了門走不久，宋媽就後悔了：

「應當把弟弟帶著，他回頭看不見我準得哭，他一時一刻也沒離開過我呀！」就是為了這個，宋媽才一年年留在我家的，我這時仗著膽子問：

「小栓子怎麼死的？宋媽。」

「我不是跟你說過，馮村的後坡下有條河嗎？……」

「是呀，你說，叫小栓子放牛的時候要小心，不要淨顧得玩水。」

「他掉在水裡死的時候，還不會放牛呢，原來正是你媽媽生燕燕那一年。」

「那時候黃板——嗯，你的丈夫做什麼去了？」

「他說他是上地裡去了，他要不是上後坡草棚裡耍錢去才怪呢！準是小栓子餓了一天找他要吃的去，給他轟出來了。不是上草棚，走不到後坡的河裡去。」

「還有，你的丈夫為什麼要把小丫頭子送給人？」

「送了人不是更鬆心嗎？反正是個姑娘不值錢。要不是小栓子死了，丫頭子，我不要也罷。現在我就不能不找回她來，要花錢就花吧。」

宋媽說，我們從絨線胡同走，穿過兵部窪、中街、西交民巷，出東交民巷就是哈德門大街。我在路上忽然又想起一句話。

「宋媽，你到我們家來，丟了兩個孩子不後悔嗎？」

「我是後悔——後悔早該把俺們小栓子接進城來，跟你一塊兒念書認字。」

「你要找到ㄚ頭子呢，回家嗎？」

「嗯。」宋媽瞎答應著，她並沒有聽清我的話。

我們走到西交民巷的中國銀行門口，宋媽在石階上歇下來，過路來了一個賣吃的也停在這兒。他支起木架子把一個方木盤子擺上去，然後掀開那塊蓋布，在用黃色的麵粉做一種吃的。

「宋媽，他在做什麼？」

「啊？」宋媽正看著磚地在發愣，她抬起頭來看看說，「那叫驢打滾兒。把黃米麵蒸熟了，包黑糖，再在綠豆粉裡滾一滾，挺香，你吃不吃？」

吃的東西起名叫「驢打滾兒」，很有意思，我哪有不吃的道理！我嚥嚥唾沫點點頭，宋媽掏出錢來給我買了兩個。她又多買了幾個，小心的包在手絹裡，我說：

「是買給ㄚ頭子的嗎？」

出了東交民巷，看見了熱鬧的哈德門大街了，但是往哪邊走？我們站在美國同仁醫院的門口。宋媽的背，汗濕透了，她提起竹布褂的兩肩頭抖落著，一邊東看看，西看看。

「走那邊吧」，她指指斜對面，那裡有一排不是樓房的店鋪。走過了幾家，果然看見一家馬車行，裡面很黑暗，門口有人閒坐著。宋媽問那人說：

「跟您打聽打聽，有個趕馬車的老大哥，跟前有一個姑娘的，在您這兒吧？」那人很奇怪的把宋媽和我上下看了看：
「你們是哪兒的？」
「有個老鄉親託我給他帶個信兒。」
那人指著旁邊的小胡同說：
「在家哪，胡同底那家就是。」
宋媽很興奮，直向那人道謝，然後她拉著我的手向胡同裡走去。這是一條死胡同，走到底，是個小黑門，門雖關著，一推就開了，院子裡有兩三個孩子在玩土。
「勞駕，找人哪！」宋媽大聲喊。
其中一個小孩子就向著屋裡高聲喊了好幾聲：
「姥姥，有人找。」
屋裡出來了一位老太太，她耳朵聾，大概眼睛也快瞎了，竟沒看見我們站在門口，孩子們說話她也聽不見，直到他們用手指著我們，她才向門口走來。宋媽大聲的喊：
「你這院裡住幾家子呀？」
「啊啊就一家。」老太太用手罩著耳朵才聽見。
「您可有個姑娘呀！」
「有呀，你要找孩子他媽呀！」她指著三個男孩子。

宋媽搖搖頭，知道完全不對頭了，沒等老太太說完就說：

「找錯人了！」

我們從哈德門裡走到哈德門外，一共看見了三家馬車行，都問得人家直搖頭。我們就只好照著原路又走回來，宋媽在路上一句話也不說，半天才想起什麼來，對我說：

「英子，你走累了吧？咱們坐車好不？」

我搖搖頭，仰頭看宋媽，她用手使勁捏著兩眉間的肉，閉上眼，有點站不穩，好像要昏倒的樣子。她又問我：

「餓了吧？」說著就把手巾包打開，拿出一個剛才買的驢打滾兒來，上面的綠豆粉已經被黃米麵溶濕了。我嘴裡念了一聲：「驢打滾兒！」接過來，放在嘴裡。

我對宋媽說：

「我知道為什麼叫驢打滾兒了，你家的驢在地上打個滾起來，屁股底下總有這麼一堆。」我提起一個給她看，「像驢糞球不？」

我是想逗宋媽笑的，但是她不笑，只說：

「吃罷！」

半個月過去，宋媽說，她跑遍了北京城的馬車行，也沒有一點點丫頭子的影子。

樹蔭底下聽不見馮村後坡上小栓子放牛的故事了；看不見宋媽手裡那一雙雙厚鞋

底了；也不請爸爸給寫平安家信了。她總是把手上的銀鐲子轉來轉去的呆看著，沒有一句話。

冬天又來了，黃板兒牙又來了。宋媽把他撂在下房裡一整天，也不跟他說話。這是下雪的晚上，我們吃過晚飯擠在窗前看院子。宋媽把院子的電燈捻開，燈光照在白雪上，又平又亮。天空還在不斷的落著雪，一層層鋪上去。宋媽餵燕燕吃凍柿子，我念著國文上的那課叫做《下雪》的：

一片一片又一片，
兩片三片四五片，
六片七片八九片，
飛入蘆花都不見。

老師說，這是一個不會做詩的皇帝做的詩，最後一句還是他的臣子給接上去的。但是念起來很順嘴，很好聽。

媽媽在燈下做燕燕的紅緞子棉襖，棉花撕得小小的、薄薄的，一層層的鋪上去。媽媽說：

「把你當家的叫來，信是我請老爺偷著寫的，你跟他回去吧，明年生了兒子再回這兒來。是兒不死，是財不散，小栓子和丫頭子，活該命裡都不歸你，有什麼辦法！你不能打這兒起就不生養了！」

宋媽一聲不言語，媽媽又問：

「你瞧怎麼樣？」

宋媽這才說：

「也好，我回家跟他算帳去！」

爸爸和媽媽都笑了。

「這幾個孩子呢？」宋媽說。

「你還怕我虧待了他們嗎？」媽媽笑著說。

宋媽看著我說：

「你念書大了，可別欺侮弟弟呀！別淨給他跟你爸爸告狀，他小。」

弟弟已經倒在椅子上睡著了，他現在很淘氣，常常爬到桌子上翻我的書包。

宋媽把弟弟抱到床上去，她輕輕給弟弟脫鞋，怕驚醒了他。她嘆口氣說：「明天早上看不見我，不定怎麼鬧。」她又對媽媽說：「這孩子脾氣強，叫老爺別動不動就打他；燕燕這兩天有點咳嗽，您還是拿鴨兒梨燉冰糖給她吃；英子的毛窩我帶回去做，有人上京就給捎了來；珠珠的襪子都該補了。還有，……我看我還是……唉！」宋媽的話沒有說完，就不說了。

媽媽把摺子拿出來，叫爸爸念著，算了許多這錢那錢給她；她毫不在乎的接過錢，數也不數，笑得很慘：

「說走就走了！」

「早點睡覺吧，明天你還得起早。」媽媽說。

宋媽打開門看看天說。

「那年個，上京來的那天也是下著鵝毛大雪，一晃兒，四年了。」

她的那件紅棉襖，也早就拆了；舊棉花換了榧子兒，泡了梳頭用；面子和裡子給小栓子納鞋底用了。

「媽，宋媽回去還來不來了？」我躺在床上問媽媽。

媽媽擺手叫我小聲點兒，她怕我吵醒了弟弟，她輕聲的對我說：

「英子，她現在回去，也許到明年的下雪天又來了，抱著一個新的娃娃。」

「那時候她還要給我們家當奶媽吧？那您也再生一個小妹妹。」

「小孩子胡說！」媽媽擺著正經臉罵我。

「明天早上誰給我梳辮子？」我的頭髮又黃又短，很難梳，每天早上總是跳腳催著宋媽，她就要罵我：「催慣了，趕明兒要上花轎了也這麼催，多寒蠢！」

「明天早點兒起來，還可以趕著讓宋媽給你梳了辮子再走。」媽媽說。

天剛朦朦亮，我就醒了，聽見窗外沙沙的聲音，我忽然想起一件事，趕快起床下地跑到窗邊向外看。雪停了，乾樹枝上掛著雪，小驢拴在樹幹上，牠一動彈，樹枝上的雪就抖落下來，掉在驢背上。

我輕輕的穿上衣服出去，到下房找宋媽，她看我這樣早起來嚇一跳。我說：

「宋媽，給我梳辮子。」

她今天特別的和氣，不嘮叨我了。

小驢兒吃好了早點，黃板兒牙把牠牽到大門口，被褥一條條的搭在驢背上，好像一張沙發椅那麼厚，騎上去一定很舒服。

宋媽打點好了，她把一條毛線大圍巾包住頭，再在脖子上繞兩繞。她跟我說：

「我不叫醒你媽了，稀飯在火上燉著呢！英子，好好念書，你是大姊，要有個大姊樣兒。」說完她就盤腿坐在驢背上，那姿勢真叫絕！

黃板兒牙拍了一下驢屁股，小驢兒朝前走，在厚厚雪地上印下一個個清楚的蹄印兒。黃板兒牙在後面跟著驢跑，嘴裡喊著：「得、得、得、得。」

驢脖子上套了一串小鈴鐺，在雪後新清的空氣裡，響得真好聽。

作者簡介

——林海音（1918-2001），原名林含英，小名「英子」，大家敬稱她為「林海音先生」。她不但是知名作家，也是影響臺灣文壇極為深遠的編輯與出版者，對推廣臺灣文學不遺餘力，並且提攜了許多創作人才，出版了相當多優秀的文學作品。她寫小說、散文，也翻譯、創作兒童文學，代表作《城南舊事》一書，更是兩岸三地知名的著作。

1961 鐵漿 朱西甯

人臉上都映著雪光，這場少見的大雪足足飛落了兩夜零一天。打前一天過午起，三點二十分的那班慢車就因雪阻沒有開過來。

住雪了，天還沒有放晴，小鎮的街道被封死。店門打開，門外的雪牆有一人高，總算雪牆之上還能看到白冷冷的天，沒有把人悶死在裡頭。人跟鄰居打招呼，聽見聲音，看不見人，可是都很高與，覺得老天爺跟人開了一個大玩笑，溫溫和和的大玩笑，挺新鮮有意思。

所以孟憲貴那個鴉片煙鬼子死在東嶽廟裡，直到這天過了晌午才被發現，不知什麼時候就斷氣了。

這個死信很快傳開來，小鎮的街道中間，從深雪裡開出一條窄路，人們就像走在地道裡，兩邊的雪牆高過頭頂，多少年都沒有過這樣的大雪。人人見面之下，似乎老想拱拱手，道一聲喜。雪壕裡傳報著孟憲貴的死信，熱痰吐在雪壁上，就打穿一個淡綠淡綠的小洞。深深的嘆口氣吧，對於死者總該表示一點厚道，心裡卻都覺著這跟這場大雪差不多一樣的新鮮。

火車停開了，灰煙和鐵輪的響聲不再擾亂這個小鎮，忽然這又回到二十年前的那樣安靜。

幾條狗圍坐在屍體四周，耐心的不知道等上多久了。人們趕來以後，這幾條狗遠遠的坐開，還不甘心就走掉。屍首蜷曲在一堆凌亂的麥穰底下，好像死時有些害羞；要躲藏也不曾躲藏好，露出一條光腿留在外邊。麥穰清除完了，站上的鐵路工人平時很少來到東嶽廟，也趕來幫忙給死者安排後事。

僵硬的軀體扳不直，就那樣蜷曲著，被翻過來，懶惰的由著人扯他，抬他，帶著故意裝睡的神情，取笑誰似的。人睡熟的時候也會那樣半張著口，半闔著眼睛。

孟家已經斷了後代，也沒有親族來認屍。地方上給湊合起一口薄薄的棺木。雪壕太窄了，棺材抬不到東嶽廟這邊來。屍首老停放在廟裡，怕給狗齟了，要讓外鎮的人說話。一定得在天黑以前成殮才行。

屍體也抬不進狹窄的雪壕，人就只有用死者遺下的那張磨光了毛的狗皮給繫上兩根繩索，屍體放在上面，一路拖往鎮北鐵路旁的華聾子木匠鋪西邊的大塘邊兒上。那兒靠近火車站，過鐵道不遠就是亂葬崗。

屍體在雪地上沙沙的被拖著走，蜷曲成一團兒，好像還很懂得冷。一隻僵直的手臂伸到狗皮外邊，劃在踏硬的雪路上，被起伏的雪塊擋住，又彈回來，擋住又彈回來，不斷的那樣划動，屬於什麼手藝上一種單調的動作。孟憲貴一輩子可沒有動手做過什麼手藝，人只能想到這人在世的最後這幾年，總是這樣歪在廟堂廊簷下燒泡子的情景，直到這場大雪之前還是那樣，腦袋枕著一塊黑磚，也不怕槓得慌。

鎮上的地保跟在後頭，拎一只小包袱，包袱露出半截兒煙槍。孟憲貴身後只遺下這個。地保一路撒著紙錢。

圓圓的一張又一張空心兒黃裱紙，飄在深深的雪壕裡。

薄薄的棺材沒有上漆。大約上一層漆的價錢，又可以打一口同樣的棺材。柳木材的原色是肉白的，放在雪地上，卻襯成屍肉的色氣。

行車號誌的揚旗桿，有半面都包鑲著雪箍，幾個路工在那邊清除變軌閘口的積雪。棺材停在大塘岸邊的一片空地上。僵曲的屍體很難裝進那樣狹窄的木匣裡，似乎死者不很樂意這樣草率的成殮，拗著在做最後的請求。有人提議給他多燒點錫箔，那隻最擋事的胳膊或許就能收攏進去。

「你把他那根煙槍先放進去吧，不放進去，他不死心哪！」

有人這麼提醒地保，老太太也都忍不住要生氣，把手裡一疊火紙摔到死者臉上。

「對得起你啦，煙鬼子！臨了還現什麼世！」

人們只有把那隻豎直的胳膊摧彎過來——或許折斷了，這才勉強蓋上棺蓋。拎著斧頭等候許久的華聾子趕著釘棺釘。六寸的大鐵釘，三斧兩斧就釘進去，可是就不顯得他的木匠手藝好，倒有點慌慌張張的神色，深恐死者當真又掙了出來。

棺材就停放在這兒，等化雪才能入土。除非他孟憲貴死後犯上天狗星，那麼薄的棺材板，真禁不住狗子撞上幾個腦袋，準就撞散了板兒。結果還是讓地保調一罐石灰水，澆澆棺。

傍晚了，人們零星散去，雪地上留下一口孤零零的新棺，四周是零亂的腳印。焚化錫箔的輕灰，在融化的雪窩子裡打著旋，那些紙錢隨著寒風飄散到結了厚冰的大塘裡，一張追逐著一張，一張追逐著一張。

有隻黑狗遙遙的坐在道外的雪堆子上，尖尖的鼻子不時朝著空裡劃動。孩子用雪團去扔，趕不走牠。

鐵道那一邊也有市面，叫作道外，二十年前沒有什麼道裡道外的。

人替死者算算，看是多少年的工夫，那樣一份家業敗落到這般地步。算算沒有多少年，三十歲的人就還記得爭包鹽槽的那些光景。那個年月裡，鐵路剛始鋪築到這兒，小鎮上沒有現在這些生意和行商，只有官廳放包的一座鹽槽，給小鎮招來一些外鄉人，遠到山西爪仔，口外來的回回。

築鐵路那年，小鎮上人心惶惶亂亂的。人都絕望的準備迎受一項不能想像的大災難。對這些半農半商的鎮民，似乎除了那些旱災、澇災、蝗災和瘟疫，屬於初民的原始恐懼以外，他們的日子一向都是平和安詳的。

一個巨大的怪物要闖來了，哪吒風火輪只在唱本裡唱唱，閒書裡說說，火車就要往這裡開來，沒有誰見過。謠傳裡，多高多大多長呀，一條大黑龍，冒煙又冒火，吼著滾著，拉直線不轉彎兒，專攝小孩子的小魂魄，房屋要震塌，墳裡的祖宗也得翻個身。傳說是朝廷讓洋人打敗仗，就得聽任洋人用這個來收拾老百姓。

量路線的時節就鬧過人命案，縣大老爺下鄉來調處也不作用；朝廷縱人挖老百姓的祖塋嗎？死也要護的呀！道臺大人詹老爺帶了綠營的兵勇，一路挑著聖旨下來，朝廷也得講理呀。鐵路鋪成功，到北京城只要一天的工夫。那是鬼話，快馬也得五天，起早兒步輦兒半個月還到不了。誰又去北京城去幹麼？千代萬世沒去過北京城，田裡的莊稼一樣結籽粒，生意買賣一樣將本求利呀！誰又要一天之內趕到北京去幹麼啦？趕命嗎？三百六十個太陽才夠一年，月分都懶得去記。要記生日，只說收麥那個時節，大豆開花那個時節。古人把一個晝夜分作十二個時辰，已夠嫌嚕囌。再分成八萬六千四百秒，就該更加沒味道。

鐵路量過兩年整，一直沒見火車的影兒。人都以為吹了。估猜朝廷又把洋人抗住了。不管人怎樣的仇視、惶懼、胡亂的猜疑，鐵路只管一天天向這裡伸過來，從南向北鋪，打北向南鋪。人像傳報什麼凶信，謠傳著鐵路鋪到什麼集，什麼寨。發大水的年頭，就是這樣傳報著水頭了哪裡，到了哪裡，人眾的心情也就是這樣。在那麼多惶亂拿不出主意的人眾當中，大約只有老太太沉住氣些；上廟去求神，香煙繚繞裡，笑瞇瞇的菩薩沒有拍胸脯給人擔保什麼，總讓老太太比誰都多點兒指望。

道臺大人詹老爺再度下來，鎮上有頭有臉的都去攔道長跪了。道臺大人也是跟菩薩一樣瞇瞇笑，怎樣笑也不當用。詹大老爺不著朝服，面孔曬得黧黑黧的，袖子捲起兩三道，手腕上綁一只小時鐘。在鎮上住了一宿，可並不是宿在鎮董的府上，縣大老爺也跟著一起委屈了。第二天，一干大人趕一個絕早，循著路基南巡去了，除去那家客棧老闆捧著詹大人親題的店招到處去亮相，百姓仍然沒有一個不咒罵，什麼指望也沒了，愣等著火車這個洋妖精帶來劫難吧。

「在劫在數呀！」

人都咒罵著，也就這樣的認命了。

鋪鐵路的同時，鎮上另一樁大事在鼓動，官鹽又到轉包的年頭。鎮上只有二百多戶人家，連同近鄉近村的居戶，投包的總有三十多家。開標的時候，孟憲貴的老子孟昭有，一萬一千一百兩銀子上了標。可是上標的不是他一個，沈長發跟他一兩銀子也不差。

官家的底標呆定就是那麼些，重標時，官廳就派老爺下來當面拈鬮。

孟沈兩家上一代就有夙仇；上一代就曾為了爭包鹽槽弄得一敗兩傷。為那個，孟昭有一輩子瞧不起他老子。如今一對冤家偏巧又碰上頭，縣衙門洪老爺兩番下來排解，扭不開這兩家一定非血拚不可。

孟家兩代都是耍人兒的，又不完全是不務正業，多半因為有那麼一些恆產。

孟昭有比他老子更有那一身流氣，那一身義氣。平時要強鬥勝耍慣了，遇上這樣爭到嘴邊就要發定五年大財運的肥肉，借勢要洗掉上一代的冤氣，誰能用什麼逼他讓開？

「我姓孟的熬了兩代，我孟昭有熬到了，別妄想我再跟我們老頭一樣的窩囊！」守著縣衙門差派下來的洪老爺，孟昭有拔出裹腿裡的一柄小鑲子，鮫皮鞘上綴著大紅總。

「姓沈的，有種咱們硬碰硬吧！」

沈長發是個說他什麼樣人就是什麼樣人的那種人；硬的讓著，軟的壓著。唯獨這一遭是例外，五年的大財運，可以把張王李趙全都捏成一個模樣兒。

「誰含糊誰是孫子！」沈長發捲著皮襖袖子，露出手脖兒上一大塊長長的硃砂痣。

洪老爺坐在太師椅上抽他的水煙，想起鬥鵪鶉。手抄到背後，扯一下壓在身底下太緊的辮子梢兒。

沈長發心裡撥著自家的算珠盤兒：鐵路占去他五畝六分地，正要包下鹽槽補補這個虧損。不過戳兩刀的滋味大約要比虧損五畝六分地痛些。

「去！」衝著他跟前的三小子喝一聲：「家去拿你爺爺那把刀子來！姓沈的沒皺過給誰。三十年前沈家爺爺就憑那把寶刀得天下，財星這又落到沈家瓦屋頂，一點不含糊！」

這話真使孟昭有掉進醋缸裡，渾身螫著痛。只見他嗤的一聲，把套褲筒割開一大半邊，一腳踏上長條凳。這是在鎮董府上的大客廳裡。

「洪老爺明鏡高懸，各位兄臺也請做個憑證！」

孟昭有握著短刀給四周拱拱手，連連三刀刺進小腿肚。小鑲子戳進肉裡透亮過，擰一個轉兒拔出來，做得又架式，又乾淨，似乎不是他的腿、他的肉。腿子舉起來，擔在太師椅的後背上頭，數給大家看，三刀六個眼兒，血作六行往下滴答，地上六片血窩子。

「小意思！」

孟昭有一隻腿挺立在地上，靜等著黑黑紫紫黏黏的血滴往下滴答，落在大客廳的羅底磚上。那張生就的赤紅臉脖子，一點也沒變色。在場的人聽得見嗒嗒的滴答，遠處有鐵鎯頭敲擊枕木上的道釘，空裡震盪著金石聲。鐵路已經築過小鎮，快在鄰縣那邊接上軌。

孟昭有他女人送了一包頭髮灰來給他止血，被他扔掉了。羅底磚地上六片血窩子就快化成了一片。

沈家的三小子這才取來那柄刀。原是一柄宰羊刀，沈長發的上一代靠它從孟家手裡贏來包鹽槽的標，事後才配上烏木梅花鑲銀的刀柄和鞘子。刀子拔出來，顯得多不襯，粗工細工配不到一起，儘管刀身磨得明晃晃，不生一點點鏽斑。

沈長發一雙眼睛被地上的血跡染紅了，外表看不太出，膽子已經有點寒。不臨到自己動刀，總不知道上人創那番家業有多英豪。一咬牙，頭一刀刺下去用過了勁兒，小腿肚的另一邊露出半個刀身，許久不見血，刀身給焊住了。上來兩個人幫忙才拔出來。

客廳裡兩灘血，這場沒誰贏，沒誰輸，洪老爺打道回衙門，這份排解的差事只有交給鎮董就近替他照顧。

什麼樣的糾紛都好調處，唯有這事誰也插不上嘴，由著兩家拚，眼睜睜看著這兩個對手各拿自己的皮肉耍。

過不兩天，一副托盤捧到鎮董府上去，托盤裡鋪著一大塊大紅洋標布，三隻連根剁掉的手指頭橫放在上面。

孟昭有手上裹著布，露出大拇指和食指。家邦親鄰勸著不聽，外面世路上的朋友跑來勸說，也不生作用。

「難道沈長發那麼個冤種，我姓孟的還輸給他？」

好像誰若不鼓動他拚下去，誰就犯嫌疑，替沈家做了說客。

「我們那位老爺子業已讓我馱上三十年的石碑了；瞧著吧，鹽槽我是拿穩了。」一托盤原樣捧回來，上面多出三隻血淋淋的手指頭。一看就認出是沈長發的，隻隻都是木雕似的厚厚的灰指甲。

沒有料想到沈長發也有他這一手。一氣之下踢翻玻璃絲鑲嵌的屏風，飛雷似的吼叫起來：

「誰敢再攔著我？誰再攔著我？誰是我兒！」

他兒子可只有一個。那個二十歲的孟憲貴，快就要帶媳婦，該算是成人了；白白瘦瘦的細高挑兒，身上總像少長兩根骨頭，站在哪兒非找個靠首不可。走道兒三掉彎，小旦出臺走的是個什麼身段，他就是那個樣子，創業守業都不是那塊料。他老子拚成這樣血慘慘的，早就把他嚇得躲到十里外的姥姥家。

鐵路已經鋪到姥姥家那邊，孟憲貴整天趕著看熱鬧似的跟前，跟後，總也看不厭。多冷的天氣多寒的風，也礙不著他。鐵路接通的日子，第一列火車掛著龍旗和彩紅。一節節的車廂，人從沒見過這樣裝著鐵轂轆的漂亮小房屋，一幢連一幢，飛快的奔來，又飛快的奔去。天上正落著雪，火車雪裡來，雪裡去，留下一股低低的灰煙，留下神奇和威風，人那些恐懼和惱恨似乎有些兒消散了，留給孟憲貴一種說不出的空落，問著自己這一生有否坐火車的命。

正是孟憲貴發下誓願，這輩子非要坐一趟火車不可的當口，家裡來了人，冒著風雪跑來報喪，他爹到底把一條性命拚上了。

趕回奔喪，一路上坐在東倒西歪的騾車裡，哭一陣，想一陣。過過年，官鹽槽就是他繼承，坐火車的心願真的就該如願了。可一見他爹死得那樣慘，魂兒都嚇掉了。

飄雪的天，鎮董門前聚上不少人。

鎮董是個有過功名的人家，門前豎著大旗桿，旗桿斗歪斜著，長年不曾上過漆，斗沿兒上盡是雀子糞，彷彿原本就漆過一道白鑲邊。

沒有人像過孟昭有這樣子死法。

遊鄉串鎮的生鐵匠來到小鎮上，支起鼓風爐做手藝。沒有什麼行業能像這生鐵匠最叫人又稀罕，又興頭。許久沒有看到猴兒戲和野臺子戲的了，有這些玩意兒就抵得上多少熱鬧。鼓風爐四周擺滿沙模子，有犁頭、有鏊子、火銃子槍筒和鐵鍋。大夥兒提著糧食、漏鍋、破犁頭，來換現鑄的新家什。

鼓風爐噴著藍火焰，紅火焰。兩個大漢踏著大風箱，不停的踏。把紅的藍的火焰鼓動得直發抖，抖著往上衝。爐口朝天，吞下整簍的焦煤，又吞下生鐵塊。大夥兒嚷嚷著，這個要幾寸的鍋，那個要幾號的洋臺炮心子，爭著要頭一爐出的貨。

鼓風爐的底口扭開來，鮮紅鮮紅的生鐵漿流進耐火的端臼子裡。

煉生鐵的老師傅手握長鐵杖，撥去鐵漿表層上浮渣，打一個手勢就退開了。踏風箱的兩個漢子腿上綁著水牛皮，笨笨的趕過來，抬起沉沉的端臼子，跟著老師傅鐵杖指點，濃稠稠的紅鐵漿，挨個挨個灌進那些沙模子。

這是頭一爐，一圈灌下來，兩個大滿掛著滿臉的大汗珠。鐵漿把七八尺內都給烤熱了。

「西瓜湯，真像西瓜湯。」

看熱鬧的人忘記了冷，臉讓鐵漿高熱烤紅了，想起紅瓤西瓜擠出的甜汁子。

「好個西瓜湯，才真大補。」

「可不大補！誰喝罷？喝下去這輩子不用吃饃啦。」

就這麼當作笑話嚼，鬧著逗樂兒。只怪那兩個冤家不該在這兒碰頭。

孟昭有尋思出不少難倒人的鬼主意，總覺得不是絕招兒，這可給他抓住了。

「姓沈的，聽見沒？大補的西瓜湯。」

這兩個都失去三個指頭，都捱上三刀的對頭，隔著一座鼓風爐瞪眼睛。

「有種嗎，姓孟的？有種的話，我沈長發奉陪。」

爭鬧間，又有人跑來報信，火車真的要來了。不知這是多少趟，老是傳說著要來，要來。跑來的人呼呼喘，說這一回真的要來了，火車早就開到貓兒窩。不知受過多少回的騙，還是有人沉不住氣，一波一波趕往鎮北去。

「鎮董爺，你老可是咱們憑證。」

孟昭有長辮子纏到脖頸上。

「我那個不爭氣的老爺子，捱我咒上一輩子了，我還再落到我兒子嘴巴裡嚼咕一輩子？」

鎮董正跟老師傅數算這行手藝能有多大出息，問他出一爐生鐵要多少焦煤，兩個夥計多少工錢，一天多少開銷。

「我姓孟的不能上輩子不如人，這輩子又捱人踩在腳底下。」

「我勸你們兩家還是和解吧。」鎮董正經的規勸著，沒全聽到孟昭有跟他叫嚷些什麼。

「昭有，聽我的，兩家對半交包銀，對半分子利。你要是拚上性命，可帶不去一顆鹽粒子進到棺材裡。你多想想我家老三給你說的那些新學理。」

鎮董有個三兒子在北京城的京師大學堂，鎮上的人都喊他洋狀元，就勸過孟昭有：

「要是你鬧意氣，就沒說的了。要是你還迷著五年大財運，只怕很難。」

洋狀元除掉剪去了辮子，帶半口京腔，一點也不洋氣。

「說了你不會信，鐵路一通，你甭想還把鹽槽辦下去，有你傾家蕩產的一天，說了你也不信……」

這話不光是孟昭有聽不入耳，誰聽了也不相信。包下官鹽槽不走財運，真該沒天理，千古以來沒有這例子。

遠遠傳來轟轟隆隆怪響，人從沒聽過這聲音，除了那位回家來過年的洋狀元，立刻場上瞧熱鬧的人又跑去了一批。

鼓風爐的火力旺到了頂點，藍色的火焰，紅色和黃色的火焰，抖動著，抖出刺鼻的硫磺臭。老師傅的鐵杖探進爐裡去攪動，雪花和噴出的火星廝混成一團兒。

鼓風爐的底口扭開來，第二爐鐵漿緩緩的流出，端臼子裡鮮紅濃稠的岩液一點點的漲上來。

飄雪的天氣，孟昭有忽把上身脫光了，儘管少掉三個指頭，紮裹的布帶上血跡似也還新鮮，脫掉衣服倒是挺溜活。袍子往地上一扔。雪落了許久，地上還不曾留住一片雪花。孟大娘正在家裡忙年，帶著一手的麵粉趕了來，可惜來不及了，在場看熱鬧的人也沒有誰防著他這一手。

「各位，我孟昭有包定了，是我兒子的了！」

這人光赤著膊，長辮子盤在脖頸上扣上一個結子，一個縱身跳上去，托起流進半下子的端臼子。

「我孟昭有包定了！」

衝著對頭沈長發吼出一聲，雙手托起了鐵漿臼子，擎得高高的，高高的。人可沒有誰敢搶上去攔住，那樣高熱的岩漿有誰敢不顧死活去沾惹？鑄鐵的老師傅也愣愣的不敢近前一步。

大家眼睜睜，眼睜睜的看著他孟昭有把鮮紅的鐵漿像是灌進沙模子一樣的灌進張大的嘴巴裡。

那只算是極短極短的一眼，又哪裡是灌進嘴巴裡，鐵漿劈頭蓋臉澆下來，嗤——一陣子黃煙裹著乳白的蒸氣衝上天際去，發出生菜投進滾油鍋裡的炸裂，那股子肉類焦燎的惡臭隨即飄散開來。大夥兒似乎都被這高熱的岩漿澆到了，驚嚇的狂叫著。人似乎聽見孟昭有一聲尖叫，幾乎像耳鳴一樣的貼在耳膜上，許久許久不散。

可那是火車汽笛在長鳴，響亮的，長長的一聲。

孟昭有在一陣衝天的煙氣裡倒下去，仰面挺倒在地上。

鐵漿迅即變成一條條脈絡似的黑樹根，覆蓋著他那赤黑的身子。凝固的生鐵如同一隻黑色大爪，緊緊抓住這一堆燒焦的爛肉。

一隻彎曲的腿，主兒的還在微弱的顫抖。

整個腦袋全都焦黑透了，認不出上面哪兒是鼻子，哪兒是嘴巴——剛剛還在叫嚷：「我孟昭有包定了！」的那張嘴巴。

頭髮的黑灰隨著一小股旋風，習習盤旋著，然後就飄散了。黃煙兀自裊裊的從屍身裡面升上來，棉褲兀自沒火燏的煴著。

一陣震懾人心的鐵輪聲從鎮北傳過來，急驟的搥打著什麼鐵器似的。又彷彿無數的鐵騎奔馳在結冰的凍地上。烏黑烏黑的灰煙遮去半邊天，天色立刻陰下來。

在場不多幾個人，臉上都沒了人色，惶惶的彼此怔視著，不知是為孟昭有的慘死，還是為那個隱含著妖氣和災殃的火車真的來到，驚嚇成這分神色。

風雪一陣緊似一陣，天黑的時辰，地上白了。大雪要把小鎮埋進去，埋得這樣子沉沉的。

只有婦人哀哀的啼哭，哀哀的數落，劃破這片寂靜。

不得人心的火車，就此不分晝夜的騷擾這個小鎮。火車自管來了，自管去了，吼呀，叫呀，敲打呀，強逼人認命的習慣它。

火車帶給人不需要也不重要的新東西；傳信局在鎮上蓋了綠房屋，外鄉人到來推銷洋油、報紙和洋鹼，火車強要人知道一天幾點鐘，一個鐘頭多少分。

通車有半年，鎮上只有兩個人膽敢走進那條大黑龍的肚腹裡，洋狀元和官鹽槽的少當家的孟憲貴。

鹽槽抓在孟家手裡，半年下來淨落進三千兩銀子，這算是頂頂忠厚的辦官鹽。頭一年年底一結帳，淨賺七千六百兩。孟憲貴置地又蓋樓，討進媳婦又納丫嬛，大煙跟著也抽上了癮。

火車沒給小鎮帶來什麼災難，除掉孟昭有凶死得那樣慘。大夥兒都說，孟昭有是神差鬼使的派他破了凶煞氣。可洋狀元的金玉良言沒落空；到第二年，鹽商的鹽包裝上火車了，經過小鎮不停站。這一年淨賠一頃多田。鎮上使用起煤油燈，洋胰子。人得算定了幾點幾分趕火車。要說人對火車還有多大的不快意，那該是只興人等它，不興它等人。

五年過去了，十年二十年也過去了，鐵道旁深深的雪地裡停放著一口澆上石灰水的白棺。

這夜月亮從雲層裡透出來，照著刺眼的雪地，照著雪封的鐵道，也照在這口孤零零的棺材上，周圍的狗守候著。

有一隻白狗很不安，走來，走去，只可看見雪地上牠的影子移動著。

雪層往南移，倒像月亮在朝北面匆匆的趕路。

狗裡不知哪一隻肯去撞上第一頭。

那隻白狗望著揚旗號誌上的半月，齜出雪白的牙齒，低微的吼哮。然後不知有多惱恨的刨劃著蹄爪，揚起一陣又一陣的雪煙，雪地上刨出一個深坑，趴了下去，影子遂也消失了，可仍在低沉的吼哮。

那一盞半月又被浮雲遮去。夜有多深呢？人都在沉睡了，深深的沉睡了。

作者簡介

——朱西甯（1927-1998），本名朱青海，山東臨朐人。青少年時期適逢抗戰，於是棄學從軍，從上等兵至上校退役。曾任《新文藝》月刊主編、黎明文化公司總編輯，並曾在中國文化大學中文系文藝組兼任教職；其後便專事寫作。一九四七年，在南京《中央日報》副刊正式發表第一篇短篇小說〈洋化〉，一九五二年出版第一本小說《大火炬的愛》，後陸續出版長篇小說《貓》、《旱魃》、《畫夢紀》、《八二三注》、《華太平家傳》，短篇小說集《鐵漿》、《狼》、《破曉時分》、《冶金者》、《春城無處不飛花》，散文集《朱西甯隨筆》、《微言篇》等三十餘部作品，無論質量，皆極為可觀，允為當代臺灣最重要小說家之一。

「其實我們還是沒有信仰。」

殘月撒下了一層灰白色的霧，灰白色的原野到處有隱約的犬吠，遠處古堡的影子像凸起的島嶼，它沉默地注視著曾經創造、曾經毀滅、未生和將死的一切……

我、張、老馬，從醫院的正門踱出來，踱著慢的步子，像在醫院裡，穿過窄的長廊，輕輕走近二〇四號的房間，張不顧門口貼著「病重，謝絕探訪」的小條，推門進去，再出來，說病人已經昏迷，正在用氧氣；再出來，穿過窄的長廊，聽每個病房裡的呻吟，死亡親切地呼召；看見夜班室裡，護士的美貌、輕適、喧笑；走過長廊盡頭處的鏡子前，略停片刻，漫無心意地看看自己，從臺階走下來，走出大門，踏上石子路，看見古堡……

老馬的第一句話把所有的沉默都吞噬了，他在月光下的臉蒼白而悲切，他心地善良，富於同情。張帶著一股哲學氣息，他戲謔、尖刻、激動、脆弱，他常常嘲弄悲哀，因為他不能逃避。我失望而恐懼，咀嚼著老馬的話，漸漸覺得那句話，對我們過去的生活，是一個大的評價。甚至是一種審判，像一把利刃，它剝開了我們的徬徨的核心——許多年來，我們把握不住現在，我們飄浮、流浪、追逐、丟棄，被存在否定，被虛無的風向撥動，被痛苦撕碎、埋葬……

「沒有信仰，所以沒有根，所以幻滅，像浮萍……」老馬又接著他自己的論點加注，他的腳步也顯得快速了。

「有信仰又怎樣？」張又在設法逃避，「難道可以不生不老不病不死，基督也會流淚，釋迦也會寂滅，跳出來吧，超於一切之上，在生底範疇外看戲。」

「張，我們以往確是沒有信仰。」我走近張，像承認一件錯誤，真摯地向他解釋，不知為什麼，一想到死亡，我就同情信仰，如果此刻不是從醫院裡出來，不是親眼看見已死和將死的情景，如果是在彈子房、舞廳、酒吧，我絕不會贊成老馬的。

「有了信仰才會有工作，才會有實在的生活。」老馬把嗓子提高了，他似乎在掀起一個浪潮，不過浪潮在預計的高度停止了，他沒有能力再推上去，他急躁地尋找思想底力，不住地凝視古堡。

「信仰，像酒，尼采說酒是征服悲觀的武器。」張嘲笑著說。

「酒，有什麼關係，如果生活就是這樣一種情景，如果人心有這種需要；人生的目的是生活，各式的生活；不是工作，不是思想。並且，如果信仰只是一種形式，也甚至不是信仰。」我本是想解決矛盾，可是我提出了生活，我迷亂了，我竟然也陷在矛盾之中。

「你們剛才看見，我的伯父要死了，你們陪我來看他的病；而他自己的孩子，在不知名的角落，在經歷他的生活，他學哲學，曾經試圖殺死自己，他出過家，還過俗，父親將死，還在無動於衷地生活，你們想想他吧！」張沒有提出結論便停在這裡了，他這樣做是殘忍的，他揭發了問題，卻不暗示答案，針對著我們談的信仰，他挖掘了陷阱，等我和老馬跳過去。

二年前，我聽過他的演講，在一個寺廟裡，他主持每週一次的佛學研究會，他有短而略肥的身材，寬而方的臉，小鼻子，尖銳的眼睛。他穿著黑色透明的袈裟，在黑板上畫了兩個圓圈，把柏拉圖、黑格爾、康德圈在一個圈子裡，把老子、莊子、釋迦、尼采圈在另外一個圈子，用一條虛線連起來，然後擦掉了第一個，然後，他非常自信地說：「很顯然地，我們必須肯定東方文化。」

我和張坐在最後一排凳子上，偶爾聽聽他的話，偶爾笑笑，張一直向我述說他的過去：

「他是一個怪人，書讀得多，哲學系的高材生，不滿於現實，不滿於家庭的苦悶，他真是苦悶，三十多了，還沒有結婚；他拿了家裡的錢，隻身出遊，他躲避在鄉間，終日在山林內徘徊；他自殺過兩次，最後卻悄悄出家了，伯父受刺激每天喝酒，伯母半身不遂。哎，只有這一個兒子……

「他在中部一個深山裡的廟中，關閉了一年多，潛心讀書，修持，最近才到北部來，被人請來，宣揚佛法，若是專心下去，將來很有希望，不過……」

我一邊聽張的話，一邊聽臺上的演講。我漸漸注意到，雖然他竭力顯得自信樂觀，可是也很難壓抑住他虛無的本質，他不過是避開了許多問題，不過是在文字上兜圈子，不過是那一套紙牌——苦悶、東方、心靈、解脫——在調配不同的花樣而已。

可是我還是敬愛他的，他能夠出家，應是有些勇氣，而他之能拋家庭、愛情、功名，應是看破了一切，他的濃重的苦悶，也多少是這一代的特徵，我甚至不禁羨慕他的話，他經歷了一切追求之後所找到的歸宿。

但沒有多久，他還俗了，張狠狠地咬出這幾個字：「他本來是什麼也不信的。」他去做生意、賺錢、賠錢、刺激、浪費、沉靡……

二〇四號的病人被更高的手接了去。丟棄了他塵世的苦難，張忙了，忙著料理後事。

公祭的日子，我和老馬都被張拖去觀禮，張要我們去看超渡，去聽他親自來念大悲咒。

靈堂裡擠滿了人，偉大的、渺小的、蒼老的，喧嚷壓住了一切，白色的禮幛在風裡飄舞，刺目的黑字似乎充滿了生命，要跳出來，要遠離這人間的嘈雜而去。

張指著說：「這些都是名流，了不起的人物，可是我伯父也了不起，他曾叱吒風雲，二十歲當縣長，三十歲當廳長。」

祭禮開始了，香火繚繞，紙錢飛躍。

「來了，你們看，他穿著袈裟，帶頭的是他師傅。」張向老馬和我說。

超渡的隊伍約有二十多人，每人身著法衣手持銅鈴，帶頭的雙手捧著木魚，走進來，在靈位前停立。

他焚香、念咒、拜跪。接著，誦經的聲音響起，我只見他嘴唇微微掀動，聲音單調而刺耳，像沒有淚的哭泣，聽不出什麼意義。

我沉浸在經聲裡，經聲漸漸令我窒息，我悄悄退出來，在稍遠的角落，我略微注意一下每個人的面孔，既沒有悲傷也沒有虔敬，像碎落的磚頭，貧乏，刻薄，無情。

我不禁怪異地想：「他們要把他送到哪裡去呢？即使是超渡了，也必然沒有歸宿，或者他們是被雇來的同情者，可是他們根本沒有同情，甚至不知道在做什麼，就像他曾穿著透明的袈裟演講，自信地肯定東方文化，也何嘗有過些時的解脫，他不斷地追逐，不斷地貪圖，妄想，顛倒執著，不過把生命看得太重，不過是沒有看破，這世界不乏聰明之人，也必然會想到如果可以念大悲咒，也同樣可以念康德，念黑格爾，甚至可以念念沙特，但是許多人正是這樣念過，許多人不得解脫。」

這就是信仰麼？像拼湊的馬戲，表演得也並不逼真，我想笑，可是我立刻厭惡笑了——

「真是意外，前幾天還找不到他，大家都以為他不會來的，更想不到他來念咒，這是什麼？夢境麼？」張也退出來，走到我身邊。

「我們走吧，」老馬這次是在製造低潮了，他沒有再說什麼，緩緩踱著走了，我第二個踱著，張跟著我。

經聲遠了，所有荒謬的影子遠了，走到殯儀館，誰也沒有說什麼。我突然覺得孤獨了，大家為什麼都不談點什麼呢？我期待地看看張，他的嘲弄的神色簡直接近憤怒，老馬善良的臉也更為悲切，我突然想製造什麼，想瘋狂地鬧一陣，我真希望，當我們走得不遠的時候，出殯的行列即刻趕出來，從我們眼前擠去——黑色的柩車，白色的幡布，黃色的袈裟，碎落的面孔，喃喃的大悲咒，苦悶，解脫，死亡——信仰的真實送葬……

作者簡介

——王尚義（1936-1963），河南汜水人，剛參加完了國立臺灣大學醫學院的畢業典禮，自己就成了臺大醫院的病人。他死於肝癌，這無疑是一個苦心焦思者的「代表症」，正所謂「斯人也，而有斯疾也！」死後，他的親友曾為這位多才多藝的「死魂靈」出版遺集，先後出版的有《從異鄉人到失落的一代》（文星版）、《野鴿子的黃昏》、《野百合花》、《深谷足音》、《荒野流泉》、《落霞與孤鶩》、《真實信徒》（均為水牛出版）等書。

永遠的尹雪艷

白先勇

1965

一

尹雪艷總也不老。十幾年前那一班在上海百樂門舞廳替她捧場的五陵年少，有些頭上開了頂，有些兩鬢添了霜，有些來臺灣降成了鐵廠、水泥廠、人造纖維廠的閒顧問，但也有少數卻升成了銀行的董事長、機關裡的大主管。不管人事怎麼變遷，尹雪艷永遠是尹雪艷，在臺北仍舊穿著她那一身蟬翼紗的素白旗袍，一逕那麼淺淺的笑著，連眼角兒也不肯皺一下。

尹雪艷著實迷人。但誰也沒能道出她真正迷人的地方。尹雪艷從來不愛擦胭抹粉，有時最多在嘴唇上點著些似有似無的蜜絲佛陀；尹雪艷也不愛穿紅戴綠，天時炎熱，一個夏天，她都渾身銀白，淨扮得了不得。不錯，尹雪艷是有一身雪白的肌膚，細挑的身材，容長的臉蛋兒配著一副俏麗甜淨的眉眼子，但是這些都不是尹雪艷出奇的地方。見過尹雪艷的人都這麼說，也不知是何道理，無論尹雪艷一舉手、一投足，總有一份世人不及的風情。別人伸個腰、蹙一下眉，難看，但是尹雪艷做起來，卻又別有一番嫵媚了。尹雪艷也不多言、不多語，緊要的場合插上幾句蘇州腔的上海話，又中聽、又熨貼。有些荷包不足的舞客，攀不上叫尹雪艷的臺子，但是他們卻去百樂門坐坐，觀觀尹雪艷的風采，聽她講幾句吳儂軟語，心裡也是舒服的。尹雪艷在舞池子裡，微仰著頭；輕擺著腰，一逕是那麼不慌不忙的起舞著；即使跳著快狐步，尹雪艷從來也沒有失過分寸，仍舊顯得那麼從容，那麼輕盈，像一球隨風飄蕩的柳絮，腳下沒有扎根似的。尹雪艷有她自己的旋律。尹雪艷有她自己的拍子。絕不因外界的遷異，影響到她的均衡。

尹雪艷迷人的地方實在講不清，數不盡，但是有一點卻大大增加了她的神祕。尹雪艷名氣大了，難免招忌，她同行的姊妹淘醋心重的就到處嘈起說：尹雪艷的八字帶著重煞，犯了白虎，沾上的人，輕者家敗，重者人亡。誰知道就是為著尹雪艷享了重煞的令譽，上海洋場的男士們都對她增加了十分的興味。生活悠閒了，家當豐沃了，就不免想冒險，去闖闖這顆紅遍了黃浦灘的煞星兒。上海棉紗財閥王家的少老闆王貴生就是其中探險者之一。天天開著嶄新的開德拉克，在百樂門門口候著尹雪艷轉完臺子，兩人一同上國際飯店二十四樓摩天廳去共進華美的消夜。望著天上的月亮及燦爛的星斗，王貴生說，如果用他家的金條兒能夠搭成一道天梯，他願意爬上天空去把那彎月牙兒掐下來，插在尹雪艷的雲鬢上。尹雪艷吟吟地笑著，總也不出聲，伸出她那蘭花般細巧的手，慢條斯理地將一枚枚塗著俄國烏魚子的小月牙兒餅拈到嘴裡去。

王貴生拚命地投資，不擇手段地賺錢，想把原來的財富堆成三倍、四倍，將尹雪艷身邊那批富有的逐鹿者一一擊倒，然後用鑽石瑪瑙串成一根鍊子，套在尹雪艷的脖子上，把她牽回家去。當王貴生犯上官商勾結的重罪，下獄槍斃的那一天，尹雪艷在百樂門停了一宵，算是對王貴生致了哀。

最後贏得尹雪艷的卻是上海金融界一位熱可炙手的洪處長。洪處長休掉了前妻，拋棄了三個兒女，答應了尹雪艷十條條件。於是尹雪艷變成了洪夫人，住在上海法租界一幢從日本人接收過來華貴的花園洋房裡。兩三個月的工夫，尹雪艷便像一株晚開的玉梨花，在上海上流社會的場合中以壓倒群芳的姿態綻發起來。

尹雪艷著實有壓場的本領。每當盛宴華筵，無論在場的貴人名媛，穿著紫貂，圍著火狸，當尹雪艷披著她那件翻領束腰的銀狐大氅，像一陣三月的微風，輕盈盈地閃進來時，全場的人都好像給這陣風薰中了一般，總是情不自禁地向她迎過來。尹雪艷在人堆子裡，像個冰雪化成的精靈，冷艷逼人，踏著風一般的步子，看得那些紳士以及仕女們的眼睛都一齊冒出火來。這就是尹雪艷：在兆豐夜總會的舞廳裡、在蘭心劇院的過道上，以及在霞飛路上一幢幢侯門官府的客堂中，一身銀白，歪靠在沙發椅上，嘴角一逕掛著那流吟吟淺笑，把場合中許多銀行界的經理、協理、紗廠的老闆及小開，以及一些新貴和他們的夫人們都拘到跟前來。

可是洪處長的八字到底軟了些，沒能抵得住尹雪艷的重煞。一年丟官，兩年破產，到了臺北來連個閒職也沒撈上。尹雪艷離開洪處長時還算有良心，除了自己的家當外，只帶走一個從上海跟來的名廚師及兩個蘇州娘姨。

二

尹雪艷的新公館坐落在仁愛路四段的高級住宅區裡，是一幢嶄新的西式洋房，有個十分寬敞的客廳，容得下兩三桌酒席。尹雪艷對她的新公館倒是刻意經營過一番。客廳的家具是一色桃花心紅木桌椅。幾張老式大靠背的沙發，塞滿了黑絲面子鴛鴦戲水的湘繡靠枕，人一坐下去就陷進了一半，倚在柔軟的絲枕上，十分舒適。到過尹公館的人，都稱讚尹雪艷的客廳布置妥貼，叫人坐著不肯動身。打麻將有特別設備的麻將間，麻將桌、麻將燈都設計得十分精巧。有些客人喜歡挖花，尹雪艷還特別騰出一間有隔音設備的房間，挖花的客人可以關在裡面恣意唱和。冬天有暖爐，夏天有冷氣，坐在尹公館裡，很容易忘記外面臺北市的陰寒及溽暑。客廳案頭的古玩花瓶，四時都供著鮮花。尹雪艷對於花道十分講究，中山北路的玫瑰花店長年都送來上選的鮮貨，整個夏天，尹雪艷的客廳中都細細地透著一股又甜又膩的晚香玉。

尹雪艷的新公館很快地便成為她舊雨新知的聚會所。老朋友來到時，談談老話，大家都有一腔懷古的幽情，想一會兒當年，在尹雪艷面前發發牢騷，好像尹雪艷便是上海百樂門時代房屋的象徵，京滬繁華的佐證一般。

「阿囡，看看乾爹的頭髮都白光嘍！儂還像枝萬年青一式，愈來愈年輕！」

吳經理在上海當過銀行的總經理，是百樂門的座上常客，來到臺北賦閒，在一家鐵工廠掛個顧問的名義。見到尹雪艷，他總愛拉著她半開玩笑而又不免帶點自憐的口吻這樣說。吳經理的頭髮確實全白了，而且患著嚴重的風濕，走起路來，十分蹣跚，眼睛又害沙眼，眼毛倒插，長年淌著眼淚，眼圈已經開始潰爛，露出粉紅的肉來，冬天時候，尹雪艷總把客廳裡那架電暖爐移到吳經理的腳跟前，親自奉上一盅鐵觀音，笑吟吟地說道：

「哪裡的話，乾爹才是老當益壯呢！」

吳經理心中熨貼了，恢復了不少自信，眨著他那爛掉了睫毛的老花眼，在尹公館裡，當眾票了一齣「坐宮」，以蒼涼沙啞的嗓子唱出：

「我好比淺水龍，被困在沙灘。」

尹雪艷有迷男人的功夫，也有迷女人的功夫。跟尹雪艷結交的那班太太們，打從上海起，就背地數落她，當尹雪艷平步青雲時，這起太太們氣不忿，說道：憑你怎麼爬，左不過是個貨腰娘。當尹雪艷的靠山相好遭到厄運的時候，她們就嘆氣道：命是逃不過的，煞氣重的娘兒們到底沾惹不得。可是十幾年來這起太太們一個也捨不得離開尹雪艷，到臺北都一窩蜂似地聚到尹雪艷的公館裡，她們不得不承認尹雪艷實在有她驚動人的地方。尹雪艷在臺北的鴻翔綢緞莊打得出七五折，在小花園裡挑得出最登樣的繡花鞋兒，紅樓的紹興戲碼，尹雪艷最在行，吳燕麗唱「孟麗君」的時候，尹雪艷可以拿到免費的前座戲票，論起西門町的京滬小吃，尹雪艷又是無一不精了。於是這起太太們，由尹雪艷領隊，逛西門町，看紹興戲、坐在三六九裡吃桂花湯糰，往往把十幾年來不如意的事兒一股腦兒拋掉，好像尹雪艷周身都透著上海大千世界榮華的麝香一般，熏得這起往事滄桑的中年婦人都進入半醉的狀態，而不由自主都津津樂道起上海五香齋的蟹黃麵來。這起太太們常常容易鬧情緒。尹雪艷對於她們都一一施以廣泛的同情，她總耐心地聆聽她們的怨艾及委屈，必要時說幾句安撫的話，把她們焦躁的脾氣一一熨平。

「輸呀，輸得精光才好呢！反正家裡有老牛馬墊背，我不輸，也有旁人替我輸！」

每逢宋太太搓麻將輸了錢時就向尹雪艷帶著酸意地抱怨道。宋太太在臺灣得了婦女更年期的癡肥症，體重暴增到一百八十多磅，形態十分臃腫，走多了路，會犯氣喘。宋太太的心酸話較多，因為她先生宋協理有了外遇，對她頗為冷落，而且對方又是一個身段苗條的小酒女。十幾年前宋太太在上海的社交場合出過一陣風頭，因此她對以往的日子特別嚮往。尹雪艷自然是宋太太傾訴衷腸的適當人選，因為只有她才能體會宋太太那種今昔之感。有時講到傷心處，宋太太會禁不住掩面而泣。

「宋家阿姊，『人無千日好，花無百日紅』，誰又能保得住一輩子享榮華，受富貴呢？」

於是尹雪艷便遞過熱毛巾給宋太太揩面，憐憫地勸說道。宋太太不肯認命，總要抽抽搭搭地怨懟一番：

「我就不信我的命又要比別人差些！像儂吧，尹家妹妹，儂一輩子是不必發愁的，自然有人會來幫襯儂。」

三

尹雪艷確實不必發愁，尹公館門前的車馬從來也未曾斷過。老朋友固然把尹公館當做世外桃源，一般新知也在尹公館找到別處稀有的吸引力。尹雪艷公館一向維持它的氣派。尹雪艷從來不肯把它降低於上海霞飛路的排場。出入的人士，縱然有些是過了時的，但是他們有他們的身分，有他們的派頭，因此一進到尹公館，大家都覺得自己重要，即使是十幾年前作廢了的頭銜，經過尹雪艷嬌聲親切地稱呼起來，也如同受過誥封一般，心理上恢復了不少的優越感。至於一般新知，尹公館更是建立社交的好所在了。

當然，最吸引人的，還是尹雪艷本身。尹雪艷是一個最稱職的主人。每一位客人，不分尊卑老幼，她都招呼得妥妥貼貼。一進到尹公館，坐在客廳中那些鋪滿黑絲面椅墊的沙發上，大家都有一種賓至如歸，樂不思蜀的親切之感，因此，做會總在尹公館開標，請生日酒總在尹公館開席，即使沒有名堂的日子，大家也立一個名目，湊到尹公館成一個牌局。一年裡，倒有大半的日子，尹公館裡總是高朋滿座。

尹雪艷本人極少下場，逢到這些日期，她總預先替客人們安排好牌局；有時兩桌，有時三桌，她對每位客人的牌品及癖性都摸得清清楚楚，因此牌搭子總配得十分理想，從來沒有傷過和氣。尹雪艷本人督導著兩個頭乾臉淨的蘇州娘姨在旁邊招呼著。午點是寧波年糕或者湖州粽子。晚飯是尹公館上海名廚的京滬小菜：金銀腿、貴妃雞、搶蝦、醉蟹——尹雪艷親自設計了一個轉動的菜牌，天天轉出一桌桌精緻的筵席來。到了下半夜，兩個娘姨便捧上雪白噴了明星花露水的冰面巾，讓大戰方酣的客人們揩面醒腦，然後便是一碗雞湯銀絲麵作了消夜。客人們擲下的桌面十分慷慨，每次總上兩三千。贏了錢的客人固然值得興奮，即使輸了錢的客人也是心甘情願，在尹公館裡吃了、玩了，末了還由尹雪艷差人叫好計程車，一一送回家去。

當牌局進展激烈的當兒，尹雪艷便換上輕裝，周旋在幾個牌桌之間，踏著她那風一般的步子，輕盈盈地來回巡視著，像個通身銀白的女祭司，替那些作戰的人們祈禱和祭祀。

「阿囡，乾爹又快輸脫底嘍！」

每到敗北階段，吳經理就眨著他那爛掉了睫毛的眼睛，向尹雪艷發出討救的哀號。

「還早呢，乾爹，下四圈就該你摸清一色了。」

尹雪艷把個黑絲椅墊枕到吳經理害了風濕症的背脊上，憐恤地安慰著這個命運乖謬的老人。

「尹小姐，你是看到的。今晚我可沒打錯一張牌，手氣就那麼背！」

女客人那邊也經常向尹雪艷發出乞憐的呼籲，有時宋太太輸急了，也顧不得身分，就抓起兩顆骰子啐道：

「呸！呸！呸！勿要面孔的東西，看你楣到啥個辰光！」

尹雪艷也照例過去，用著充滿同情的語調，安撫她們一番。這個時候，尹雪艷的話就如同神諭一般令人敬畏。在麻將桌上，一個人的命運往往不受控制，客人們都討尹雪艷的口采來恢復信心及加強鬥志。尹雪艷站在一旁，叨著金嘴子的三個九，徐徐地噴著煙圈，以悲天憫人的眼光看著她這一群得意的、失意的、老年的、壯年的、曾經叱吒風雲的、曾經風華絕代的客人們，狂熱地互相廝殺，互相宰割。

四

新來的客人中，有一位叫徐壯圖的中年男士，是上海交通大學的畢業生；生得品貌堂堂，高高的個兒，結實的身體，穿著剪裁合度的西裝，顯得分外英挺。徐壯圖是個臺北市新興的實業鉅子，隨著臺北市的工業化，許多大企業應運而生，徐壯圖頭腦靈活，具有豐富的現代化工商管理的知識，才是四十出頭，便出任一家大水泥公司的經理。徐壯圖有位賢慧的太太及兩個可愛的孩子。家庭美滿，事業充滿前途，徐壯圖成為一個雄心勃勃的企業家。

徐壯圖第一次進入尹公館是在一個慶生酒會上。尹雪艷替吳經理做六十大壽，徐壯圖是吳經理的外甥，也就隨著吳經理來到尹雪艷的公館。

那天尹雪艷著實裝飾了一番，穿著一襲月白短袖的織錦旗袍，襟上一排香妃色的大盤扣，腳上也是月白緞子的軟底繡花鞋，鞋尖卻點著兩瓣肉色的海棠葉兒。為了討喜氣，尹雪艷破例地在右鬢簪上一朵酒杯大血紅的鬱金香，而耳朵上卻吊著一對寸把長的銀墜子。客廳裡的壽堂也布置得喜氣洋洋。案上全換上才鉸下的晚香玉，徐壯圖一踏進去，就嗅中一陣沁人腦肺的甜香。

「阿囡，乾爹替儂帶來頂頂體面的一位人客。」吳經理穿著一身嶄新的紡綢長衫，佝著背，笑呵呵地把徐壯圖介紹給尹雪艷道，然後指著尹雪艷說：

「我這位乾小姐呀，實在孝順不過。我這個老朽三災五難的還要趕著替我做生。我忖忖：我現在又不在職，又不問世，這把老骨頭天天還要給觸霉頭的風濕症來折磨。管他折福也罷，今朝我且大模大樣地生受了乾小姐這場壽酒再講。我這位外甥，年輕有為，難得放縱一回，今朝也來跟我們這群老朽一道開心開心。阿囡是個最妥當的主人家，我把壯圖交給儂，儂好好地招待招待他吧。」

「徐先生是稀客，又是乾爹的令戚，自然要跟別人不同一點。」尹雪艷笑吟吟地答道，髮上那朵血紅的鬱金香顫巍巍地抖動著。

徐壯圖果然受到尹雪艷特別的款待。在席上，尹雪艷坐在徐壯圖旁邊一逕殷勤地向他勸酒讓菜，然後歪向他低聲說道：

「徐先生，這道是我們大師傅的拿手，你嘗嘗，比外面館子做的如何？」

用完席後，尹雪艷親自盛上一碗冰凍杏仁豆腐捧給徐壯圖，上面卻放著兩顆鮮紅的櫻桃。用完席成上牌局的時候，尹雪艷走到徐壯圖背後看他打牌。徐壯圖的牌張不熟，時常發錯張子。才是八圈，已經輸掉一半籌碼。有一輪，徐壯圖正當發出一張梅花五筒的時候，突然尹雪艷從後面欠過身伸出她那細巧的手把徐壯圖的手背按住說道：

「徐先生，這張牌是打不得的。」

那一盤徐壯圖便和了一副「滿園花」，一下子就把輸出去的籌碼贏了大半。客人中有一個開玩笑抗議道：

「尹小姐，你怎麼不來替我也點點張子，瞧瞧我也輸光啦。」

「人家徐先生頭一趟到我們家，當然不好意思讓他吃了虧回去的嘍。」徐壯圖回頭看到尹雪艷正朝著他滿面堆著笑容，一對銀耳墜子吊在她烏黑的髮腳下來回地浪盪著。

客廳中的晚香玉到了半夜，吐出一蓬蓬的濃香來。席間徐壯圖喝了不少熱花雕，加上牌桌上和了那盤「滿園花」的亢奮，臨走時他已經有些微醺的感覺了。

「尹小姐，全得你的指教，要不然今晚的麻將一定全盤敗北了。」

尹雪艷送徐壯圖出大門時，徐壯圖感激地對尹雪艷說道。尹雪艷站在門框裡，一身白色的衣衫，雙手合抱在胸前，像一尊觀世音，朝著徐壯圖笑吟吟地答道：

「哪裡的話，隔日徐先生來白相，我們再一道研究研究麻將經。」

隔了兩日，果然徐壯圖又來到了尹公館，向尹雪艷討教麻將的訣竅。

五

徐壯圖太太坐在家中的藤椅上，呆望著大門，兩腮一天天削瘦，眼睛凹成了兩個深坑。

當徐太太的乾媽吳家阿婆來探望她的時候，她牽著徐太太的手失驚叫道：

「嗳呀，我的乾小姐，才是個把月沒見著，怎麼你就瘦脫了形？」

吳家阿婆是一個六十來歲的婦人，碩壯的身材，沒有半根白髮，一雙放大的小腳，仍舊行走如飛。吳家阿婆曾經上四川青城山去聽過道，拜了上面白雲觀裡一位道行高深的法師做師父。這位老法師因為看上吳家阿婆天資稟稟，飛升時便把衣缽傳了給她。吳家阿婆在臺北家中設了一個法堂，中央供著她老師父的神像。神像下面懸著八尺見方黃綾一幅。據吳家阿婆說，她老師父常在這幅黃綾上顯靈，向她授予機宜，因此吳家阿婆可預卜凶吉，消災除禍。吳家阿婆的信徒頗眾，大多是中年婦女，有些頗有社會地位。經濟環境不虞匱乏，這些太太們的心靈難免感到空虛。於是每月初一、十五，她們便停止一天麻將，或者標會的聚會，成群結隊來到吳家阿婆的法堂上，虔誠地念經叩拜，布施散財，救濟貧困，以求自身或家人的安寧。有些有疑難大症，有些有家庭糾紛，吳家阿婆一律慷慨施以許諾，答應在老法師靈前替她們祈求神助。

「我的太太，我看你的氣色竟是不好呢！」吳家阿婆仔細端詳了徐太太一番，搖頭嘆息。徐太太低首俯面忍不住傷心哭泣，向吳家阿婆道出了衷腸話來。

「親媽，你老人家是看到的，」徐太太流著眼淚斷斷續續地訴說道：「我們徐先生和我結婚這麼久，別說破臉，連句重話都向來沒有過。我們徐先生是個爭強好勝的人。他一向都這麼說：『男人的心五分倒有三分應該放在事業上。』來臺灣熬了這十來年，好不容易盼著他們水泥公司發達起來，他才出了頭，我看他每天為公事在外面忙著應酬，我心裡只有暗暗著急。事業不事業倒在其次，求祈他身體康寧，我們母子再苦些也是情願的。誰知道打上月起，我們徐先生竟好像變了一個人似的。經常兩晚、三晚不回家。我問一聲，他就摔碗砸筷，脾氣暴得了不得。前天連兩個孩子都挨了一頓狠打。有人傳話給我聽，說是我們徐先生外面有了人，而且人家還是個有頭有臉的人物。親媽，我這個本本分分的人哪裡經過這些事情？人還撐得住不走樣？」

「乾小姐，」吳家阿婆拍了一下巴掌說道：「你不提呢，我也就不說了。你曉得我是最怕兜攬是非的人。你叫了我聲親媽，我當然也就向著你些。你知道那個胖婆兒宋太太呀，她先生宋協理搞上個什麼『五月花』的小酒女。她跑到我那裡一把鼻涕一把眼淚要我替她求求老師父。我拿她先生的八字來一算，果然沖犯了東西。宋太太在老師父靈前許了重願，我替她念了十二本經。現在她男人不是乖乖地回去了？後來我就勸宋太太：『整天少和那些狐狸精似的女人窮混，念經做善事要緊！』宋太太就一五一十地把你們徐先生的事情原原本本數了給我聽。那個尹雪艷呀，你以為她是個什麼好東西？她沒有兩下，就能籠得住這些人？連你們徐先生那麼個正人君子她都有本事抓得牢。這種事情歷史上是有的：褒姒、妲己、飛燕、太真——這起禍水！你以為都是真人嗎？妖孽！凡是到了亂世，這些妖孽都紛紛下凡，擾亂人間。那個尹雪艷還不知道是個什麼東西變的呢！我看你呀，總得變個法兒替你們徐先生消了這場災難才好。」

「親媽，」徐太太忍不住又哭了起來，「你曉得我們徐先生不是那種沒有良心的男人。每次他在外面逗留了回來，他嘴裡雖然不說，我曉得他心裡是過意不去的。有時他一個人悶坐著猛抽菸，頭筋疊暴起來，樣子真唬人。我又不敢去勸解他，只有乾著急。這幾天他更是著了魔一般，回來嚷著說公司裡人人都尋他晦氣。他和那些工人也使脾氣，昨天還把人家開除了幾個。我勸他說犯不著和那些粗人計較，他連我也喝斥了一頓。他的行徑反常得很，看著不像，真不由得不叫人擔心哪！」

「就是說啊！」吳家阿婆點頭說道，「怕是你們徐先生也犯著了什麼吧？你且把他的八字遞給我，回去我替他測一測。」

徐太太把徐壯圖的八字抄給了吳家阿婆說道：

「親媽，全托你老人家的福了。」

「放心，」吳家阿婆臨走時說道，「我們老師父最是法力無邊，能夠替人排難解厄的。」

然而老師父的法力並沒有能夠拯救徐壯圖。有一天，正當徐壯圖向一個工人拍起桌子喝罵的時候，那個工人突然發了狂，一把扁鑽從徐壯圖前胸刺穿到後背。

六

徐壯圖的治喪委員會吳經理當了總幹事。因為連日奔忙，風濕又弄翻了，他在極樂殯儀館穿出穿進的時候，一逕拄著拐杖，十分蹣跚。開弔的那一天，靈堂就設在殯儀館裡。一時親朋友好的花圈喪幛白簇簇地一直排到殯儀館的門口來。水泥公司同仁輓的卻是「痛失英才」四個大字。來祭弔的人從早上九點鐘起開始絡繹不絕。徐太太早已哭成了癡人，一身麻衣喪服帶著兩個孩子，跪在靈前答謝。吳家阿婆卻率領了十二個道士，身著法衣，手執拂塵，在靈堂後面的法壇打解冤洗業醮。此外並有僧尼十數人在念經超渡，拜大悲懺。

正午的時候，來祭弔的人早擠滿了一堂，正當眾人熙攘之際，突然人群裡起了一陣騷動，接著全堂靜寂下來，一片肅穆。原來尹雪艷不知什麼時候卻像一陣風一般地閃了進來。尹雪艷仍舊一身素白打扮，臉上未施脂粉，輕盈盈地走到管事臺前，不慌不忙的提起毛筆，在簽名簿上一揮而就的簽上了名，然後款款的走到靈堂中央，客人們都倏地分開兩邊，讓尹雪艷走到靈臺跟前，尹雪艷凝著神，斂著容，朝著徐壯圖的遺像深深地鞠了三鞠躬。這時在場的親友大家都呆如木雞。有些顯得驚訝，有些卻是忿憤，也有些滿臉惶惑，可是大家都好似被一股潛力鎮住了，未敢輕舉妄動。這次徐壯圖的慘死，徐太太那一邊有些親戚遷怒於尹雪艷，他們都沒有料到尹雪艷居然有這個膽識闖進徐家的靈堂來。場合過分緊張突兀，一時大家都有點手足無措。尹雪艷行完禮後，卻走到徐太太面前，伸出手撫摸了一下兩個孩子的頭，然後莊重地和徐太太握了一握手。正當眾人面面相覷的當兒，尹雪艷卻踏著她那輕盈盈的步子走出了極樂殯儀館。一時靈堂裡一陣大亂，徐太太突然跪倒在地，昏厥了過去，吳家阿婆趕緊丟掉拂塵，搶身過去，將徐太太抱到後堂去。

當晚，尹雪艷的公館裡又成上了牌局，有些牌搭子是白天在徐壯圖祭悼會後約好的。吳經理又帶了兩位新客人來。一位是南國紡織廠新上任的余經理；另一位是大華企業公司的周董事長。這晚吳經理的手氣卻出了奇蹟，一連串地在和滿貫。吳經理不停地笑著叫著，眼淚從他爛掉了睫毛的血紅眼圈一滴滴淌落下來。到了第二十圈，有一盤吳經理突然雙手亂舞大叫起來：

「阿囡，快來！快來！『四喜臨門』！這真是百年難見的怪牌。東、南、西、北——全齊了，外帶自摸雙！人家說和了大四喜，兆頭不祥。我倒楣了一輩子，和了這副怪牌，從此否極泰來。阿囡，阿囡，儂看看這副牌可愛不可愛？有趣不有趣？」

吳經理喊著笑著把麻將撒滿了一桌子。尹雪艷站到吳經理身邊，輕輕地按著吳經理的肩膀，笑吟吟地說道：

「乾爹，快打起精神多和兩盤。回頭贏了余經理及周董事長他們的錢，我來吃你的紅！」

作者簡介

——白先勇，一九三七年生於廣西南寧，臺大文外系畢業，後赴美到愛荷華大學作家工作室研究創作，獲碩士學位後任教於加州大學。白崇禧之子。曾創辦《現代文學》雜誌，著有短篇小說《寂寞的十七歲》、《臺北人》、《紐約客》，長篇小說《孽子》，散文集《驀然回首》、《明星咖啡館》、《第六隻手指》、《樹猶如此》，舞臺劇劇本《遊園驚夢》、電影劇本《金大班的最後一夜》、《玉卿嫂》、《孤戀花》、《最後的貴族》等。另有《白先勇作品集》、《父親與民國：白崇禧將軍身影集》、《牡丹情緣：白先勇的崑曲之旅》、《止痛療傷＋關鍵十六天：白崇禧將軍與二二八》、《白先勇細說紅樓夢》等書。

溺死一隻老貓

黃春明

小地理

這縣分在本省算起來是偏僻的，省府把它列為開發地區。街仔就是這個縣分裡的一個小鎮，人口大約有四、五萬。年輕人在自己的縣境裡，在鄉下人的面前，總喜歡挺著類似自負的胸膛，表明自己就是「街仔人」，年紀稍大的就比較懂得謙虛，最多露著某種優越感的笑容點點頭。鄉下人也總喜歡把女兒嫁到街仔的事情，用很大的氣力告訴在旁的朋友。雖然聽者的耳膜被震得發濁，他們還是覺得應該。要是他們也有個出息的女兒（他們這樣想），能從田舍嫁到街仔；當然，要是兒子從街仔娶個媳婦回來，那更使他們感到光榮，不管以後的生活變得怎麼樣，至少開始的時候，同樣是興奮得大聲說話。

街仔距離大都市只不過七八十公里，交通方面火車也好，汽車也好，都非常方便。每天來來往往的人還不少，最多四個小時就可以往來的路程，當天去辦完事，當天就可以回來。因此，很多大都市的流行，街仔人還算跟得上。迷你裝也在此地的小妹的膝蓋上二十公分的地方展覽起來，阿哥哥的舞步也在此地年輕人的派對裡活躍。年長的一輩也在流行一種怕死的運動，如早覺會之類的對身體健康有幫助的。前不久有人在清泉村發覺了泉水塘有不少的小孩子在游泳時，這些在社會上稍有名氣而肚皮逐漸肥大起來的男士們，每天早上天一亮就騎車去泡泡泉水。後來他們發現自己的皮帶孔，一格一格地往後縮的效果後，去的人便比以前多起來了。同時大家都去得很勤，可以說是風雨無阻。後來他們不只是去泡泡泉水，至少都能踢幾腳像是在游泳那樣。這些人有的是醫生，有的是銀行的高級職員，也有律師、學校校長、議員、大老闆等等。這地方扶輪社的會員幾乎都參加，除了大衛和湯姆；他們一個是裝義腿的，另一個是先天性的佝僂。

清泉村這個名字的由來，就因為村裡有一口兩分多地大的、屬於水利會的泉水塘而得其名。其實清泉村裡隨便在哪裡挖它三四尺至五六尺深，就可以得到一口泉湧不斷的帶有微微甜味的清水。這裡六十多戶人家就像冒出地面來的泉水那樣淳樸，更像泉湧不停的泉水那樣勤勉地耕作著四十多甲田地，還有鼓仔山的山坡地。這裡的水田向來沒有旱象，但是好多年來此地仍然是一個窮鄉僻壤的地方，這也就是淳樸的主要原因。這裡離開街仔只有兩公里半路，因為在山邊，從街仔來的路有些坡度，再加上沒通車的關係，街仔人總覺得清泉是很遠的一個地方。

天掉下來了

當年蓋祖師廟時才種在旁邊的榕樹，經過六十多年後，一百二十坪的廟地都被樹蔭遮蓋了一大半。而那長年累月都在蔭影底下的紅瓦屋頂，長出一層茸茸深綠的苔蘚草。另一半在陽光下的，還可以看出頗有年資的紅瓦來。因為這個緣故，他們都直接地叫清泉祖師廟為陰陽廟。這個變化的過程，一直活在村子裡的阿盛伯他們四五個老人家，就是看著這種變化衰老過來的。當時他們攀吊在運蓋廟的紅磚的牛車後面，還挨了牛車夫的藤鞭哩。現在村子裡只有他們最老了，每次廟裡的祭拜，都是他們幾個人在主使村子裡的人怎麼去做；其中以阿盛伯為主要的領導人物。一年當中是遇不到幾次祭拜的，在其餘漫長的日子，幾個老人就聚集在廟裡的邊廂，冬天時把門帶上，每人提著小火籠子烘暖，夏天就把門打開，涼風必定從邊廂經過，把象徵著此地的虔誠的烏沉檀香的香火帶到天上去。他們大部分都是談論著過去，縱使是反覆的，他們還是不厭其煩地陶醉在早前與貧苦掙扎的日子；過去的總是叫人懷念，尤其他們幾個，在這晚年的時日，也只有這些才叫他們覺得驕傲，明天誰都沒有把握，說不定明天自己就不來廟裡了。可不是？去年還有七八個，只有一年的光景，就走了一半。本來門楹內左側的石墩是天送伯的位子，現在它已經失去坐著溫暖了的微溫，變得冰冷透心了。天送走後，火樹伯來揀這個位子坐了一天，當天晚上天送就到火樹的床頭給他託夢，並憤怒地向他討回這個石墩的位子。從那天起火樹伯的肛門就生了痔瘡。這件事情是整個村子裡的人都知道。火樹伯的痔瘡後來搞得很慘，吃了幾十種藥，敷了幾十種藥，連坤田家的祖傳祕方都不見效。最後火樹伯才聽幾個老朋友的勸告，拖著半條命，由家人抬到天送的靈前燒香道歉，阿盛伯卻以老大的身分，在靈前責罵了天送一頓說：天送，你生前很明朗的，為什麼做了神以後變得這樣氣短？你、我、火樹，咱們大家都是穿開襠褲子時就在清泉長大的老朋友，為了坐了你的石墩，你就忍心折磨他半死，其實那石墩又不是你的，那是廟裡的，那是祖師公的……。當時在場的很多村人的臉上都駭然失色，像是天送伯就真正在場接受火樹伯的道歉，也在挨阿盛伯的責罵一樣。說也奇怪，一個禮拜後，火樹伯的痔瘡竟然痊癒了。但是兩個月後，突然好好的死了。那當然這個石墩就沒有人再敢在上面坐了，在清泉村人的心目中，這個石墩已經有了一個專有的警戒名詞——痔瘡石。

　　除非有重大而不可抗拒的事情，這幾個邊廂閒談老人是不會無故缺席的。雖然現在只剩下他們四五個，也只有這四五個人談起話來才不用解釋，並且興趣和話題都是相通的。所以吃過午飯以後，到廟裡閒談的事，已經變成了他們生活的一大部分。

這天下午，牛目伯、蚯蚓伯、毓仔伯、阿圳伯都來了，只差阿盛伯還沒有來。平時都是他來得最早的，就算是遲到，三點多鐘了也應該來啊？他們幾個心裡惶惶的很不習慣，不管談什麼話題都中斷了。

「他沒怎麼樣吧？」有人不安地說。

「早上我還看到他牽牛在圳溝墘吃草哩。」

「那裡，早上我也在圳溝墘放牛，就沒見到他。你順著圳溝到下尾去，我倒看到了。」

「啊！對，不是早上，那是昨天。」那人馬上承認自己的健忘。

「會不會生病？」

「我想不會。昨天還好好的。早上我在圳溝墘放牛，還遇到他的大媳婦抱一大堆衣服去洗。要是他生病，她也會告訴我啊！」停一停，「她什麼都沒告訴我。沒什麼吧。」

「那就怪！失蹤了？」牛目伯笑了笑，但是馬上又收斂起來。大家沉默了好一會兒。

「對了！幹伊娘哩！」蚯蚓突然叫起來：「前天他不是說要到街仔擇日館看日子，想擇一個吉日改灶嗎？他說他家的灶，柴火燒得凶。」

「哈哈——我想起來了。」阿圳咧開嘴笑了一陣才說：「我這個頭殼了啦，和田底石頭一樣，應該揀掉！早上就是他要上街仔的時候，我們才在井邊碰頭的。」
「幹伊娘哩！真的？」
「一點也不錯，就是田底石頭一個！」毓仔伯半玩笑地罵著。
「但是去街仔擇日也該回來啊！」
「會不會死在半掩門仔的床鋪上？」蚯蚓打趣著說。
「幹！真的那樣就好囉——老囉——」
「你也不年輕。」
「是啊！我是說我們都老囉——不對？」
阿盛伯沒在，在他們裡面就像是缺了酵母似的，大家談得並不很投機。以往的話題大部分都是由他引起。慢慢地，在涼風的吹拂下，他們都紛紛打起瞌睡來了。
西廂邊的這棵神樹——就是大榕樹，正是結籽的六月，每一顆榕樹子都熟透得發紫，稍稍一碰就落地跌碎。樹下鋪滿了一層碎開的樹籽，發出香甜而又略帶酸的霉味，教人聞起來並不討厭。一群靈活的小畢羅，在這枝椏在那枝椏地，像矯健的手指在琴鍵上彈奏一連串的頓音那樣地跳躍著鳴唱。樹籽成了一種快活的旋律，「波答波答」地落下來。蚯蚓帶來的兩個六歲大的雙生孫兒，每個人各騎一隻門口的石獅子，手抱牢石獅子的脖子也都睡著了。

阿盛伯從街仔急急地趕回來。他心裡不停地焚燒著，越想快一點趕回清泉，越感到路長，像有什麼和他在作對似的，他心裡咒詛著：那清泉不就完了嗎？我絕不讓他們這樣做，絕對不能。快點回去告訴他們。他兩步併一步地趕，坤池的田過去就是啞巴的田，再過去是紅龜的，紅龜的田過去就是龍目井和清泉國校分班。阿盛伯來到龍目井這口天然大泉井的時候，還特地抄進來看看井和四周的環境，且憤恨得自言自語地說，要是真的讓街仔人這樣做，清泉的地理都完了。這未免太惡毒了！這是天大地大的事，他們竟敢打這主意！幹！他急急地掉頭就向廟裡跑。

阿盛伯一跨進祖師廟的西廂就大聲地嚷起來：

「嗨！我看睏鬼還能纏你們多久。」

他們都被這不尋常的叫嚷驚醒過來，再看到阿盛的模樣；除非是什麼重大而不幸的事情發生，否則那貼在臉中央的半邊紅蓮霧果是絕不褪色的，看那樣子，兩個鼻孔還不夠他喘氣，半開著的嘴唇顫得很厲害。

「鬼姦著這麼大聲嚷！」蚯蚓被嚇醒而有點惱怒，但他馬上看清阿盛的神色和平時不同，轉口氣打趣著說：「我們還以為你在後街仔的半掩門仔不回來了呢。」他本能地用手拂去睡著時淌下來的口水。

「什麼事這麼晚才回來？」阿圳問。

阿盛一下子癱在竹椅子上，當背碰到靠背的剎那，又彈跳起來坐著說：

「我們絕不能讓他們這樣做！這樣我們清泉不就都完了嗎？」他把手一攤開隨即真的癱下來了，那樣子像是他盡了最大的力氣說了這句話。

他們幾個互相望了望，蚯蚓性急地說：

「怎麼搞的，你這個老頭！即使你帶回來什麼壞消息要我們像你這樣難過，你也應該說清楚啊！是不？沒頭沒尾地來一句『完了！』就躺下來，誰知道發生什麼事？」

幾隻注意著蚯蚓的眼睛又集注著阿盛伯。

阿盛長長地嘆了一口氣：「街仔人想來挖掉我們清泉地的龍目。」他的話使大家愣住了。

「這怎麼說？」

「就是每天早上來池塘游水的那些人，他們籌集了三十萬元，要在我們井邊做一個游泳池。」阿盛看到剛剛緊張地愣住了的他們，現在反而顯得沒什麼的樣子，心裡又變得急惱，「怎麼？你們不關心這件事嗎？」

「做一個游泳池有什麼不好？」阿圳說。

「怎麼沒有什麼不好?!第一，傷著我們的地理。你要知道，清泉村所以人傑地靈，都是因為這口龍目井的關係。我做小孩的時候就聽我祖父這麼說的。」

「是啊！這個道理誰都知道，但是做一個游泳池在井邊有什麼關係？」

「所以說啊！牛目你不要埋怨別人笑你憨。你想想看，那個游泳池的水都是靠馬達從井裡抽水，要是水一下子被抽光了，龍目就枯了怎麼辦？清泉不就完了嗎？」

大家又互相望了望點點頭。

「是啊！這可嚴重。」牛目說。

「你們都忘了？大風颱那一年，不知道誰丟一捆稻草在井裡，結果我們整村的大大小小都眼痛，幸虧那一次丟的是稻草，要是撒了一把刺球子，清泉人都死光了！」阿盛看到他們臉部的表情開始罩上困憂，心裡才升起一種應該的沉重的滿足，「所以說，」這是阿盛最愛拿來做開頭或是肯定結果的話的三個字。「龍目裡裝一個馬達在裡面我們怎麼受得了！」

「你的這個消息當真？」大家的目光都集注到阿盛，他們不但深信這個不祥的消息，心裡已開始蒙上一層深沉的憂慮，但是他們邊寄望著否定的可能，而由蚯蚓伯這樣問。

現在阿盛原來負著這消息回來的重負，由大家的分擔，使他顯得安舒了許多，他說：

「不知在什麼時候，他們拿了這裡的水去化驗，結果認為這裡的水太好了。傻瓜，清泉龍目井水當然好，還化什麼鬼驗。但是水好並不是要他們來做游泳池啊！」

「那我們必須極力反對到底！」毓仔伯過於激動地說，連口沫都濺到別人的臉上。牛目用平淡的動作將對方濺過來的口沫輕輕地抹掉說：

「那當然，那當然，我們絕對反對！」

毓仔伯也舉手抹掉他臉上的什麼。

「還有一個理由，你們要知道：當游泳池開放的時候，那些來游泳的街仔人，不管是男的女的，只穿那麼一點點在那裡相向，誰知道他們腦子裡在想什麼。我們清泉向來就很淳樸很單純的，這麼一來不是教壞了我們清泉的子弟？把我們清泉都搞濁了嘛！」

阿盛看到他們默默地點著頭又說：「所以說我們很有理由反對。」

這時一直沉默在憤怒中的阿圳伯也提出一個理由說：

「再說，讓龍目看了這些不正經穿衣服的男女也是不好的，這樣地龍整身都會不安起來。」

「對啊！那我們有三個大理由了，想想看，還有什麼其他的理由我們好反對。」

蚯蚓衝動得跳起來說：

「還要什麼理由！這三個理由已經就等於天掉下來了！」

就在這個同時，蚯蚓伯的孫子有一個從石獅子上掉下來哇哇地哭叫起來，而他最後嚷的「天掉下來了！」這句話巧得就像因小孫兒跌下來而叫的。

民權初步

村民大會的晚上，向來就不曾參加開會的這幾個老人，倒很早就來到謝村長曬穀場臨時布置的會場，坐在最前一排板凳上等著開會。

因為全村的人都知道這晚的村民大會是這幾個老阿伯等不及的，其實也是他們急切地等待著要知道反對在龍目井地方建游泳池是不是能夠生效。所以來參加開會的人反常地踴躍。一家人有的來了好幾個都有。當會場已經擠滿了村民的時候，指導機關和列席機關的人員都還沒到。謝村長把家裡收音機正播放的歌仔戲節目開得很大聲。本來這種會在這些人總是覺得沒什麼意義的，要不是有那麼規定每一戶必定派一個人參加，在開會前蓋個章，開會後又蓋個章證明到席，那是不會有人參加的。結果這次不然。他們覺得真正需要這個會來解決他們的問題，而這問題又是一天一天緊緊地壓迫過來。每個來開會的人心裡都有些激動，要是再經過激發，就會成為一股狂潮的趨向。阿盛伯他們屢屢回頭看看緊挨在後頭的村民，臉露著笑容點著頭表示欣慰。沒有任何時候使他們幾個像這天晚上感到這種安全感，至少在這個時刻村民都同他站在一邊，內心的優越就如面對著什麼敵人都不怕而高喊著：來吧！他媽的，逃走是狗養的！牛目對幾個老兄弟說：喂！不要老讓年輕的認為我們老了沒用，晚上咱們老人家表現給他們看看。他們都同時點了點頭表示幹。

村幹事把國旗掛好以後就不見了，後來村長也不見了。本來預定七點半開會，時間過了二十多分鐘，村民也沒什麼表示，他們聽《陳三五娘》的歌仔戲節目正聽得津津有味。快八點的時候，收音機突然中斷，群眾的心亦突然頓挫了一下，村幹事和村長就從房子的正門走出來，兩人都有點顯得像跑了一段路而喘息。群眾裡面有人喊著要開會，村長站到一只箱子上面，有點口吃地向群眾說馬上就要開會，希望大家安靜。村幹事還不時轉頭看看路口那邊，最後一次他看到路口那裡有人影走過來，他興奮得喊來了來了，所有的村民也轉過頭往路口那邊望，有的還站起來，害得就要走進會場的一批人，忽然止步，站著觀望了好一會裡面的動靜，才慢慢地一步一步地走進會場。村長趕快跳下箱子，跑過去一一和那些人握手，然後引他們走進會席。鄉長竟然也來了，使村民感到意外的是，除了劉巡佐以外還來了五位陌生的外地警察，巡佐的臉還是和平時一樣地露著笑容，而那五位陌生的警察的臉色就不大對勁，另外還有三個穿西裝手拿扇子的紳士，而那三支紙扇子都是相同的；後來經村長的介紹才知道都是特別的來賓。等他們坐定位子的時候，已經是八點三十分了；今晚什麼都反了常似的，以前都是他們先來等村民。村幹事看到三個紳士當中的那個胖子點頭以後，就拉開嗓子喊：村民大會開始——在還沒接著喊主席就位，蚯蚓就碰阿盛伯的肩膀要他上來說話。阿盛伯真的一下子就站起來一邊喊著說：我有話要說……。村幹事為了要保持開會的程序不受打岔，有意不理阿盛伯的話，而把下一句的口令更大聲地喊：主席就位——但是阿盛伯看到臺上沒人理他，於是他叫村長的名字說：喂！鴨母坤仔，開會前我就告訴你我今晚有話要說嘛！這時候很多人忍不住都笑了，連那五個臉繃得緊緊的警察也趕緊笑了一下。謝阿坤村長在臺中間轉過臉向阿盛憤怒而無可奈何地瞪了他一眼。阿盛還以為鴨母坤仔錯怪他，所以他又接著說：真的嘛，幹！我明明和你說了嘛！又引起一陣轟笑，村幹事立刻走過來，把嘴湊近阿盛的耳朵，阿盛說右邊不行，你到左邊來。村幹事就在阿盛的左耳低聲地說：你知道嗎？那個胖子是一個大人物哪，你不能開玩笑擾亂開會呢！阿盛伯很不高興這種威脅，又大聲地嚷：什麼？我開會說話叫擾亂開會？村幹事很尷尬地又湊近他的耳朵客氣地說：你誤會了我的意思了，等一下我們要你說話的，現在還沒到你說話的時候，那時候我一定會告訴你好吧！阿盛伯點了點頭還是很大聲地說：我怎麼知道還沒到說話的時候。他用力碰蚯蚓一下：幹你娘咧！都是你叫我起來說話。蚯蚓也大聲地說：我怎麼知道！兩個差點吵起來。村幹事馬上打圓場說，好了好了，你們有話留著等一下我請你們發表。他們的情形一直引起村民的好笑。阿盛伯在每次激起群眾的笑聲時，就要回過頭去巡一下發出笑聲的這些臉孔的表情是不是還是和他站在同一邊，結果每一次都好像受到鼓勵，而他就越變得帶憨帶粗起來了。

村長的那一段國語的開場白使這幾個老人感到十分不滿，因為他沒聽懂鴨母坤仔在說什麼。接著那三個紳士也都上臺說了話，但這在老人家的眼裡只是一連串難耐的比手畫腳而已，鄉長和村長是一樣的，最後連巡佐也上臺說話了。阿盛伯以為還要等那五個警察都說完了話才會輪到他，他埋怨地向蚯蚓說：伊娘哩！坐都坐駝了背還輪不到咱們說話。再沒等多久，村長請阿盛伯起來說話之前，用本地話說明了一段，說剛才主委已經說得很詳細，為了清泉的發展，各方面熱心促成在井口建游泳池的事，就要付之實現，希望本地方的人要配合完成。有了游泳池以後，這裡還要通車，分班又要獨立，清泉很快地就會繁榮起來。聽了這些話，臺下沒有一個村民鼓掌。阿盛終於站起來了，一陣熱烈的鼓掌聲跟著掀起，他回過頭看看村民，面對著臺上先以挑戰式的口吻發表了一篇聲明。他說：請你們回去告訴街仔人說清泉的阿盛伯說的，他們要游泳的話，請回到家裡的浴盆裡游泳去吧！這句激動的話，不但引起爆笑，同時贏得了雷動的掌聲，阿盛伯自己也莫名其妙地懷疑哪來的靈感。接著又說：不要妄想在清泉建游泳池，清泉的水是要拿來種稻米的，不是要拿來讓街仔人洗澡用！鼓掌的聲浪把他老人家的話揚得更激昂：清泉的人不希罕通車，我們有一雙腿就夠了。我們只關心我們的田、我們的水……。清泉的地理是一個龍頭地，向街仔的那個出口，就是龍口，學校邊的這口井就是龍目，所以叫龍目井，清泉的人從我們的祖公就受著這條龍的保護，我們才平平安安地生活下來。今天居然有人要來傷害龍目，清泉人當然不會坐著不理。他回過頭問村人說：對不對？所有的村民興奮跳躍起來。臺上的人心裡都暗暗地驚訝阿盛伯的煽動能力。牛目側過身來向阿盛伯說：老傢伙，是不是祖師公找你附身做童乩？阿盛伯說：我不知道。我一直覺得腦筋很清楚嘛。

會完後，阿盛伯被村長請到村長家的大庭和幾個特別來賓見面，他們的話都由村幹事來翻譯。主委很欽佩地向阿盛伯說：

「老阿伯，我真佩服你說話的口才。」

「哪裡，你們過獎了，我是沒讀過書的，連一字是一橫也不知道。」

「沒有讀書能有這麼好的口才更是了不起。」

「不敢當不敢當，見笑見笑。」阿盛伯：「孔子公說的話我倒聽人說幾句，那就夠我用了。」

主委和旁邊的人交談了幾句，阿盛伯就問村幹事他在說什麼？

「他說你很能說話啦。」幹事又替他們翻譯。

「不要那麼說，我只是據理說話，老老實實以理論理，情理是愈辯愈明。真金不怕火，你說對不對？」

「老阿伯，我有一句話要問你，請你老實講，到底你為什麼會這麼勇敢，並且這麼極力反對這件事，在背後是不是有人唆使你這樣做？」

阿盛很不高興地一下子就回答說：

「沒有！」

「那麼你為什麼要這麼激烈地反對呢？」

阿盛伯毫沒有考慮地且驕傲地說：

「因為我愛這一塊土地，和這上面的一切東西。」

第一回合

順發營造商標到這一座長五十公尺，寬二十五公尺的游泳池工程，第一天就在清泉村遭遇到困難，他們在村子裡找不到一個臨時工來挖土。第二天他們才從別的地方僱來了五十名的男女工人來挑土。阿盛伯他們幾個整天執在工地和營造商的人周旋，結果招來了警察的干涉，他們都受到觸犯法律的警告。阿盛伯心裡覺得很是不滿，為什麼別人來侵犯我們的行為會受到法律的保障，而我們的正義卻剛好相反觸犯法律？他們幾個老人紛紛回去發動了一批男人，每個人手裡都握著棍棒或是劈刀，往工地這邊趕過來。工地這邊的人見了這情形，丟下了扁擔和簸箕就跑離工地。阿盛伯帶來的這一批人，把散亂在工地的這些工具集成一堆，放了一把火就把它燒了。火猛烈地燒著，這批人圍著火光，心裡一股勝利的喜悅令他們感到新鮮的光榮，不一會兒他們的外圍又圍來婦孺的村民，對他們的敬慕，而使他們也不覺得那英雄姿態的昂然，無形中溢出來。在人群裡面的阿盛伯大聲地說：逃走了就算了，就算他好狗命。光讓他們看清泉村的顏色，看他們以後是不是還來動這裡的一根草。這時只聽外一層的人叫來了來了，在還沒來得及看清楚之前，十多個武裝的警察，乘一部消防車已經趕到了。警察迅速地跳下車，一下子就刺進人群的核心，再向外推展分割開群眾，這些農夫們都被繳械了，然後一個一個地送上車；這一連串過程就像演習那麼順利。阿盛伯卻自動地跟著上了車，一起被送到街仔那裡的分局去了。原地還留幾個帶械而臉帶笑容的警察，安慰著其他村人要他們安靜地各自回到家裡去。

事情經過村長和鄉長多方的奔跑，營造商方面說，只要能保證事情不再發生，並保證工地的工作人員的安全，他們很樂意和解。當晚很晚了，他們才有計畫地被放了出來。每一個人似乎都受了很大的驚嚇而臉都縮了。回到清泉後，這種緊張的情緒仍然沒有消滅，他們心裡始終牽掛那份留在分局的口供筆錄和指模，不知以後還會有什麼麻煩的事情發生。這種顧慮的恐懼心，反而回到家見了大小之後跌得更沉。現在他們確實感到懊悔不及，再怎麼想到龍目或是整個清泉也激不起一絲力量來反抗，甚至於有人連隱藏在意識裡的意志也沒有了。想起來他們自己也不明白，當時怎麼會那麼衝動，只聽阿盛伯吆喝一聲，大家一窩蜂地就跟著湧上去。但是他們誠然不知道，阿盛伯正為他們敢為著清泉挺胸出來而感到驕傲。雖然他以禍首的名分被拘留在所裡過夜，他仗靠著心裡那份安慰，倒使他的態度顯出一種宗教性的安之若素。從他把熱愛清泉的意念付之於行動之後，他多多少少察覺到自己的變化，他不再覺得自己沒有事做了。而這件事情是比自己更重要，沒他別人不可能去做，也可以說一種信念寄附在阿盛的軀殼使之人格化了的，無形中別人也會感到阿盛伯似乎裹著一層什麼不可侵犯的東西。以往那些俗氣在他的身上脫落，且和一般人形成崇高的距離；這在熟悉阿盛伯的人，或和他認真談過話的人都有這種感覺。阿盛伯自己就覺得自己說話完全和以前不同了。每一句話說出來都是讓自己那麼驚奇，好比說有人特別來想改變他的觀念，問及清泉的水有多好？阿盛伯的眼睛就露出神奇的光彩，彷彿看到另一個世界地說：要是你能和魚說話的話，你問我們清泉裡的魚好了。不然你看看清泉的魚那種快樂樣子，你即可以得到正確的回答。那不是我阿盛告訴你的。這種語句不但他自己，連在旁的人都有點迷惑。而能察覺到自己的變化的那份感覺力，卻逐漸地減去，那簡直微妙得出奇，忠於一種信念，整個人就向神的階段昇華。阿盛伯大概就是這種情形，已經走到人和神混雜的使徒過程。

半夜，阿盛伯被人請到另一個較為寬闊的房間，一踏進門就發現那晚村民大會來列席的貴賓，就是坐在中間的那個胖子。他們都對阿盛伯很客氣，讓他坐在一張桌子前面的籐椅子上。有人替他倒茶、送香菸，他們想替他做筆錄。這之前那胖子向阿盛伯做了一番解釋，說分局並不是拘留你，只想讓老人家冷靜冷靜。事情本來很單純，但是散播迷信煽動群眾差點鬧出流血案件的事，是法律所不許可的。由於老人家的動機純良，這邊願意把大事化小事，小事化沒事，希望老人家回去好好抱孫享福。阿盛伯冷冷地謝了一番，就開始回答做筆錄的口供。

「你叫什名字？」

「許阿盛。」

「今年幾歲？」

「閏年不算七十九了。再活也沒有幾年了。」

在旁的人都笑了。其中有一個人說：

「那你應該好好享受享受晚年啊！為什麼還要管閒事？」

阿盛伯很輕鬆地說：

「因為我知道我再活也沒有幾年了，現在有閒事不管，以後就不再會有機會了。」

突然改變嚴肅的口氣：「閒事不閒事，那要看什麼人在看這件事。我，我不以為然。」

問口供做筆錄的人趕緊接著問：

「你為什麼要反對在清泉建游泳池？」

阿盛伯把三大理由說了出來，還做了不少的補充。

「你為什麼要聚眾滋事？」

「我聽到，清泉在那麼多人為了建造游泳池，每拋一下鋤頭落在它身上的呻吟，我一個人無力挽救，只好找清泉的人集合起來阻止他們。」

「你知道你這樣做會構成什麼罪嗎？」

「這和關係著整個村莊的地理有關係嗎？……」

「我希望你只回答我所問的問題。我再問你，你知道你這樣做會構成什麼罪嗎？」

「我不知道。」

「……。」

「……。」

天快亮了，阿盛伯的精神仍然很好。他們悄悄地用吉普車把他送回清泉。

陳大老的孫子

工程積極地進行著，阿盛伯已經失去了村人行動上的支持，他孤獨而焦灼地蒼老了很多。雖然家人騙他離開清泉到臺北親戚家，但是由他對抽水馬桶的陌生和隔閡，當晚他肚子裡逼著一股內壓回到清泉，一進家門連話都沒說就直衝到豬圈裡的茅房。幾個老友對這件事消極起來。眼看游泳池的工程一天一天積極地進行著，他想要是不趁早阻止，就算土挖好而被他阻止成功，那時候填土才是麻煩的工作咧，想了想，他現在不再直接去阻止這項工程了。他想應該用間接的方法找人事關係，能找一座泰山來個壓頂，什麼事情都能解決。可是以阿盛伯的條件，根本就不可能有什麼大人物之類和他有任何交情。在失望之餘，他忽然想到陳縣長來。他還記得很清楚，陳縣長在競選時，冒著大汗來到清泉，曾經熱烈地和他握過手，口口聲聲拜託拜託，並且答應他說：要是他當了縣長，以後他有什麼困難都可以找他解決。陳縣長的運動員也說：只有選他做縣長才是明眼人，因為他是不會開空頭支票的。阿盛伯不但自己投他的票，他還義務叫別人投他的票。那時他一直感動於他自己粗俗的手被一隻肥大而細膩的手實實地握住的感覺。對！我怎麼不去找陳縣長呢？他曾經答應我有困難可以找他。陳縣長的祖父在滿清的時候叫陳大老爺，我祖父以前就是陳大老的佃農，早前巡撫來點兵查糧的時候，祖父、父親他們都要去充臨時兵員的，只要我見了陳縣長說出我們以前也是你家的佃農，他就會領情吧！阿盛伯想到這裡又找到一線希望。第二天上午，他換了一身乾淨的衣服，到街仔的縣政府找陳縣長去了。

好容易闖了幾關才摸到縣長室的大辦公廳門外，他看四周的氣派，心裡暗自歡喜一番。縣長畢竟是一個大人物，這麼不容易找，又是在這麼嚴肅的地方，一定管很多人。只要他一答應還怕什麼事情不成？門外的小姐告訴他說縣長在裡面開會，叫他最好下午來。他說他願意等他開完會。他可以說是等得很開心，因為他認為愈不容易見的人物一定是偉大的。

最後終於見到縣長了。他行了很深的禮，而沒見到縣長的回禮，小姐在外面已經告訴過他，說縣長最多能和你談十分鐘的話，所以他聽了之後心裡有點焦急。十分鐘要談完這件事到底要從何處談起？他想應該先讓陳縣長知道一點人情關係。縣長請他坐下來，他開頭就告訴縣長說：我們許家早前也是陳大老的佃農哪！他滿懷著希望想看到縣長領了情的表情。結果他只聽到縣長從鼻孔哼了一聲，低著頭翻閱紅卷宗裡面的一大疊公事。這使阿盛伯愣了一陣，好一會兒，縣長才抬頭鼓勵他說話。他說話的時候，縣長還是埋頭在公文堆裡，一張一張機械地翻一張蓋一個章，這樣，連看都不必看，因為太多了連蓋章就需要很久的時間，等阿盛伯把主要的話都說完了，在等縣長的回答時，縣長還忙著蓋章。對這件事縣長的印象是土地和工程的糾紛，所以他考慮要交給哪一部門去處理，社會課呢？民政課呢？建設課呢？還在考慮中縣長就按鈴叫小姐進來，然後小姐把阿盛伯帶到建設課去了。

結果阿盛伯在建設課鬧了一陣笑話碰了一鼻子灰，再也摸不到門路應該去找哪裡才適合。他疲倦地回去清泉，對陳縣長的偶像都幻滅了。他在路上還不斷地反覆著咒罵著說：「幹！那就是陳大老的孫子，要是讓陳大老知道了一定會流目屎的！」

貓不是狗

從阿盛伯失去村人行動上的支持以後，他的信念亦不能完全付之於行動。剛開始的那種宗教型的人格就漸失掉了。當游泳池完全落成的那一天，他也完全恢復到以前的鄙俗了。許多人圍在游泳池的鐵絲網外，看著裡面嬉水熱鬧的情形。很多村子裡的小孩子向家人吵著要一塊錢去游泳。年輕人應該到田裡去工作的，有很多人把鋤頭放在一邊，望著裡面的奶罩和紅短褲在那裡構想而出神，這些阿盛伯都看在眼裡，心裡十分難受，他一邊受痛苦的煎熬，一邊在游泳池外徘徊了一陣。最後他瘋狂地闖入裡面，大聲地叫嚷著說：「要脫嘛就乾脆像我這樣脫光！」說著他真的把身上的衣服都脫了。小姐們被嚇得吱吱叫著爬上來，男孩子們卻笑著拍手鼓掌。這時候阿盛伯來一個倒瓶式的姿勢，跳入深水的地方去了。他連狗爬式都不會，等很久沒見他浮上來的時候，在場的人才不覺得好笑。當兩個小姐急忙跳下去把他拉上來，那已經遲了一步，阿盛伯只留一個名字，什麼都沒有了。

笑聲

出殯那一天，阿盛伯的家人要求游泳池關閉一天；阿盛伯的死到底是為了這座游泳池。出葬時棺材必須經過游泳池的門口。管理游泳池方面的人答應了，同時在門口還橫披著一塊大黑幕。但是，當棺材經過游泳池前，四周的鐵絲網還是關不住清泉村的小孩子偷進去戲水的那份愉快的如銀鈴的笑聲，不斷地從牆裡傳出來……。

作者簡介

——黃春明，一九三五年出生於宜蘭羅東，筆名春鈴、黃春鳴、春二蟲、黃回等。曾任小學教師、記者、廣告企劃、導演等職，被譽為「國寶級小說家」。近年除專事寫作，也致力於歌仔戲及兒童劇的編導，並傾心於撕畫、油畫等藝術創作，同時創辦《九彎十八拐》雜誌、黃大魚兒童劇團。曾獲吳三連文學獎、時報文學獎、噶瑪蘭獎、國家文藝獎、行政院文化獎及總統文化獎等。著有小說《看海的日子》、《兒子的大玩偶》、《莎喲娜啦・再見》、《放生》等；散文《等待一朵花的名字》、《九彎十八拐》、《大便老師》；童話繪本《小駝背》、《我是貓也》、《短鼻象》、《愛吃糖的皇帝》、《小麻雀・稻草人》等，還有一本關懷幼兒成長的童話小說《毛毛有話》。

火葬

司馬中原

為了蓋碗裡那些用冰糖培著的蜜棗，趙五奶奶跟媳婦又嘔了氣。老人家心思細密，平常哪怕是一點兒吃食買來家都要點點數，在心裡牢記著那個數目，二天自己吃了多少，就三下五除二，從原數裡扳著指頭扣除，這麼做，為的是防著媳婦。

雖然俗說：女兒是人家人，媳婦是自家人。但媳婦不是從自己肚皮裡出的，比起女兒來，天生就隔著一層；也正因為女兒是人家人，五奶奶的三個花朵似的女兒，群珍、素珍和愛珍，都先後出了閣，嫁到三個不同的遠處去了。三個貼心貼意的女兒，只換來這麼一個冷冷淡淡的媳婦，五奶奶不止一次在鄰舍面前呼過冤，埋怨老天爺不該讓她這樣貼本。

細心的老人家，會從平常日子裡，任挑幾宗細小的事情，把當初的三個女兒和如今的這個媳婦來比較，越比越覺得女兒待自己情分重，越比越覺得媳婦冷淡寡情。不是嗎？當年群珍沒出閣，一手精細的針線人見人誇，她用替人刺繡縫綴的一點兒工錢，把自己床頭瓷鼓兒裡裝滿了吃食；女孩兒家心眼兒靈巧，自己平素愛吃些什麼，她就挑著什麼買，五色雜糖、桃酥杏酥、各式鬆軟香甜的糕餅，從沒斷過。

二女兒素珍燒得一手好菜，買什麼，弄什麼，總先開口問媽，媽說鹹，她就鹹，媽說淡，她就淡，知道媽的牙口不好，總煮得爛爛的，不用細嚼也能嚥。菜燒好了，扶媽吃，勸媽嘗，單看她小心翼翼的樣子，親親熱熱的笑臉，沒胃口也生得出胃口來。

小女兒愛珍不會什麼，若論服事自己的殷勤來，卻是誰也比不上的。早起替自己梳頭穿衣，提壺灑掃，夜來替自己烘暖被褥，拿茶奉菸，沒事端張椅兒，請媽太陽底下坐著，扳著媽的頭髮捉蝨子，說是頭皮不癢好睡覺，年紀大的人，睡足了覺才會開胃添精神。

早先找村頭路過的算命瞎子算過命，那瞎子算過自己老運不濟，當時自己還疑疑惑惑的不相信，如今想想可真靈，家裡娶著這麼個媳婦兒，老運還能談麼？

媳婦究竟怎樣不好？五奶奶也說不出來，只是拿她和三個女兒一比，心裡就冷暖分明；媳婦不像群珍那樣，常替自己備吃食，不像素珍那樣，按照自己心意烹肴煮菜，更不像愛珍那樣親熱殷勤，而且……而且也許還有點兒愛偷嘴的毛病，不過從沒眼見過，只是懷疑罷了。

也許媳婦偷自己床頭的吃食，是為了那個寶貝孫兒，——五歲大的癩子，癩子生下來並不叫癩子，是生了癩皮癬之後才改叫癩子的，俗說：什麼人生什麼貨，一點也不錯，癩子不但生了一身懶龍似的癩皮，滿頭又長了膿疱禿瘡，塗了一層黃油般的稀硫磺，聞見了就會反胃作嘔，就這麼個成天挺著冬瓜肚子，白癡似的小小子，他媽還那樣橫寵著他，任他用那雙黑炭條似的骯髒手，東一把西一把，從雞屎抓到爛泥，再轉來磨算自己床頭瓷鼓兒裡的東西，口涎冽冽的，不磨算到嘴不甘心。

誰說做奶奶的不疼孫兒？妳為人子媳的人，也該把孩子打理得像個人樣兒才是，自己一輩子講乾淨，三個女兒也都跟著染有潔癖，哪曾見過這樣邋遢的孫子？

「孩子家，一天三頓飽飯，就成了，」自己不止一回跟媳婦關照過：「少縱容他，養成貪吃零嘴兒的脾性，積了食，又鬧毛病。」

這也講說不得了！惹得她背著自己，在街坊鄰舍面前，栽誣自己是個老怪物。……「她那個老太婆，吃水只吃前桶，怕擔水的放了屁在後桶裡，除了她那女兒，她是任誰也不喜歡的，癩子一進她房門，她就伸手朝外推，早知我不生癩子，讓她趙家斷子絕孫反而乾淨！」

你們聽聽，這就是做媳婦的議論婆婆的話。像是從人嘴裡講的麼?!不過總不是親耳聽著的，也只耳風刮著那麼點兒，即使刮著那麼點兒，也夠把人氣得頭昏腦脹的了。

嗨！上年紀的人，清靜就是福，哪犯得著為這點雞毛蒜皮的事兒，跟媳婦認真嘔氣去；上回群珍回娘家，也這麼苦口婆心的勸過自己，自己總算讓步了。

「孩子家，哪有不貪饞的？零食少吃些，要吃，也得先替他手洗洗，臉擦擦，奶奶拿給他，不要任他不知數似的，掀開瓷鼓蓋兒來亂抓！」

鄰舍們評評，這又說錯了麼？

「這明明是嫌孫子，稀罕那老婆子繞著彎兒假惺惺！」這話又是她做媳婦的人說的，她還說：「嫌他禿，嫌他癩，嫌他小腸氣大卵泡兒，都不是我的事，禿頭癩皮大卵泡兒，又不是胎裡帶的，全是在他趙家長的，要怪，也只怪他趙家祖上無德，風水不好，怪我算哪一門兒？她既嫌癩子，朝後我就不帶他進那房門，免得她那寶貝吃食數錯了數，也賴是咱們娘兒倆偷的。」

天知道，還是虧三個出嫁的女兒有孝心，自己床頭瓷鼓兒裡，才長年不斷吃食東西；她們知道做媽的有夜晚心潮的老毛病，一陣潮濕泛上來，就得抓點兒什麼填填，便經常託人捎來些糕糕餅餅，留給自己墊一墊心。上回素珍捎來兩盒綠豆糕，自己省著省著捨不得多吃，二天盒蓋兒叫掀在一邊，盒裡翻得亂糟糟的，數來數去差了三塊，其餘的，也都叫抓得稀乎爛，髒兮兮的不成個樣兒了。

好呀，明的不來暗的來，正應上家賊難防那句俗話了，家裡深宅大院老房子，除了媳婦跟癩子，旁人誰還會進宅來，專偷幾塊糕餅來著?!這宗事，不提還好，提起來有辱門風，只怪自己老眼昏花沒見著，既賴不了媳婦，更賴不得孫子。

能忘掉倒也罷了，這口悶氣窩在心裡，頂得人心口發疼，一病病了好幾天，原以為事情過去就算了的，誰知這一波未平，那一波又起，愛珍託人捎來的糖炒栗子又剩了一攤碎殼兒了，事不過三，這蜜棗業已是第三回啦！

「我說癩子他媽，妳昨晚怎麼又讓癩子抓走那蓋碗裡的蜜棗？……那是群珍為買來給我壓咳嗽的呀！吃了蜜棗不說了，不該把我那細瓷蓋碗摔爛掉蓋子！那都是前朝古瓷，配都沒處配的。」

「奶奶說話可甭儘冤人！」媳婦的臉也夠青冷的，話頭兒不輕不重的敲著人：「誰也沒害了饞癆?!半夜三更爬起來偷捏妳那些吃食，妳說的蜜棗是什麼樣兒，我影子還沒見著呢！這話傳出去，叫我這做媳婦兒的怎好見人？妳吃齋念佛大半輩子，不知平白咒人嘴上會生疔的嗎？」

好個轉彎兒罵人的尖刻言語。

五奶奶要是像早些時一樣能忍氣呢，省一句也就沒事了，老人家疼的不光是幾顆蜜棗，疼的是女兒一番心意，叫人胡糟蹋了，偷捏了東西，非但不認賬，到頭來回馬一槍，反咒罵自己嘴上生疔。

這還早著，如今自己還爬得動捱得動，媳婦就已經脣槍舌劍的硬頂嘴了，日後自己病病痛痛的，到那爬不動捱不動的時刻，那真才叫老鼠滑進糞缸，——死也死得窩囊咧！這麼一轉念，一傷心，就忍不住的嚎啕大哭起來，既然掀開了臉，索性淚涕交流，指天劃地的，狠把媳婦兒數說了一頓。

五奶奶越數說，媳婦蹦得越高，硬指五奶奶栽誣她，說她壓根兒沒偷揑過一點吃食東西。

婆媳倆這一吵，把左鄰右舍全吵得來了，一半是來勸架，一半也是來看熱鬧。五奶奶一見人來的多了，喉嚨也就更大起來。

「妳說妳沒偷，難道會有鬼來偷？這蜜棗原本十七顆，早上還剩十三顆，蓋碗兒摔在地下，瓷片兒還在這兒呢！」

「誰偷妳那蜜棗來?!」媳婦也像受了極大冤屈的樣子，又蹦又跳，亢聲銳叫著發了潑，王婆罵雞式的當眾詛咒說：「誰偷妳那蜜棗，叫她跳跳就死！叫她×上生疔瘡！叫她來世變驢變馬；要是妳做婆婆的硬栽誣我，這血滴滴的咒就會應在妳身上！」

「好！妳這小×咒我死，我就死！」五奶奶嘴張得瓢大乾嚎說：「我死是妳毒死的，咒死的，我那軟骨軟耳的兒子怕妳不敢吭，看幾個姑子回來能饒得了妳！」

「要死也是妳自找的！」媳婦說：「我沒偷過妳什麼，不怕妳在閻王面前告我，我娘老子也沒栽誣過我，竟有妳這種婆婆栽誣我。」

「算了，妳做媳婦的人，怎能跟婆婆說這些。」隔壁馬二娘說：「婆婆她年紀大些了，頭腦不清爽，就是為這點小事栽誣了妳，也不過頂個家賊的名，不犯法的，用不著這樣嚷叫，傳揚出去，人都會批斷妳不是，以下犯上，虐待婆婆了！」

「我……我……哪敢存這個心來，二娘。」媳婦一臉眼淚，無限委屈的說：「我只是要把這事弄清楚，要是陽世弄不清，她死我跟著，到閻王面前對質去。」

「我死，我……死！」五奶奶嚷叫說：「我是說死就死，我死了妳當家，沒釘沒刺好過日子！」

按理說呢，婆媳間為細故爭嘴也是常有的，雙方都在氣頭上，一時惡語相侵，經鄰舍勸解勸解，由媳婦叩頭賠個不是，哄婆婆消了氣，也就罷了。五奶奶家這場吵鬧，媳婦原說的是氣話，五奶奶卻認了真。

馬二娘、胡三嬸兒這些鄰舍說好說歹，從半下午勸到黃昏掯磨時，剛回自己宅門，就聽癩子他媽奔出來窮嚷說：

「二娘喲，三嬸呀，妳們勸架勸到底罷，我婆婆她，等人一走，就把她的送老衣穿上了，盤腿坐在匟上等死呢！……癩子他爹不在家，我不知怎麼辦？也許他回來，真以為是我把他娘凌虐死的哩！」

「嗨呀，五奶奶這個人，也真是黃河心的沙子——淤到底兒了！」胡三嬸兒首先埋怨起來：「殺人不過頭點地呀，真是的，媳婦業已跟她叩頭賠過禮，她還這樣固執的鬧下去，何時有個了結呢？」

「在這兒空說也沒用，還是去當面勸解她罷。」還是馬二娘要實在些，家門也沒進，扯著胡三嬸兒又回頭，不過，她又帶點兒訴苦的味道，捏著媳婦的手說：

「替人勸架也不是好受的事兒，咱們都還沒做飯呢！老人家心眼兒直，氣從妳身上起的，還得打妳身上消，好歹全看妳怎麼說，甭讓咱們餓著肚子費太多唇舌。」

「妳們全見著的，」媳婦說：「我頭也叩了，禮也賠了，她非逼我認說我偷了她三回東西，我娘家祖祖代代沒做過賊，我不願平空撒那個謊。」

三個女人趕到趙家後屋裡，趙五奶奶可不是穿上了她那一身暗藍團花緞子的壽衣，一本正經的，睜著兩眼，盤膝在炕上坐著呢。

「哎呀呀，我的好五奶奶，妳真是老小老小，越老越小了，妳這是幹什麼？」馬二娘儘管餓著肚子，還得要擺出笑臉來，勸解說：「媳婦她適才業已聽人勸說，跟妳叩過頭，賠過了禮，也就罷了，妳不能再這樣折她的壽，弄得四鄰也安不下心呀！」

「五奶奶，鬧小氣，使不得大性子，」胡三嬸兒也說；「您上年紀的人，禁不得這樣折騰的，日後鬧起大病來，吃苦受罪的，還不是您自己?!」

後屋裡原就有些陰森森的味道，五奶奶從幾十年前嫁來時，就住在這間屋子裡，因為窗外有一道暗走廊，形成兩層重疊著的花窗，多少年來，陽光從沒進來過，屋裡的那些家具擺設，經過許多年月，也都已變成暗褐色的骨董。外面正燒著彩霞呢，屋裡已沉沉的暗下來了，只有趙五奶奶朝外的那張白臉，和她那一身閃光的藍壽衣，還在黝暗中迸出一些似真似幻的反光來。

也不知怎麼的，馬二娘覺得這屋裡陰風慘慘的，帶著一股霉鬱氣味的空氣跟平常也有些兩樣，趙五奶奶的拗性真大，兩個人交番勸說，她怎麼就不開口說話呢？

「我說，五奶奶，媳婦她平常也沒大過錯，不過就是為了一點兒糕餅，和打爛了一只蓋碗的蓋兒，妳那三個女兒那樣關切妳，妳也該為她們想想……」馬二娘嘴裡是這麼說著，心裡卻有些疑神疑鬼的惴惴不安，就好像有那麼一種預感——彷彿自己並不是對著活人講話，而且講這些並不是為了勸解誰，只是替自己壯膽子罷了。但願她五奶奶只是嘔氣裝聾作啞，不要真的發生什麼變故就好了。

「煩妳摸個火，把燈給掌上。」她轉臉跟身邊那個媳婦兒說：「癩子好像在那邊灶屋裡哭呢，天快黑了，不要只管嘔氣，把孩子丟在一邊嚇著。」

媳婦兒掀簾子出去了。

馬二娘碎步朝炕邊挪著，一心想探究趙五奶奶為何不言語，誰知一動腳，就覺自己的兩條腿不由自主的打抖，軟軟飄飄的起晃盪，幸好還有個胡三嬸兒手扶著房門框兒站在那邊，要不然，自己一個人哪怕有再大的膽子，也不敢留在這間黑燈黑火的房子裡了。

「來呀，三嬸兒！幫我勸勸五奶奶，要她把壽衣脫下來！」馬二娘一把扯住胡三嬸兒的衣袖，好像才覺心寬膽壯些。

媳婦牽了癩子，掌了燈回來，剛跨進後屋的門，和趙五奶奶住的那暗間還隔著一層房門簾兒呢，就聽見一聲長長慘慘的駭叫，彷彿像叫錐子戳著股肉似的，那樣的怪異、尖亢，有幾分不像是人聲，這一聲可把她給嚇楞了，不會真的有什麼變故發生罷？她胡亂的想著：婆婆當真那樣死心眼兒，會為一只碗蓋，幾顆蜜棗走上死路嗎？

「怎……怎麼了，二娘？」

她的話還沒問完，嘶的一聲，房門簾子落了下來，滾球般的朝外滾，原來就是馬二娘和胡三嬸兒。

「妳婆婆……早就……死了！她的手全……涼……了！」

「她準是吞下了什麼，」馬二娘爬起身，慌慌噪噪的朝外跑著說：「這才有多大一會兒？她……怎麼說死就斷了氣了。」

「可不嚇死人了。」

胡三嬸兒雖也跟著掙扎起來，但那幅印花布的房門簾兒還纏在她的身上，她三把兩把沒扯得脫，便頂著那塊布跑到院心裡去了。

媳婦一時也慌亂得沒了主意，也牽著癩子跟著朝外跑，喊叫街坊去救人。吆吆喝喝哭哭喊喊這一鬧，街坊上驚動了不少人，傳說趙五奶奶暴卒了，都爭著來看看究竟，一時趙家的天井裡，搓搓擦擦，擠了一大片人。

「下傍晚跟媳婦嘔氣時還是好好的，怎會說死就死了呢？」

「是呀，沒頭沒腦的，可真死得蹊蹺！」

「許是吞下什麼毒物了？」

「也許就是媳婦下的手。」

人群裡東一堆西一簇的，在竊竊議論著。

也不怪人們這樣的議論，在這座一向平寧的北方小鎮上，日子是無波無浪的止水，一年難得有幾宗值得議論的事情發生，趙五奶奶死得這樣突然，這樣蹊蹺，像一道大浪似的，把全鎮的人心都打動了。

也有些婦人，伸長頸子，圍著那兩個目睹者——馬二娘和胡三嬸兒問長道短。那兩人驚魂甫定，說話愈顯得急促誇張。

「那時房裡昏黯，又沒掌燈，只見她穿著送老衣，盤膝坐在炕上，」馬二娘說：「我跟胡家三嬸兒，還當她在嘔氣，合力勸著她咧，……任我兩人說破了嘴，就沒見她答腔，忽地一陣陰風撲臉吹過來，吹得我汗毛直豎，我當時也沒以為她已經死了，還跟三嬸兒去拉她呢。」

「可不是，」矮小的胡三嬸兒搭上碴兒了：「我上前一拉她的手，嚇得我三魂出竅，馬二娘她還能喊叫出聲，我咽喉卻像鎖住似的，什麼也叫不出來。」

「她，五奶奶……她那手，冰砭骨似的透涼透涼，」馬二娘喘息地摸著胸口：「誰掌燈進去瞧瞧罷，你們那些火燄高、膽子大的男子漢，五奶奶她，不定是吞了金，吃了煙土，我簡直不敢看了！」

經她這麼一嚷叫，有人高挑起燃著的燈籠，由鎮上的朱屠戶率著幾個少壯的男人先湧進後屋去了。不一會兒朱屠戶出來說：

「五奶奶她確是死了，她兒子女兒沒回來，咱們只好先把她移至外間冷凳上，著人連夜趕去報喪，至於她究竟是怎麼死的？等她親人來了自會弄明白的，外人也不便亂猜疑。」

趙五奶奶的屍首，用小褥兒裹著移了出來，鄰舍們倒是夠熱心的，有人去買香燭紙箔，有人去扯麻布孝布，馬二娘說妥了幾個人，騎著牲口，連夜分頭趕到遠處，向五奶奶的兒女報喪去了。人多手雜好辦事，也不過頓飯光景，後屋裡便垂下白布幔子，設了供桌，寫了白紙牌位，點上兩支素蠟，草草的布成靈堂。

死人仰躺在冷凳上，臉上蓋層油光紙，紙上壓著些黃色的紙錢。不知誰裝的倒頭飯，飯碗正中插著一雙黑漆筷子，飯上嵌著那十三顆冰糖蜜棗。

趙五奶奶為它死的，然而連一顆也沒吃著。

人死了，夜裡該有人守靈，防著雞貓狗鼠偷吃倒頭飯，碰翻點燃在死人腳頭的那盞陰戚戚、綠慘慘的倒頭燈。趙五奶奶是跟媳婦嘔氣死的，媳婦不敢守靈堂，鄰居裡面你推我，我推你，壓尾還是推了馬二娘、胡三嬸兒，另加一個渾名叫大腳的女人陪著她，守在靈堂外面。

大夥擔心女人屬陰，頭頂上火燄弱，沒有剛陽之氣鎮著，也許會起屍變，就說好說歹，商請朱屠戶跟一個常替人打短工的、名叫狗柱兒的半樁小子看守著五奶奶的屍首，取個鎮邪的意思。

「我倒不是推諉，」朱屠戶說了：「大夥兒全是老街坊了，我是買賣人，早起還得殺豬賣肉呢。」

「好歹只看守一夜罷了，」馬二娘說：「等明天，她兒女奔喪趕回來，咱們做鄰舍的就算卸了擔子了，好也罷，歹也罷，那是她們家務事情，……你跟狗柱兒看屍看一夜，等趙哥兒回來，我要他送兩百錢，算是給你買酒，你只當幫忙罷。」

「那怎麼好意思，」朱屠戶見錢眼開，表面上推辭一番，也就答應了。

女人家的膽子實在太小。朱屠戶取了一只破舊的拜墊兒（即叩拜用的蒲團），坐在靈堂一邊的牆角上，眼望著躺在冷凳上的死人；其實，像趙五奶奶這種老太婆，活著也嚇不著人，莫說缺了一口氣了，說得好聽點兒是看屍，說得真實點兒，就是守著死人睡覺。

這兩百錢，外加一壺祛寒的酒，算是白賺來的。

「狗柱兒，你怕不怕？」朱屠戶朝坐在他身邊的狗柱兒望了一眼，明知那小子駭怕，偏存心逗弄著他說：「要是怕，就也喝點兒酒，壯壯膽子。」

狗柱兒抬起眼皮來，極為勉強的笑笑：「實在有些陰戚戚的味道，大叔，要不是有你在這兒，我真有些渾身發毛。我替人看過青禾，……這通夜守著死屍，還是頭一回呢。」

「也沒什麼，喝點兒酒就好。」

朱屠戶拎起錫酒壺來，先大嘴套小嘴，骨嘟骨嘟的喝了幾口，再抹抹壺嘴兒，順手遞了過去。平常向不喝酒的狗柱兒，捧著酒壺猶疑了一忽兒，便也仰起脖頸，喝藥似的喝了一大口。那酒恁烈，嗆得他喘不過氣來，只管捂著嘴咳嗆。

酒是喝了，並沒壯起狗柱兒的膽子，這靈堂裡的一切景象，都在一種逐漸擴大並且浮盪的朦朧中輕輕旋轉著，倒頭燈的火燄是一片恐怖的青綠色，把人臉全給映綠了，越看越有些不像人樣兒。哪兒刮來一陣陰風？把死人臉上蒙著的油光紙兜得鼓鼓的，就彷彿是死屍在下面噓氣一般。也許那幾疊紙錢壓得不夠重，有一角叫風頭掀開，露出趙五奶奶那張癟著嘴、瞪著眼的臉來，嘩地一聲紙響，五奶奶的一隻手又從冷凳邊緣滑了下來，——不！也許是伸了下來。那隻手，帶著幾分痙攣似的，懸空悠盪著，彷彿要去捏那些嵌在倒頭飯上的蜜棗。

而旁邊的朱屠戶，壓根兒沒留意這些，只管喝著他錫壺裡的酒呢。

「大叔，大叔。」

「嗯。」朱屠戶的聲音懶懶的，帶著睏倦的意味。

「你不能睡呀，大叔。」狗柱兒挪過身來搖著他說：「你不覺得這靈堂裡有什麼不對麼？」

「小兔崽子，嘿嘿，」朱屠戶帶一份肉感的親暱，用濃濃的醉意的鼻音笑罵說：「甭想要小心眼兒嚇唬你大叔了，狗柱兒！我趕集走夜路，哪天不過亂葬崗子？熱天圖涼快，常在墳頭上睡覺，……惡鬼還怕殺豬刀呢。這兒有什麼不對？」

狗柱兒囁嚅著，他不敢沖著死人說出什麼來。

「去，捏兩顆蜜棗來給我下酒。」朱屠戶說：「嵌在那邊倒頭飯上的，……你敢麼？」

狗柱兒搖搖頭，又跟著努努嘴。這一回，朱屠戶也看見那隻雞爪兒似的，懸空悠盪的手了。

「五奶奶，甭嚇我。」朱屠戶醉醺醺的說：「我熬夜守屍夠辛苦的，大夥兒街坊老鄰居，兩百錢不要不要緊，就說捏兩顆蜜棗下酒，總也不過分呀！」

說著，他真的歪歪的爬過去，捏顆蜜棗硬塞在死人手裡，再屈起死人的胳膊，把那條手臂彎上去，使那隻捏著棗子的手，正湊在死人嘴上。

他又把油光紙理抹平整了，把露出的死屍面孔蓋妥，上面多壓了幾疊紙錢。

「雖然吃不著，也意思意思，」他一邊說著，一邊又捏了兩顆蜜棗，塞在他自己的嘴裡，爬回來，把腦袋朝牆上一靠，閉上眼品嘗著蜜棗的滋味，在咀嚼中用模糊不清的聲音跟狗柱兒說：「狗……柱兒，你這該放心了！……咱倆輪班守著，大叔我守屍，你先睡，四更天我……再叫醒你……」說呀說的，他自己卻先打起鼾來了。

狗柱兒雖然裝著閉上眼，一顆心卻像打鼓似的跳著，哪能睡得著？起更前，外間的馬二娘她們還在嘰嘰咕咕的講話，如今話聲早就沉落了，除了朱屠戶那條連綿不斷的沉鼾，什麼聲音也聽不見了！……早知替人守屍的滋味是這樣，還不如多打幾天短工呢！

人在這種荒僻的地方長大，狗柱兒肚子裡裝滿了各種各樣原始淒怖的傳說：某處某人大白天見鬼，某處某家鬧殭屍……說那殭屍鬼眼瞪銅鈴大，奔跑起來快得像陣風。如今，那些傳說都從遠遠的地方，從四面八方的黑暗裡，一一匯集到自己的心裡來，活化成一簇一簇色彩濃烈的形象，在心窩的暗處群相蹈舞著。

這些並不可怕，最可怕的是一種觸及今夜的聯想，——五奶奶的屍首，是不是也會在自己睡意朦朧的時刻，突然變成一具殭屍鬼？從那邊的冷凳上躍起來追人？

「天哪，我怎會想這些呢？」

朦朧是朦朧了一會兒，狗柱兒確信自己胡思亂想的並沒睡著，再睜眼瞅瞅身邊的朱屠戶，腦袋軟軟的垂在胸脯上，半張著他多短髭的鮎魚嘴，拖下一綹長長的黏涎，呼呀呼的喘氣拉風箱，睡成了一條死豬。

那邊又起了一陣風，忽啦一聲，把一張原是蓋在死屍臉上的油光紙吹了過來，不偏不倚的正罩在狗柱兒的臉上。狗柱兒大吃一驚，急忙伸手抓開那張紙，再轉頭朝那邊一瞅，嘴裡沒說話，心裡只叫了一聲媽，古丁冬一頭撞在牆壁上，朝上翻著白眼，就這麼嚇昏過去了！——冷凳是空的，死人不見了！

狗柱兒恢復一些知覺的時候，靈堂外面起了嘈亂。

趙五奶奶的兒子趙哥兒、三個奔喪來的姑娘，都漏夜趕了回來。群珍一進屋，就扯住弟媳撞頭，嚎說是做媳婦的下毒手，毒死了婆婆。素珍要明理些，說是先甭這樣纏鬧，天亮後，請人來驗屍，是否是服毒就知道了。

「是呀，二姑娘說的是，」馬二娘也在拉著彎兒說：「五奶奶她要真是吞金服毒死的，七竅會出血，臉色會變紫，指甲會變青變黑，身上也會起紅斑，……這是瞞不過人眼的。」

「橫豎我沒做虧心事，」媳婦哭著說；「妳們逼不死我。」

「我看，三位姑娘先甭吵了，」胡三嬸兒說：「五奶奶死前，婆媳是為幾顆蜜棗嘔過氣，爭了幾句嘴，我們勸媳婦叩頭賠了禮，我們前腳出門，媳婦後腳跟了來，說五奶奶賭氣穿上壽衣，坐在凳上等死，我跟馬二娘再拐回來，人已經死了，這似乎怪不得媳婦。」

「五奶奶移屍出房，我們看過，」馬二娘說：「臉色黃黃白白的沒變紫，除開大睜兩眼沒閉上，七竅也沒血痕，指甲也沒變色，一點兒也不像是服了毒的樣子。」

「也有些毒是內毒，」群珍仍然指著媳婦：「這女人不知給我媽餵進什麼了？」

「內毒驗五臟呀，姑娘，」馬二娘說：「銀筷兒朝喉管裡一伸，什麼毒驗不出來？我央了街坊上的朱屠戶跟狗柱兒，兩人守著五奶奶的屍，妳媽如今躺在布幔兒裡邊，慢慢兒的驗罷。」

嘩的一聲，布幔兒被誰拉開了，狗柱兒覺得有人狠扳著自己的肩膀搖晃著，聲音是驚惶急促的：

「狗柱兒，五奶奶的屍首呢？」

「我……我……我也不知道。」狗柱兒這才吐出聲音來：「昨夜晚三更天……她就……不見了！」

「怎麼？屍首不見了！」朱屠戶也醒了，卜楞跳了起來，翻眼四邊一瞅，忽然他渾身戰慄著，雙手亂摸著屁股，彷彿背後燒了火一樣的惶叫說：「不好了噢，鬧了殭屍了呀！」

殭屍！這一聲恰像是一條火閃一樣，把荒涼地域中人心的恐懼照亮了！大夥兒爭也不爭了，吵也不吵了，媳婦抄起癩子，趙哥兒牽著三妹子，群珍扯著素珍，馬二娘拉著胡三嬸，朱屠戶拖著狗柱兒，亂哄哄的奪門朝外跑。跑到大門外的街心時，馬二娘跌腫了嘴唇，群珍碰痛了骨拐，趙哥兒一跤摔在黏骨上，抱著腿哼哼。

不一會兒，趙五奶奶變成殭屍的恐怖事兒，就傳遍了鎮上。趙家大門外的人頭越聚越多，天色也越轉越亮了，一直等到太陽露頭，人們才冷靜下來，紛紛的議論著。有人把這事怪在守屍的朱屠戶身上，說他不該受了託付不盡責，喝了酒就挺著死睡，要不然怎會出岔事兒？有人以為毛病出在媳婦身上，五奶奶定是中毒死的，媳婦怕五奶奶的子女親族驗出虐死或毒殺的痕跡，就花錢買通了看屍的人，以鬧殭屍為由，把五奶奶的屍首運到荒郊，刨個坑掩埋了，卻讓全鎮的人都陷在「殭屍奔脫」的恐怖中。

但這兩種猜疑和責難，都是站不住的。

朱屠戶漲粗脖子大嚷說：「你們誰也甭責難我！說我不該睡覺，五奶奶她要變成殭屍鬼，誰能睜著眼攔得住她？……如今死人沒了，咱們得趕緊分頭去找，甭讓她在荒郊野外追著害人，她就是殭屍也奔不遠，總能找得到的，不是嗎？」

關於第二個猜疑，馬二娘也挺身出來作證說：「事情沒弄到水落石出的地方，不能冤了媳婦，……朱屠戶跟狗杜兒是我央請他們留下，媳婦由我跟大腳、胡三嬸兒，整夜陪著，哪會有『移屍滅跡』的事？」

有人追問起狗杜兒。

「我沒有睡，」狗杜兒說：「三更天，一陣陰風把蓋在死人臉上的油光紙吹起來，恰恰罩住我的頭和臉，使我一時看不見東西，等我伸手抓開它，再朝冷凳上一瞅，屍首就沒有了，我一嚇，就人事不知啦。」

「你有聽見像揣誰似的腳步聲沒有？」

狗杜兒搖搖頭：

「我什麼全沒有聽著！」他說。

「還是出了殭屍！」最後大夥兒都這樣判斷著。

在這樣古老寒傖的小鎮上，趙五奶奶暴死後變成奔出門的殭屍鬼，真算是再壞也沒有的消息了：殭屍一出門，全鎮嚇掉魂，若不覓著她，準會亂害人。大夥兒全有這麼樣同一想法。

這還是大白天，不覺著太怎麼樣，若是到了夜晚，殭屍鬼擂門闖宅，那可怎麼得了？朱屠戶總覺殭屍出門時他在睡覺，惹得全鎮惶惶不安而內疚，就自願領頭去尋找那具出奔的屍首。由於人多膽壯，鎮上很多少壯的漢子，都願參與覓殭屍，朱屠戶從中挑揀了廿來個人，分成好幾股兒，一股兒先清宅院，出後門，沿著屋後的池塘繞經雜樹林，到西邊曠野上去找。一股兒專搜全鎮的每一條大街小巷。另一股兒由南朝北，遍搜北山根的林莽。

「出了家門的殭屍，若不是觸著硬物跮倒，那還會是能坑害人畜的活殭屍，」有經驗的賈大伯說：「你們去搜屍的人，快回去帶上鳴鑼響器，刀矛火銃之類的物件，碰上殭屍走動撲人，你們得鳴鑼打鼓，用刀矛火銃轟打它，直等它倒地為止。」

這方法行在荒郊野外可以，行在家宅和街巷就怕會誤傷著人了。有人提出這困難之後，馬二娘又想出另一種對付的方法來：

「其實對付殭屍鬼，倒用不著這樣大張旗鼓，在家宅街巷裡，最好帶著桃木枝、菖蒲劍，殺條黑狗，或是殺隻烏雞，一面瀝著血，一面叫喚死人的名字，她聽著了，就會從黑角裡直奔出來，不管她來勢多凶，一經踩著烏雞或黑狗的血，她就會倒地不起了。」

「男人家都去打殭屍，鎮上都留著些婦人孩子怎麼辦？」一個帶哭腔的女人說：「萬一那鬼物鑽在哪一家，如何防得了啊！」

「妳們快去北山廟裡請道士，家宅門口貼上鎮邪驅鬼的神符，多少有些用處。」一個說。

「在殭屍沒覓著之前，妳們遠地有親朋戚友的人家，趕快帶著孩子去躲避幾天，免得夜晚提心吊膽，惶恐不安，」賈大伯抹著鬍子說：「萬一殭屍出現害了人，那就晚了！」

亂哄哄的鬧了一陣兒，覓殭屍的幾股人分頭出動了，他們亂敲著鑼鼓，並發出雜亂無章的嚷叫。狗柱兒倒拎著一隻剛殺的烏雞，一路把雞血滴在地上，用稚氣未脫的嗓子，一聲遞一聲的叫著：

「趙五奶奶、趙五奶奶，妳在哪個僻角兒裡聽見了，趕快出來！」

朱屠戶領著一股兒人，像抄家似的在趙家宅院裡翻搜著，狗血潑得門戶上一片鮮紅，七八支紅纓槍在院心擺著拚命的架勢，連屋頂都有人踩過了。

緊鄰的人家生恐夜來時殭屍鬧宅，有的去廟裡請和尚，有的去宮裡接道士，有的央巫門，有的找法師，設香案，燒符咒，行關目，念經文，先把宅子鎮一鎮，清一清。街頭有些家裡缺少男子漢的人家，紛紛打起包袱，備妥牲口，防虎防狼般的倉促逃離鎮上，下鄉去投親避難去了！整整一個上午，小鎮上就像翻江倒海一般的亂法兒。

假如當天能把趙五奶奶這具殭屍搜出來，倒也就沒有事了，偏偏幾十個少壯漢子搜了一整天，跑遍鎮內鎮外各處地方，殺了好幾隻烏雞黑狗，也沒找著殭屍的影兒。黃昏時，一個個拖著沉遲的腳步，沒精打采，垂頭喪氣的回到鎮上。

「她趙五奶奶的屍首，是個有形有體的東西，究竟能弄到哪兒去呢？」賈大伯納罕著：「就算一根花針落在地上吧，這麼多人找它一整天，也該撿著了呀？」

「是麼！」朱屠戶也不相信的搖著頭：「難道殭屍也會化身縮骨，躲進老鼠洞去不成？」

這些漢子們儘管垂頭喪氣，還得強打起精神來，在趙家宅院裡守夜，在大街小弄中敲更巡邏，又分出兩股人連夜搜尋，希望能把那殭屍鬼捉著，正如賈大伯所說的：

「趙五奶奶死了，是趙家的事，殭屍鬼出了趙家的門，就是全鎮的事情了，人人都有家小，不捉著那殭屍，把它制倒，日後凶禍落在誰家頭上，誰都吃不消。」

朱屠戶也大拍胸脯說過：

「不把殭屍找著，鎮上誰還敢住？不久就會成鬼市了！咱們就連熬十個通宵，也得把它找出來，架起柴火來，把那殭屍燒掉！」

鄉野上的人們都這麼傳說著，並且這麼相信著——說是殭屍鬼並不太可怕，活殭屍才叫可怕著呢！……他們說殭屍仍是屍，不過是一時受了雞貓狗鼠的活氣牽動，更受了人氣的吸引，便風似的朝外奔行，其實，它就如線牽的木偶差不多，不能轉彎兒，不能避物件，碰著硬物就會殭住或者倒下來。

但活殭屍就不同了。

所謂活殭屍，就是害過人的殭屍，它掐住人咬住人，弄死那人，沾了生人的血在身上，它就成了有靈氣的活殭屍，那已經不是屍，而是一種借屍為形的妖物。它會在白天躲匿著不見太陽，潛藏在亂墳荒塚中，扒開墳頭積土，掀開朽木棺材，以吸食死人的腦漿為食，日子久了，渾身都長出慘綠和火紅的密毛來，生紅火毛的活殭屍經過千百年修煉，就變成可怖的旱魃！生慘綠毛的活殭屍經過千百年的修煉，會變成更可怖的瘟殃！

所謂修煉，就是夜晚出來害人，它會像豺狼一樣，旋風撲來攫著走夜路的人，吸食生人的腦髓，也會隨風游蕩，進入生人的家宅為禍為殃。想要對付這種妖物，光是鳴鑼響器，刀矛火銃還是不夠的，因為刀矛刺它不見血，好像刺在敗革上一樣，火銃也轟它不倒，必得要用烏雞黑狗的血潑灑它，用婦人月事的穢物罩它，破除它的妖魔之氣，然後用繩索繞纏住它，拖它到乾柴堆上，用烈火把它焚化。——「殭屍鬼怕火燒」，這句流諺也許源於這樣古老荒誕的傳說吧？

傳說是一陣穿經若干世代的長風，輾轉的吹入人耳，吹進人心，人們便這樣固執的相信著了，從沒有誰認真追究過它的道理？它真實的程度？有誰親眼看過那種活殭屍的呢？人們的習慣是如此的，只要聽著就夠了！

這一夜，全鎮就是這樣的擔心著，憂愁著，在古老傳說的沉重壓力下恐懼著。

每一個更次，巡更的破銅鑼都在街巷中繞響，夾著啞啞的嗓子，叫喚著：

「殭屍鬼還沒捉到，各位街坊住戶，都得小心提防！燈火不要熄滅，家家預備響器穢物！……前門關著，後門關著，窗戶都要扣妥，孩子們要各自噤聲，不得哭鬧，看見可疑的鬼影兒，就得趕緊敲打響器，放聲叫喚，讓外間知道呀！」

不恐怖的人家，也要被這樣的叮囑弄得恐懼起來了。有些住戶硬把那些面上從容、而兩腿也在袈裟和道袍裡面打抖的和尚道人留在家宅裡，當成仙佛供奉著，指望萬一殭屍鬼出現時，拿他們去降妖伏怪；有些是幾家人合在一起，匿在一間貼上很多符咒的堅固屋子，如臨大敵似的聽著外間一切的風吹草動。有些人家買了大串大串的龍鞭，掛在屋簷下面，隔一會兒就燃放一串，乒乒乓乓壯壯膽子，每條街巷，都聽見敲鍋擂盆的響聲。

漫長的黑夜在屋外流著、流著，風在樹梢上、瓦簷間，打著尖溜溜的唿哨兒，噓……溜，噓……溜的，彷彿自鳴得意似的隱藏著什麼祕密，彷彿只有它知道那殭屍鬼藏匿的地方……

平素愛蜷縮在門窩邊，草堆旁，把毛茸茸的尾巴遮在鼻尖上睡覺的狗兒們，也被鎮上這種不尋常的異象驚得反常了，牠們也三五成群的聚在一起，恐懼又駭異的夾起尾巴，兩眼暴射出綠光，神經兮兮的朝著街頭巷尾的空裡黑裡，窮凶極惡的狂吠著，好像只有那樣，才能恫嚇住什麼……有些傳說生有陰陽眼的黑狗，不光是吠叫，而是向人們示警似的，拉長聲音，嗚嗚的哀嚎。

狗一反了常，雞啼也亂了更次，那些頭插在翅裡的公雞，一夜就沒斷過啼聲，彷彿牠們都聽過人類的——鬼怕雞啼的傳說，有跟狗兒們爭功的意思。

只有那些平常鬧窮的法師和巫人，這下子可攫住了撈大錢的機會，他們動動口、伸伸手都是錢財，忙得不亦樂乎。

相反的，最苦是苦了那些守夜捉殭屍的漢子們了，霜夜是那樣的淒寒，尖風像箭鏃似的刮透他們單薄的衫子，鑽進他們打顫的骨縫，他們篩著破鑼，緊攢著刀矛槍銃，在火把燈籠的波搖的碎光裡走動，朝四面朦朧的黝黑裡極目搜尋，終夜難有交睫的時候。

賈大伯拎著燈籠在中間照路，巡街捉鬼的那一群人，可不是又轉過來了，巨大、雜亂而奇幻的人影的上半身，在街兩邊多苔的牆壁上閃移著，拉長得打了彎變了形的一些長腿的影子，在地上搗動著，腳步聲咚咚的撞向遠處去，黑裡撞來些怪異的迴音。

幾支槍尖已經生了黃色鏽斑，槍纓呈現出乾陳的慘紅色——血跡的顏色——的原始纓槍，蛇般探首在燈籠所展布的一束圓光當中，不停的點晃著，彷彿在等待著一場和鬼魅的搏鬥。

朱屠戶走在這群人的最前頭，如今他被那半夜奔脫的殭屍害苦了，再也不打那兩百錢守屍費的算盤了，他腰間紮著平時捆豬用的、染血的草繩，交叉斜插著兩把明晃晃的殺豬刀，他一心是火，要找那殭屍鬼出出氣。

這兩把純鋼加料製作的牛耳尖刀是他用慣了的，不論是砍蹄、斬筋、削皮、剁骨，都得心應手，鋒快無比，他自信有這兩把刀在手上，就像黑旋風李逵有了兩把板斧一樣，單獨也能鬥得了那具殭屍了。

正因為他有這種膽子，才使他更為光火。

他空懷著兩把快刀，卻覓不得施展的機會，那具殭屍好像存心跟他捉迷藏，一直匿不露面，使他焦灼得兩眼赤紅，額筋凸露，有「英雄無用武之地」的感覺，便常常舐舔著乾裂的厚嘴唇，罵罵咧咧的詛咒著：

「他奶奶的，妳會作祟害人，老子除非找不著妳，找著了，定要上下狠剁妳十八刀，把妳卸成碎塊兒，架上乾柴烈火燒！看罷……」

而走在這群人後尾上的狗柱兒，卻像墊在床腳下的蛤蟆，不但沒有一絲狠勁，只有死撐活捱的份兒了。

燈籠光臨到他眼前，已經很黯很黯，他歪著肩膀，像扛糧袋兒似的扛著一條剛殺掉的大黑狗，狗尾拖在胸前，狗頭倒垂在身後，不斷打著他的屁股，這已經是第三條黑狗啦。

腳步跟著影影綽綽的碎光走，白天瀝下的狗血早已乾了，遍街都是斑斑的血點子，而這條狗的鮮血，都隨風掃落在他的褲子上，使他覺得褲管熱乎乎黏濡濡的，一股觸鼻的銅腥味。

如果傳說是事實，他──狗柱兒，染了渾身黑狗血的人，大可不必懼怕什麼殭屍鬼了，然而，狗柱兒自己覺得滿心仍壓著無數糾結不清的疑懼，他始終沒把那具憑空失了蹤的死屍當成殭屍鬼看待，始終覺得她仍是趙五奶奶，一個平素省儉、精細、古板而小器的老婆婆，只不過差了一口氣罷了。

他也始終懷疑著昨夜的情境，他實在並沒睡著，怎麼會眨眼功夫，那死人就會不見了的？如今一傳十，十傳百，都說鬧了殭屍，那麼，那殭屍難道會隱匿到天外去，……

最冤的莫過於烏雞和黑狗了，滴血在地上，當真能把那屍首引出來麼？想，總是另外一回事兒。

他還是抱著一種原始的渺茫的希望，用他那已經喊叫得發痛的喉嚨，硬壓出那種單調的叫喚來：

「趙五奶奶，趙五奶奶，妳在哪個僻角兒裡聽見了，趕快出來！」

新鮮的狗血滴落在乾了的血跡上，像落了一街血雨一樣，狗柱兒雖還那樣一聲遞一聲的叫喚著，但他心裡那顆希望的浮泡，卻沙沙的破滅了，他聳聳肩膀，把黑狗的後腿抓緊，狗腿業已變得殭涼了，只有狗腹還留有一份毛茸茸的溫軟。

他知道，這一夜熬也算是白熬罷了。

自從傳說鬧殭屍以來，這是第七天了。

小鎮上，好像遭了一次極大極慘的洗劫一樣，家家戶戶門上掛了鎖，近乎十室九空，鎮上的婦孺老弱，為了不堪忍受夜夜驚魂喪膽的恐怖生活，都趁著有太陽的白天，成群結陣的逃到遠處去躲避殭屍去了，只留下那些精壯的漢子們，和趙五奶奶的子女家屬，仍在極度疲憊的情況裡，費盡心神的繼續找尋著那具神祕失蹤的屍首。

「唉，究竟匿到哪兒去了呢？」

找殭屍的人們，覓遍了鎮郊的草溝、蘆地、沼潭和灌木叢，搜查過鎮梢大小的庵觀寺廟，遠處所有的樹林子和亂葬崗，挖掘過好些新土堆積的疑塚，殺盡了所能覓著的烏雞和黑狗，叫啞了好幾個人的喉嚨，結果仍然是兩個字——沒有！

有個和尚又想出個主意，要趙五奶奶生前最心愛的三個女兒，披麻戴孝端篩子插著招魂旛，一路哭著喊親媽，也沒喊出個鬼影子來。

也有人大驚小怪的報說：在後邊汪塘附近的濕土上，發現了一些零亂的小腳弓鞋的腳印兒，經人用趙五奶奶的鞋子去對過，大小尺寸壓根兒不一樣。

「唉，究竟弄到哪兒去了呢？除非世上真有什麼『化骨丹』，能霎時功夫把人屍化成一灘清水，咱們沒有道理找不著她呀？」賈大伯這樣廢然的慨嘆著。

「完了！」一向狠勁最大的朱屠戶也發了軟：「再找不著這具殭屍，不能殺豬開市做買賣，我那一家老小，指望什麼吃飯？」

「光洩氣也不行呀，朱大哥，」一個叫劉二拐子的漢子強打精神說：「這鎮上，靠生意買賣吃飯的何止你一家？如今都是騎在老虎背上啦！……你想想，咱們一天不捉到那個殭屍鬼，人心一天安定不下來，誰會來趕集市？誰敢從外地返鄉？做生意跟鬼去做嗎？」

「說是這麼說，」狗柱兒憂愁的說：「您沒瞧瞧那街，沒瞧瞧咱們這夥人，像什麼樣兒了，……有誰知道那殭屍在哪兒呢？」

狗柱兒說的話夠實在的，經過這七天來的變故，小街和眼下這群人，都實在不成個樣兒了，早時尚稱繁盛的街，如今空盪盪的，門窗上、立柱上、橫木上、長廊陰影下的牆壁上，到處可見硃砂黃表紙繪成的符咒，桃枝蒲劍，滴溜打掛的鎮邪玩意兒，空在秋風裡飄曳著。

太多烏雞黑狗灑下的血滴兒乾在街心的黃土上，變成黑褐色的斑痕，那些斑痕經過日曬，全從邊緣上捲，變成許多硬塊，好像一些黑色的毒菌子。

雖說日頭仍把整條街道光照著，可是望在人眼裡，那黃黃的日光總像被一層看不見的魔霧橫隔著，使整個鎮市陷在某一種魔境裡。

人呢？只有更慘些兒罷了。

當然沒誰有功夫去照鏡子，打鏡子裡瞅瞅自己的嘴臉，可是彼此那麼瞧看瞧看，借著旁人想自己，也就差不多少了。由於過度的熬夜、緊張、猜疑、憂慮和近乎絕望的焦灼，每張臉都像被刀削似的瘦了下來，臉色焦黃，眼圈兒帶黑，眼裡血絲兒滿布，嘴唇乾裂起皮，嘴角破爛出血，加上頭髮沒剪，鬍髭沒刮，個個都像是野獸般的土匪，渾身都是草刺、葉汁、汙泥、灰土和血斑，衣衫上下，不乏撕破劃裂的痕跡，光是外形上這樣狼狽，至於感覺上的疲累、睏倦，那就更甭提了。

「看咱們這樣下去，還能撐持多久罷。」朱屠戶說：「至少有一點還使人安心的，那就是殭屍鬼出走的這七天裡頭，還沒人見她出現過，也沒聽見她害過誰。」

「對了！」劉二拐子坐在趙家院心一角的石鼓上，把抱在懷裡的紅纓槍頓了一頓說：「也許這具殭屍，壓根兒沒出過趙家的大門。」

「你……你怎麼說？」賈大伯叼著空煙袋，駭異的睜著眼。

「我的意思是說……」劉二拐子沉吟著，彷彿在費力思索著什麼：「屍首是深夜失蹤的，趙家前後門都緊緊的關著。你們要弄清楚——殭屍鬼是有形有體的蠢東西，不是無形無影、飄飄盪盪的鬼魂！它既不會像人一樣的拔門子開門，又不至於像飛賊那樣的翻越牆頭，它怎能奔到門外去？」

「嗯，你說的有道理！」賈大伯說：「找你媳婦來問問看，趙哥兒，問她那夜是否是關上門的？」

「甭找了，」狗柱兒在一邊振臂說：「五奶奶死的那晚上，來看屍的人很多，他們在起更前散走，門戶全是我親手關上的。」

「那就對了！」劉二拐子跳起來指著說：「我敢說，這殭屍仍然匿在這座宅子裡，絕沒有錯，咱們前幾天光顧在外面找，全是浪費日子。」

「可是，這宅子也不是沒搜過，」朱屠戶說：「出事後就搜過了的。」

「你相信你們把全宅各處都搜遍了？」

「怎麼沒有？」朱屠戶說：「就差沒把瓦片掀開。」

「啊，劉二哥，你甭這麼說，真的嚇死人……了！」五奶奶的三女兒愛珍說：「假如我媽的殭屍就在這屋裡，我們該怎麼辦？」

「快叫後屋裡的人出來吧，三姑娘，」賈大伯說：「趁這會兒天還早，咱們再把宅子重新清一清看，再等，天色就晚了。」

「如今這殭屍只是妖物，不再是五奶奶了，」朱屠戶說：「殭屍鬼是不認親人的，妳們就是她女兒，她闖出來照樣搦妳們頸項，吸妳們腦髓。……不過妳們也甭駭怕，這宅子我清過，殭屍不會還在宅子裡面的。」

「清是清過。」狗柱兒又想起什麼來了：「我記得，只有一間房子沒搜過，那就是五奶奶生前住的那間黑屋子，對不對，朱大叔？」

「對了！」朱屠戶說：「那間屋裡太黑，堆的雜亂東西又多，我推門看過，匹是空的，就急匆匆的沒有仔細去翻搜。」

「也許就因為你這一大意，害咱們多熬七個夜晚，」劉二拐腿說：「說不定殭屍就匿在那間黑屋裡了！……咱們先甭抬大槓，一搜就明白啦！」

「你說殭屍就在我媽生前住的那間黑屋裡？」五奶奶的大女兒群珍驚叫說：「我

的皇天菩薩，昨夜我還跟兩個妹妹，藏在那屋裡躲殭屍的呢！」

「搜吧，哥兒們！」

劉二拐腿把紅纓槍緊了一緊，橫舉起來叫說：「分幾桿槍把著花窗，幾把刀堵著門戶，幾個人守著屋頂！」

「趙哥兒，你先讓你們家人全數退出來吧，」賈大伯站在後屋門口說：「他們要搜屋了！」

「來，跟媽出去，癩子乖。」媳婦在後屋當間哄著孩子。

「奶奶，奶奶，」癩子不肯走，朝黑屋裡指著哭叫說：「奶奶吃棗棗，……奶奶吃棗棗……」

「胡說！」媳婦急著打了癩子一巴掌，癩子索性一屁股賴在地上狂嚎，仍然重複著「奶奶吃棗棗」那句話。聽那五歲孩子的口氣，彷彿他真的已在那黑暗裡看見什麼一般，雖說太陽剛斜西，聽來也使人毛骨悚然的。

「甭打孩子了，」賈大伯一步跨進門來，用煙桿隔住媳婦說：「童子陰陽目，最易見鬼物，也許他真的在黑屋裡見著什麼了？」

「鑼鼓、狗血預備好！」朱屠戶在屋外調度著那些漢子，喊叫著：「火棒子多點幾支，我跟劉老二領頭進屋，狗柱兒端著狗血盆，我一喊，你就朝外潑灑！」

賈大伯卻在屋裡蹲下身，哄著癩子：

「你說，乖孩子，你見著奶奶了？」

「癩子你說，」媳婦也哄著：「說了給你糖吃。」

那孩子點點頭，伸手朝黑屋的高處指著，還是重複著那句話：「奶奶吃棗棗。」

黑屋的門是開著的，房門簾兒自從被胡三嬸撕脫後，並沒再裝上，故此一眼能望得見屋裡那些在陰黯中放列著的老骨董：妝臺、菱鏡、銅包角的大箱子、大站櫃、小几、多年沒用的子孫燈，……賈大伯雖說上了年紀，眼力略為差些，又是打明處去望暗處，但這些家具，他都還能模模糊糊的望得見，再朝上望，就覺黃糊糊的看不分明了！一直等到朱屠戶一手捉著火把，一手掄著殺豬刀進屋，他才藉著火把的光亮，看見他要看見的。

「甭搜了，」他叫住朱屠戶說：「你瞧，朝上瞧，趙五奶奶的殭屍在那兒了！」

朱屠戶仰臉一瞅，登登朝後退了兩三步，轉臉朝外吼說：「都來吧，殭屍在這兒，找著了！」

隨著他這一聲吼叫，一鬨湧進了滿屋子的人，都把刀矛槍銃衝著那間黑屋。神祕失蹤了七天的趙五奶奶的屍體，終於在六七支火把的光亮中呈現了。

那真是使人難以相信的事情。

在黑屋中高高的橫梁上面，靠著一面山牆，橫有一塊丈多長、尺來寬的吊板（一如現代屋宇中的壁架，放置雜物、書籍之用），那吊板還不知是多少年前釘掛在那兒的，吊板本身的顏色，正跟屋裡黝黯的光線相若，——一種煙熏火烤的黑褐色，上面盡是牽牽連連的蒙塵的蛛網，牽的掛的都有，若不是有火把的強光照耀著，極不容易發現接近屋頂的地方，還有那麼一塊吊板。

而趙五奶奶的屍首，竟然端端正正，盤膝趺坐在那塊吊板上面。也許因為殘秋天寒，經過了七天，屍首像是還沒腐爛的樣子，臉還那樣瘦削，兩眼幽光外射，直瞪著人，一隻手臂垂著，另一隻反向上彎，手指間緊揑著一顆很紅很大的蜜棗，湊在她那癟咧咧的嘴唇上，雖說並沒吃著，也有那麼點兒欲吃的意思。

有人估計過，趙家後屋足有一丈八尺高，那吊板離地面至少也有一丈二尺高，除去像五奶奶這種殭屍能不用梯子硬攀上去，就換是年輕的漢子，也只有瞪眼望著罷了！……殭屍是找著了，雖說她見了人，並沒如傳說那樣的直撲下來，但那副目光灼灼照人的樣子，也嚇出人一身的冷汗。

「她是怎麼上去的？真是——」

「她仍是一具殭屍！」有人提醒說：「先甭問她怎麼上去的，單看咱們怎樣弄她下來罷。」

「朝上先潑她一盆狗血！」朱屠戶說。

狗柱兒一抖手，一盆狗血潑上去了。

趙五奶奶的屍首沒有動，——她早已又殭過去了。

那殭屍最後還是由朱屠戶爬梯子上去背下來的，幹這種事情，要有極大的膽力，當然趙哥兒也付出了極大的代價，——十塊沉甸甸的銀洋。不過自稱膽大的朱屠戶，後來一連害了三個月的大病，搬離小鎮到別處去了，狗柱兒也受僱去了外鄉。

根據殭屍鬼怕火燒的傳說，趙五奶奶的屍首，是放在十字街頭空場子中間的一堆乾柴上，當眾焚化了的，逃避到遠處去的鎮上的婦孺們，多曾趕回來，目擊那種破天荒的葬禮。要知道，在盛行著裝棺土葬的北方，火葬是非常新奇、非常罕見的事情。除非遇到像趙五奶奶這種殭屍。

按理說，故事講到這裡，就該結束了！這樣淒慘、恐怖、鄉土迷信色彩極為濃烈的精采故事，在鄉野傳說中是很多很多的，但我並不滿足於照本宣科的這樣的描述，我要說的是：在趙五奶奶坐著的那塊吊板背後的壁上，有個很小的老鼠洞，洞口還有四顆棗核兒，——這都是朱屠戶背屍時沒曾看見的。

還有，那夜朱屠戶曾因酒醉，跟趙五奶奶的屍首開了個小玩笑，把一顆棗兒塞在她手裡，又彎起她的胳膊，使那顆蜜棗湊在她的嘴唇上，這事，他後來忘了講，又使鎮上多了一種新的傳說，說是趙五奶奶死後還捏顆蜜棗吃，媳婦更作證說：

「蜜棗是嵌在倒頭飯上的，一共十三顆，她手上捏的是第三顆，還有兩顆，叫死人連核兒都吞下去了。倒頭飯的蜜棗我數過，的的確確還賸十顆，少了三顆。」

你不信麼？信的人可多著咧！

另有一種傳說是馬二娘講出來的，她說：

「火燒趙五奶奶的時刻，我站得最近，我聽見那殭屍在火焰裡面吱吱的直叫！」

我得明白的承認，馬二娘的耳朵很靈，她聽見吱吱的叫聲也是沒錯的，只不過她沒從炭灰裡撿過一隻焦糊的老鼠！我有理由相信，那偷吃過四顆蜜棗的大老鼠，把牠的新窩搬在趙五奶奶的壽衣裡。

你們愛聽中國北方鄉野上的傳說麼？

我當然可以把那些傳說娓娓的告訴你們，不過，同時也要告訴你們，那些古老的傳說，多半都是這麼來的。

作者簡介

——司馬中原，本名吳延玫，江蘇省淮陰市人。他的作品曾多次榮獲臺灣各種文藝獎項，有第一屆青年文藝獎、一九六七年度教育部文藝獎、一九七一年度十大傑出青年金手獎、第二屆聯合報小說獎的特別貢獻獎等。其作品內容包羅萬象，除以抗日戰爭為主的現代文學；以個人經歷為主的自傳式作品外，更有以鄉野傳奇為主的長篇小說，最為受到讀者歡迎。近年則以靈異的鬼怪故事受到年輕讀者的喜愛，其代表作有《狂風沙》、《荒原》、《青春行》、《煙雲》等，近作有《挑燈練膽》、《藏魂罈子》。

日頭雨

李永平

小樂敞著瘦愣愣的一副胸膛，大日頭底下走回家來，嘴裡不停的詛咒著天熱。他娘低著頭一個人坐在門檻上，出了神，只管揀著米裡的穀，聽見他一腳踹開了籬笆上的板門，眼皮也沒抬，說：「隔壁小順嫂才過來報訊，劉老實今天又在鎮上露了面。」小樂聽了，在門口日影裡站住，瞅了他娘一眼，臉一轉，望著屋前那一片白花花的水塘。「娘，你身上脫了兩個扣子了。」他娘放下膝頭上的米盆，把衣襟一攏，遮起了兩隻老乳，從頭上拔下了一根髮夾扣住心口，嘴裡說：「這兩天，你就死心在家裡好好的挺著，躲一躲，那個凶神吧，你要再造出孽來，我就一頭撞死在這門上叫你看！」小樂挨在他娘身邊蹲坐下來。「鬼天時！熱得人直冒涼汗，一個月沒下雨了。」他娘回過了臉，不聲不響，好半天，只管端詳著他。「你莫詛咒天公，早晚要給雷劈的！」老人家探過一隻手，悄悄地摸了摸兒子的心窩。「大熱天出冷汗，自己去熬一碗薑湯灌了吧！」

小樂走進廚房，舀了水，照自己頭上澆了一瓢。他娘抱著米盆，跟了來，看見兒子兩隻手撐住水缸沿望著那半缸渾水，癡癡的可不知想著什麼。「看你自己那張臉！

青青的，死人一樣。」罵了一聲，把米盆砰的往灶頭上一擱，櫥櫃裡，摸出了生薑。小樂抬起了頭，從肩膊上扯下汗衫抹起了臉來，走到天井下，腳一抬，就在那條打著盹的母狗心窩上狠踹了一腳。「娘，我心裡惡泛泛的，聞到生薑就想嘔！晚上熬給我喝吧。」他娘搖著頭：「又造孽了！」

隔壁，小順的年輕女人捧起奶子哺著懷裡的孩子，笑嘻嘻的走進了廚房來，望著小樂的娘，說：「我走過你家門前，望望你，老人家，聽見你家裡那狗兒叫得好可憐。」那條拴在天井下的小母狗窩盤在日影裡，哼哼唧唧，伸長一根舌頭舔著自己的心窩，時不時，翻起眸子來睃了睃小樂。老人家搖搖頭，把一塊蹄膀骨頭扔進了天井，嘴裡說：「誰知道，他這回又是從那裡偷雞摸狗來的！」小樂掇過了一口熬豬食的鐵鍋，一使勁，架上了大灶，灌了十幾瓢水，一聲不吭，就在灶膛裡生起好大一堆柴火。小順的女人瞅著他從櫥櫃夾層裡抽出一把冷森森的尖刀，自己抱起兒子，走到天井下，笑嘻嘻地對小樂的娘說：「好傻的一條母狗！一身黑毛，賊亮賊亮的，還小喲，沒生養過狗仔的。」老人家聽了，一句話也沒有，抱起一口小小的石磨坐出門外，低著頭磨起了米漿。

小順的女人抬起頭來，望了望天色。「一個月不下雨了！這幾天，一片天毒藍藍的，今天可好，冒出了一團暗灰灰的雲頭。」抬高了嗓門，朝門外喊了一聲：「老大娘，要變天了！」小樂的娘只管推著磨上的石盤子，頭也沒回，像對自己說：「早該變天了，天公不開眼，叫日頭把一鎮的人熬死了吧。」

小樂聽了，咬咬牙往磨刀石上澆了一瓢水，揝起尖刀，蹲下了身去。小順的女人站在日影裡看著他在石頭上，磨起刀來。她那兒子吃奶吃在興頭上，笑嘻嘻，把牙根狠狠一咬。「小祖宗！一歲大，就長了牙，將來又是個坑娘的！」他娘瞪了個眼，輕輕打了他一個嘴巴，罵道。門外，小樂的娘聽了，說：「你還沒見識過我家這個偷雞摸狗的！懷他的時候，在我肚皮又蹬又踢，月子裡，餵他吃奶，那張嘴巴咬啊啃啊，好不容易，養到兩歲大了，就長出了一口尖尖的牙，找他前世的仇人報冤來了。」小樂把刀磨快了，往腰帶上，一插，抬起頭來瞅住了他娘說：「我生下來就是個歪，腦殼子裡，長了一隻咬腦蛆，早晚一天把我咬出了失心瘋，娘，你就趁心了吧。」他娘低著頭轉著磨子，半天，一回頭對小順的女人說：「你看，我養的什麼好兒子！牙齒利了，胳臂粗了，連我這個親生老娘也降他不住了。一天到晚趕著孫四房那個大流氓頭叫親哥哥，乾阿爸，跟進跟出，幫嫖，幫賭。那晚萬福巷裡迎觀音娘娘，孫四房他造了孽，眼下劉老實回來了，就讓那凶神自己去收拾收拾吧。」

大灶上的一鍋水蒸蒸騰騰地滾了起來，灶膛裡，柴火燒得劈啪響。小樂打起赤膊，烏鰍鰍的一條身子淌出了汗，手上一條汗衫，抹著額頭，伺著腰往灶膛裡一根一根送進了柴枝。小順的女人搧著心窩，一張臉，喘紅上來，抱起兒子懶洋洋地走到廚房門口，瞅著老人家，說：「你說奇不奇！那天劉老實逃回吉陵鎮，下過一場日頭雨，後來可就一直不下雨，一個月了。」小樂的娘抱著石磨子走進了堂屋，把手抹乾淨了，神龕前上了三支香，才說：「那晚，一個吉陵鎮多少男人到萬福巷看迎神！孫四房造出了那種孽，也沒見有個人上前過問一聲，一個個都變了呆頭鵝，只會張著嘴巴白站在一邊，看熱鬧！天公不報應這些人，報應誰？」

小樂一聲不吭，咬咬牙，找了一根麻繩扣在腰帶上，一扭頭避開了他娘睃過來的眼神，拎起一口麻袋，慢吞吞走到天井下。四點鐘的日頭照進了屋裡，把小樂一條細細長長的影子拖過了天井，脖子上的那一截，落到了對面土牆上，歪吊著。那光景，就像迎神賽會踩著高蹺，伸著舌頭，抖索著一把大蒲扇招搖過市的無常鬼。灶頭上那鍋水早已燒開了，一廚房熱氣。小順的女人一身汗濤濤地把乳頭從她兒子嘴巴裡摳出來，哄著他，轉過了臉，看小樂逗起了狗兒。小樂一瞪眼，抖了抖手裡那一口麻袋，齜開牙來。那小母狗在天井牆根下窩成了一團，兩個眸子，賊亮賊亮地只管瞅住了小樂。孩子開心地依在他娘胸口，看了一回，沒來由地就扯開了喉嚨哇喇喇大哭起來，張著一雙小爪子，向他娘心窩直掐了過去。小順的女人就一面哼哼唱唱哄起了兒子，一面說：「莫逗她了吧，叫人看著，心裡惡刺刺的。」小樂上前一步，把麻袋使勁抖了一抖，腳下一跺。小母狗給撩得性起，慢吞吞撐起腳來，望著小樂也齜開了牙。小樂嘻嘻一笑兩步躥了上前，不聲不響把一口麻袋當頭罩了過去，手上一抽一提，攞起了袋口，反手往腰帶上拔出麻繩，繞著袋口一連打了五六個結，勒緊了。他老娘站在廚房門口直探著頭，一眼看見了兒子這個勾當，罵出一聲：「菩薩有眼喲！」孩子不哭了，一雙白嫩嫩小手攀住他娘脖子，笑嘻嘻地瞅著小欒把沉甸甸一口麻袋摜到了地上，順腳，又蹚上一腳。

「一棍子打死了吧，看她在麻袋子裡蹬蹬踢踢的，要悶到什麼時候，才悶得死她！」小順的女人把兒子抱到了天井下，抬抬腳，在麻袋上輕輕撩了一腳。

小欒笑了笑，耳朵上拿下了半截菸，往灶膛裡，點了火，天井邊一蹲，望著日頭下又蹎又躥的一口麻袋就自顧自吸起菸來。小順的女人攢起了眉心，端詳著他，半晌冷冷說：

「你少再造孽吧！你娘她跟你說了沒？小順剛回來說，今天中午，鎮上來了個外鄉人，一張黑臉都是鬍鬚，深山裡才走出的大野人似的，一進了鎮口就走到縣倉前那株樹下，抱著包袱一坐，就坐了一個下午，好長氣的！那些心裡鬧鬼的男人們聽說劉老實這凶神又逃回來了，窩在家裡都不敢出門，疑神疑鬼的，家裡可又坐不住，這當口，一個個都挨擠到縣倉對面祝家女人店裡。小順叫你這兩天不要出門，誰知道，他包袱裡頭藏著的不是那把菜刀喲！」

「我造孽，早晚我給雷劈！我怕菜刀？」小樂摔掉香菸頭，站起身來，拿過一條扁擔走進了天井。他娘在堂屋裡，接口說：「天上有雷，地下有閻羅，你莫替他操心。」

小順的女人才不吭聲了，一隻巴掌就把兒子的小臉蒙在她心窩裡，自己站到了一旁，看著小樂探手在麻袋上摸了摸，掄起扁擔頭來，往下，結結實實打了一棍。那小母狗兒悶哼了一聲，兩條後腿頂著麻袋子只蹬了兩蹬。小樂不聲不響，照頭，又一扁擔。小順的女人這才拿開捂住兒子臉兒的手，嘆了口氣：

「這兩扁擔，打得又狠又準！上回，小順沒頭沒腦打了十來棍，那條狗兒還一個勁的悶在麻袋裡又蹬又踢。」

天井裡，那口麻袋早已癱成了一團悄沒聲息了，小樂上前去撩撥了兩腳，一灘血滲了出來。他蹲下了身，三兩下解開了袋口上的麻繩，血濆濆地掇出了那一條小黑母狗，腦殼子開了花。他娘站在廚房門口又探過頭來，喊了聲：「你好不省事！抱著你兒子看這孽業！」小順的女人緊摟起孩子，正看著小樂從腰帶上抽出了一把尖刀，頭也沒轉，喊回道：「早打死了啦，我兒子，沒看見。」小樂呆了呆，一手揸起刀柄，一手揪住了狗脖子，冷颼颼地，刀尖在喉嚨上撥了兩撥，一刀，捅穿了血管。退後了兩步，瞅著一溜血汩出了刀窟窿，好半晌才回身走到灶頭下，一連舀了七八瓢滾燙的熱水，一瓢，一瓢，往死狗身上澆潑了起來。那小母狗兒挺起了四條腿瞪著天躺在紅亮紅亮大日頭底下，兩隻眸子，愣愣睜睜地翻了個白。小樂把刀一抹，彈了彈，隨手在石頭上磨了兩磨，一刀，剖下了心窩，順著肚腩直溜溜劃出了一道口子。他撂下了刀子，四根指頭嵌進了刀縫，上下一刨，兩邊一掰，翻開了肚腩，心肝腸子乞乞剎剎掏了出來。

小順的女人捫住她兒子的臉走上前，把身子蹲著，一根指頭，在死狗心窩上，撩了撩，回頭瞅著小樂吃吃地笑了起來：「好傢伙，奶子也長出來了：再等半年，串上一條公狗，這小母狗可以做姆媽了。」

小樂沉著臉，舀來了半盆熱水，一面淘洗著血糊糊的肚膛，一面就說：「晚上把狗肉燉了，你拿一碗去吃吧。」小順的女人笑嘻嘻地站起身來，把嘴巴湊到兒子腮幫上，狠狠地啄嘖了兩個嘴。「我不吃。」說著，捏起乳頭往孩子嘴裡一塞走出了廚房，忽然，又回過了頭：「上回，小順那死人逼著我吃了大半碗，好幾天，心裡惡刺刺的，出一趟門，老疑心街上的狗瞪著我瞧！」她勾過了一隻眼，吃吃地笑起來：

「這狗肉可真作怪，吃下去，叫人滿身火燒火燎的，燥得怪難受。」

小樂把死狗整治了，往大灶上半鍋滾水裡一攛，整個人給掏空了一般，只覺得腳下有些不穩心神一陣恍惚，扶著鍋臺，抖索索地在一張矮板凳上坐了下來。叼起一根菸，望著天井日頭下那一灘血，打了個寒噤，心頭總撂不開劉老實手裡血淋淋的一把菜刀。

那天晌晚劉老實發了狂，操起菜刀，躥出萬福巷口，滿街尋找仇人。他躲在縣倉正對面祝家茶店後院那個茅坑裡，趴著牆頭，一眼就瞅見了那個凶神悄沒聲息地閃進了隔壁孫家綢布莊的廚房，揪住孫四房的老婆，不由分說，連著兩刀，把她乳頭剮了。祝家婦人關起了店門，茅坑裡，扭出了小樂，連推帶扯地趕進了店堂，叫他自己往門板縫裡瞧上一瞧。街上一片鬧哄哄，孫四房門口，挨挨擠擠圍上了一堆吃過了晚飯的閒人，張著嘴巴；癡癡地瞅著劉老實拎起血刀從屋裡躥了出來，一聲不吭走上南菜市大街。看熱鬧的人一哄，跟上了，一個，推擠著一個，那光景就怕走失了凶神似的，好半天，外面人聲才慢慢靜了下來，只見劉老實的母親孤伶伶一個老婦人家趴跪在當街上，望著大夥兒的背影，放聲大哭。小樂逃出了茶店，回了家，趴在被頭裡乾嘔了一夜。他娘熬了兩碗薑湯，叫他一口嘔到老臉上。

「你天井也不收拾，收拾，隔壁人家看見了血水流出來，還以為是我們家開黑店，殺人喲。」

他娘打發小順的女人出了門，走進廚房來，看見兒子流一身虛汗望著天井愣愣地出了神。老人家上前，摸了摸他心口。「涼涼的，大熱天流冷汗！叫你自己熬一碗薑湯灌了吧，有要沒緊的，這天時，中了暑氣，晚上你可不要叫給我聽。」櫥櫃裡摸出了一塊生薑，望著兒子，又說：「這幾天，你呢就死心躲在家裡，省得出丟叫那凶神撞上了，一菜刀，把你也剮了。」

「娘，莫再叨念我。」

小樂一咬牙，肩膊上扯下了那條濕搭搭的汗衫，頭上一套，回過臉瞅住他娘：「冤有頭，債有主，我這就出去瞧他一瞧，不信，他就把我剁成六截！」背著他娘把殺狗刀悄悄揣在身上，灶膛裡，兩枝柴火撥熄了，拿過鍋蓋罩在大鍋上。

「娘，等我回來。」

小樂走出門來，一抬頭，望見西天上的大日頭，紅潑潑地早已燒成了一個火團子，待沉不沉，半天裡，吊在鎮口河堤上。一陣燥風，捲出了，小樂機伶伶打了個寒噤，身上那條濕臭汗衫黏黏涎涎，吃風一吹透出了一股涼氣來，索落落的竄上他背脊骨。隔壁，小順的女人攤開了心窩坐在門口哺餵她兒子吃奶，看見他背著日頭呆呆走過了她家門前，眨一眼，笑兩笑。小樂心頭惡泛泛一陣湧了上來，顧不得七八雙眼睛瞅著他，把手捫住心口，水溝旁，一蹲，嘔出了兩口胃酸。一條巷子靜悄悄，婦人家一身單薄白竹布小緊衣都坐到了門檻上，年少的，奶著孩子，年老的，揀著米穀，手裡一把大蒲扇只管搖過來又搖過去，時不時抬起了頭來，懨懨地望著天頂上那一堆聚起的雲頭。街上的狗都沒了聲息，三兩隻，趴在日影裡，伸長了紅舌頭抽抽搐搐喘著氣。

小樂走過了，婦人和狗一動也不動，眼睛愣愣，瞅著他。

那天六月十九觀音娘娘過生日，天時，也是這般苦熱。中午酒吃得凶了，捂住心窩死撐了一回，小樂索性把手撒了，一肚子酒餿，葷腥，嘔得一街都是。大街兩旁的店家，這赤天中午有的早已在門前擺下了香案，婦人家，捧出了香爐，頂著日頭公誠誠敬敬地拈過了三支香，盼望今年菩薩繞境出巡心裡喜歡啊，保佑吉陵鎮上家家平安，戶戶有餘。長長的一條南菜市大街從鎮口到鎮尾，水簷下，一口一口黑鐵鍋紅通通地燒起了錢紙。小樂看呆了，半天，從祝家茶店裡挪掇出了一條長板凳來，搧著心口，坐在水簷下，望著那滿街進城看熱鬧的坳子佬，睃睃探探地在萬福巷口鑽進鑽出。「害了色癆的坳子佬！今天什麼日子，進城來往萬福巷裡，鑽！」孫四房拎起一瓶五加皮蹭蹬了過來，嘴裡詛咒著天熱，身上汗衫，剝去了，腳下一個踉蹌，整個人撞到了祝家婦人心窩上。「吃了酒，不回家去挺，吐得我門口臭烘烘！」婦人抱著香爐，才罵出了聲，一回頭望到萬福巷口，笑嘻嘻說：「今天好大日子！劉老實放他老婆出門了。」孫四房呆了呆，手一抖，打了個哆嗦。「那一身細皮白肉！嫁了個棺材佬，白刨了。」祝家婦人捧起了香爐往案上輕輕一放，曖昧地凝瞅住了他：「四哥，你莫惹這個刨棺材的，人家說，一聲不吭，一吭聲打破了甑！」小樂心頭又一陣翻騰上來，兩三步搶到了水溝旁，嘔淨了，酒便登時醒了大半，一抬頭，看見長笙挽了個菜籃子，一身白底碎綠花，水亮水亮地，覷著眼，走在南菜市街白花花大日頭底下。滿街坳子佬側過了頭，眼上眼下，愣愣睜睜地睇睨著她。萬福巷口閃出了四個十二三歲的小小光棍，嘻著臉，躡手躡腳的，跟定了長笙直來到縣倉前那株楝子樹下。哥兒們忽然一聲唿哨，前後左右，把長笙簇擁了，學起觀音菩薩的抬轎佬一路蹎著跳著，哼著嘿著。四個么頭正抬得興起，回頭卻看見小樂凶神一般追打了上來，登時，一哄都散了。小樂站在街心呆了半晌，從腰帶裡摸出一張皺成一團的鈔票，抖了抖，把腰一佝蹎躥到了長笙身邊，笑嘻嘻，說：「劉家嫂子，你掉了錢啦。」長笙一張臉颼的漲紅了，低著頭只顧往前走。小樂愣愣地跟了一段路，看見兩旁店家門口婦人們日頭下燒起了香，臉一紅，把鈔票塞回了腰帶裡，慢慢挨近長笙。「今天大日子，虔誠啊！老實哥他啊還蹲在棺材店裡刨棺材呀？」長笙回過了頭。小樂心裡打了個突，酒，又醒了兩分，慢吞吞往後退了一步瞅住了長笙，柔柔地笑了一笑。「劉家小嫂子，青天白日大街上，你莫怕，你莫怕。」店簷下悄沒聲息地撂出了一串紅鞭炮，不偏不斜飛落到了長笙腳跟前，噼噼啪啪，一陣響開來。小樂猛抬頭，看見一個小光棍，簷柱後，探頭舒腦地望著長笙只是笑，手裡一支香火燒得亮紅。「陰魂不散的小么頭，我把你們幾根鉋子毛兒都拔了吧！」小樂嘴裡咒罵著，提起拳頭五六步追到了店簷下。又一串鞭炮颼了出來，長笙挽著菜籃子獨個兒靜靜站在當街上，一時沒了主意了。小樂追著，咒著，三分酒意登時湧了上來，一使性，剝去了汗衫，敞起瘦伶伶的一副胸膛，愣瞪著，把四個小光棍追得滿街亂跑起來。家家店裡的小潑皮聽見街上鬧成一片，一個個帶了鞭炮香枝，興沖沖地跑出了店門。十來個半大小子跳躥上了大街，一面把燒得火光四迸的鞭炮到處亂扔，一面逗起小樂，滿街鼓譟：

「迎觀音娘娘！迎觀音娘娘！」

「小樂！」小順滿身大汗馱著一袋米糧迎面走過來，當胸揪住了他，狠狠地撼了一撼。「魂兒給無常攝去了？」

小樂抬起頭，瞅著他。

「一個人走在大街上！看你這張臉鐵青得像死人一樣！」小順鬆開了手，望望天。「變天了，再不下雨，死了，算了。」

小樂忽然癡癡地笑起來。

「劉老實回來了？」

「那人還坐在縣倉前樹下，打盹呢。」小順往家門前走了兩步，又回過頭，曖昧地端詳著他，半晌說：「那晚，你跟孫四房吃醉了酒，回家去挺個覺，不成嗎？何苦一定要跑進萬福巷！」

那天孫四房喝多了五加皮了，一張酒糟臉孔先是紅的，吃到了晌晚忽然泛起了青，嘴裡詛咒著天公。大小五個潑皮走一步，蹶一步，咒一聲，嗆一聲：「世道變了，龜兒老鴇帶著婊子也拜起觀音菩薩來了，燒得一條巷子烟烟燻燻的！」小樂刨過了春紅，出屋來，把背梁頂在滿庭芳門上，滿肚子的五加皮就作起了怪，只覺得兩隻血絲眼水汪汪的，又有些發直，耳邊聽見鞭炮噼噼啪啪炸響了開來，萬福巷，火燒著了一般。「迎觀音娘娘！迎觀音娘娘！」又是那四個陰魂不散的小光棍，一路鼓譟，打起赤腳闖進了巷口。「我把你們這些小么頭，刨了——」小樂才罵出半句，一股酒，湧了上來，腳下滴溜溜滴溜溜打了兩個旋圈，整個人趴到巷心上，惹得簷口下看熱鬧的坳子佬們嘻嘻哈哈的笑成了一團。一枚沖天炮颼的竄上了黑澄澄好一片星天，小樂抬抬頭，伸直脖子，半天裡，紅灩灩綻出了一簇羅傘花團，亮麗亮麗地，才一眨眼，流星一般失落在無邊無盡的永夜。他掙扎著爬起了身，膝頭一軟朝向觀音娘娘當街又跪拜了下去，一雙眸子，愣睜著，彷彿看見長笙悄悄闔起了眼瞼，笑吟吟地坐在那黑魆魆一顛一跳的大轎裡。四個小么頭悄沒聲息追打了上來，撈起了小樂，拖屍一般扭揪到了簷口下。「醉死鬼，灌了兩瓶貓尿，當街撒起野來了，好大膽子，攔住觀音菩薩，沒的叫我們狠狠地剝刨了你！」長笙一身白底碎綠花，水亮水亮的，俏生生地跟她婆婆跪到了棺材店水簷下，手裡三支長香火舉過了眉心。菩薩一身衣裳春雪似的白，手上抱著一個紅噗噗小娃娃，滿臉的慈悲。棺材店門口孫四房汗湫湫往門上一靠，嘴裡詛咒不停，那張臉鐵青得就像死人一樣。「觀音菩薩，顯靈了！」小欒一聲吆喝剝去了身上汗衫，當街敞開了自瘦愣愣一副胸膛。那個老乩童，一身帶血，把手緊緊揝住了劍柄，闔著眼，入了定似的，身上那條黑道袍早已染成了一張綵幔，血漬漬的抖索在菩薩眼前。「觀音菩薩，顯靈了！」小欒長長地呻吟出了一聲，趺趺蹎蹎，躥到了巷心，伸手在老乩童肚腩上蘸了一灘血，癡癡地，笑著，往自己臉上抹了過去。看熱鬧的閒人們一片聲鼓譟起來：「觀音菩薩，顯靈了！」小欒扠著手在巷心上一站，兩隻醉眼勾乜起來，水簷下那一張張臉孔望過去，一股血腥，驀地，竄上了心頭，整個人登時一陣恍惚，掏空了一般攢倒在觀音娘娘跟前，攤做一團。四個小光棍悄沒聲息的又蹦了上來，一面拖，一面啐：「醉死鬼，又來沖犯菩薩神駕了，等我們把褲頭解開了，輪流在你身上擠撒一泡好尿！」天旋了，地轉了，小欒只覺得他腦殼子裡那隻咬腦蛆，滴溜溜，滴溜溜，也跟著旋轉。一條巷子，人聲，鞭炮聲，沒了聲息。他抽搐著眼皮，半天，一睜眼看見劉老娘趴到了春紅家門口，手裡三支香火紅熒熒。水簷底下那一張張愣瞪著的臉孔發起了酵，不停的在他眼前膨脹，旋轉，吃人一般，向他撲了過來。「觀音菩薩，顯靈了！」小欒心中一亮，呆了呆，一個騰跳，把頭撞開了滿庭芳兩扇紅漆板門，就地一滾，闖進了門檻。堂屋裡觀音娘娘低垂了眼瞼，不聲不響，獨個兒端端正正坐在小小一座神龕當中，兩盞佛燈兒照亮了一張慈悲的圓臉，笑盈盈，紅幽幽地無比的曖昧，無比的祥和。春紅那一間睡房給敞開了，一床繡花紅綢大被黏黏膩膩，孫四房，烏鰍鰍地，刨上了長笙雪白的身子，發了狂，一口一口，只顧啃嚙著。小樂心頭終於翻翻騰騰一陣逼了上來，整個人佝到了神龕底下，一口，趕著一口，掐住心窩，望著觀音娘娘呼天搶地的嘔吐了起來。滿庭芳門外，人聲，鞭炮聲：又響成一片。整條萬福巷彷佛迷失了心神，劉老娘那一聲又一聲「天打雷劈五雷轟」，半夜深山斑鳩母一聲聲淒厲的啼血。

四五個小么頭，鬧哄哄，街上亂跑，看見小樂一個人愣愣睜睜的走了過來，遠遠地把腳煞住了。一個，推著一個，慢吞吞挨蹭到臨街一家小絨線鋪門口，賊嘻嘻瞅住了他，只顧笑著。店裡走出了魯家婆婆，把么頭們氣狠狠瞪了一眼，罵道：「冤有頭，債有主，劉老實回來了，要你們滿街報訊！」老人家抬起了頭，望望天，一聲「菩薩有眼喲」，抱起店簷下曬乾了的一簍橘皮走回店裡。那群小么頭踮躡著腳尖悄悄跟住小樂，走了一回，看到了縣倉前那株苦楝子。一個八九歲的小光棍挨近了他，伸手扯了扯他褲腰，悄聲說：

「哥，你莫前去吧，劉老實那凶神等著你呢。」

小樂一回頭，卻看見南菜市街長長的一條青石板路，鎮口，一片河堤上，沉沉的吊上了一團大日頭。一條大街早已潑得通紅了，縣倉門口卻不見有人走動，四下裡靜悄悄的，只見一大窩黑鴉子亂噪著樹上盤繞。那株苦楝子在日頭底下熬曝了一個月，瘦瘠瘠，孤零零，這當口滿身蒙上了一層金粉，佝起了腰，愣瞪著鎮口的落日。樹下那個人把包袱摟在懷裡，抱起膝頭，打著盹。

彤雲滿天。

祝家婦人一身大汗走出了茶店，喊著熱，水簷下站住了，伸出脖子望了望街口那團日頭。

「快變天了，再不下雨，索性一把火把這個鎮給燒了。」手裡一盆水才往外一潑，祝家婦人早已看見小樂獨個兒站在街心上，迷失了心神一般，兩隻眸子水濛濛只顧瞅著樹下那人。「你也知道報應了！」她罵出了聲，一回頭，看見她店裡那一干人閃縮著都向外睃望。

「男子漢大丈夫，造了孽，心裡鬧鬼，叫我們婦人家看不過。」

萬福巷裡開了十年命館的中年先生端起一杯茶，慢慢踱到街邊，眼上眼下，把對面樹下那個人端詳了一番。

「這人，看來也不像發了瘋的。」

「是那凶神也好，不是也好，你老人家只要心裡平安，怕什麼？」祝家婦人忽然冷笑了一聲：「那晚，你老人家莫不也在萬福巷裡，看迎神？」

那先生登時收斂起了臉色，瞅住祝家婦人，一本正經，說：「我在自家門下看迎觀音菩薩，滴血不沾，一身清白，心裡平平安安！」他把半杯茶，涮地，往街心潑了出去，指指小樂。「這小潑皮吃了酒，亂了性，跟孫四房一伙人鬧進萬福巷，造了孽，闖了禍，惹出那個瘟神來，連累一鎮的人平白替他擔驚受怕！」

店堂裡兩個茶客聽見了這話，慢吞吞踅出了門檻，探著頭，瞅瞅小樂，又望望縣倉門口。

鎮口的日頭越沉越紅，茶店門口，望出去，縣倉前那一段空落落的石板大街早已鋪上了一層金沙，那人的影子，樹的影子，長長的投落到了街這邊水簷下來。茶店兩鄰各家鋪子的婦人搬出了板凳，手裡一把大蒲扇子只管搖過來，搖過去。年輕的，敞開了半邊乳房哺著孩子，一雙雙眼睛病懨懨地凝瞅著對街。一陣燥風，驀地竄出了。苦楝子樹抖索起了一條峭楞楞的影子，揉了揉吉陵鎮的心窩。婦人們抬起了眼皮，望望天頂聚起了黯沉沉好一堆雲頭，只聽見，縣倉屋頂上那一大窩黑鴉子不住的聒噪。

一個茶客端著自家帶來的瓷盅，門檻後，張望了半天，忽然說：「冤有頭，債有主，劉老實那把菜刀絕不會剁到毫無干係的人身上！」另一個搖搖頭：「那晚，六月二十二，劉老實發了狂上街殺人，跟去看熱鬧的人，誰不巴望親眼看見他把那五個潑皮，一個，一菜刀剮了！誰知道，春紅那婊子跟孫四房的老婆，這兩個做了替死鬼。」

祝家婦人聽了，嘿的，冷笑出來。

「你倒巴望著劉老實那凶神回來尋仇！那晚，萬福巷裡看迎神，你兩位可不也有一份？」她拎起搪瓷盆走回店堂，又打了一盆水，濺濺，潑潑，酒出店簷外。一抬頭，看見小樂那一條細瘦的影子孤零零拖在街心，上前一把揪住了膀子，啐道：「一個人站在街心，招眼呀？看你這個失魂落魄的德性！他要真是劉老實啊，早把你一菜刀給剁了。」

小樂一聲不吭，跟著她，走進了茶店挨在靠門一張檯子後面坐了下來。算命先生喝著茶閒閒地踱出了水簷外，覷著眼睛望望對面樹下那個人，又回過了頭，板著臉孔，端詳起小樂來。祝家婦人泡來了一杯茶，熱騰騰地就往小樂鼻頭下猛一推，瞅著他說：

「你好好的怎不挺在家裡！跑出來讓人看熱鬧作什麼？」

小樂咬了咬牙，一睜眼，從懷裡摸出那把殺狗刀放到了桌上，低著頭，瞅著刀身上一抹血。

後面坐著一個坳子佬，嘆了口氣：「這天時！再不下雨，明天我把老婆孩子都拴到大廟，一個，一刀剁了，叫觀音老母開開眼。」另一個接口說：「觀音老母不開眼，你就是一把火燒了北菜市街那座大廟，老母還是不開眼！」

祝家婦人提來一把大銅壺，給兩個坳子佬添了熱水。

「你兩位就別一心想殺老婆孩子燒大廟了吧，只要心裡平平安安，長笙死了，不會找到坳子裡的。」

忽然天頂打起了雷。祝家婦人站在店堂中央側起了耳朵，靜靜地聽著。那一串雷聲像起自九重天外，滾動著，哽噎著，給扠住了喉頭一般。整個吉陵鎮的心窩，一時間，彷彿窒住了。縣倉正門前那一條大街一片凝靜，一片空落，四下裡沒了人聲。苦楝子樹梢，刳啊刳啊刳地，那窩亂飛鴉聒噪得越發峭急了。茶店裡頭還沒上燈，街上篩進了一片落照，金溶溶，寂沉沉，酒在男人們一張一張陰黯的臉孔上。那些坳子佬和鎮裡人都放下了茶杯，望著店外好一片越沉越紅越落越黯的暮色，側起了耳朵，捉摸著那天頂傳來的聲音。只見天的北邊，漫天彤雲，倏的，白蛇一般索落落竄出了一道電光，只歇了半晌，又一陣悶雷咕嚕著滾動了過去。剎那間，縣倉屋頂上，閃電交迸，終於掙破了那一重重的天際，雷聲，一陣趕著一陣，翻翻騰騰地在吉陵鎮天心響了開來。

「變天了！」

祝家婦人撂下手裡那把大銅壺，兩三步，走出了水簷下。一條大街，從東到西不見一個人影，鎮口那團落日苦燒了一天，醉紅醉紅的貼地吊在蒼茫一片的大河壩上，只顧凝瞪著鎮心那一株苦楝子。街上起了一陣燥風，悄沒聲息，捲過來，嘩啦嘩啦地掃起了縣倉前零落一地的黃葉。祝家婦人打了兩個寒噤，一回頭，看見小樂抬起了臉，愣睜著一雙空空茫茫的眼睛，天上，一刀電光亮過。茶客們一個跟著一個慢吞吞的都挨到了水簷下，端著茶，覷起眼睛，望著那一天白蛇交躥的絳霞。又一陣風貼著街心捲了過去，豆大的雨點，滴滴答答灑了下來。

茶店兩鄰婦人們推開了板凳，站起身來，走到水簷下，年少的奶著孩子，年老的摟抱著米盆，靜靜地瞅著這一片蒼茫的雨。

小樂摸起殺狗刀，一轉眼，整個人便像一隻斷了線的破紙鳶，悄沒聲息，從茶店直攛出了街上。

兩個人在街心站住了，那個人慢慢抬起了臉，瞅住小樂。一陣風嚎著打橫裡掃過了縣倉門口，苦楝子樹佝起了腰。滿天老鴉，一把撒開了的黑點子似的，風聲雨聲中，聒噪著飛撲向西邊天際那一片肅殺的落紅。那個人把沉甸甸的包袱挑上了肩膊，低了頭，縮起脖子，順著長長一條南菜市街，冒著大雨，自顧自走了下去。小樂獨個兒站在街心，愣愣地凝望著那人的背影，一回頭，看見祝家婦人掌著一盞燈站在茶店門口，隔著一片越下越響的雨，曖昧地瞅著他。縣倉對面那一排嘩喇嘩喇的水簷下，男人，婦人，靜靜站著，中了蠱一般都出神地望著這好一場大雨！小樂心中一片茫然，整個人給掏空了。半晌才把殺狗刀揣回了懷裡，迎著鎮口那一團水濛濛紅灩灩的落日，低著頭，縮起脖子，一步一蹭蹬的就走回了家去。一條石板大街空蕩蕩滿地水光落霞，兩條人影，瘦愣愣，孤零零。

作者簡介

——李永平（1947-2017），生於英屬婆羅洲沙勞越邦古晉市。中學畢業後來臺就學。國立臺灣大學外國語文學系畢業後，留系擔任助教，並任《中外文學》雜誌執行編輯。後赴美深造，獲美國紐約州立大學比較文學碩士、聖路易華盛頓大學比較文學博士。曾任教於國立中山大學外國語文學系、東吳大學英文系、國立東華大學英美語文學系創作與英語文學研究所教授。二〇〇九年退休，受聘為東華大學榮譽教授。著有《婆羅洲之子》、《拉子婦》、《吉陵春秋》、《海東青：台北的一則寓言》、《朱鴒漫遊仙境》、《雨雪霏霏：婆羅洲童年記事》、《大河盡頭》（上下卷）、《朱鴒書》。曾獲《中國時報》文學推薦獎及《聯合報》小說獎、台北書展大獎、行政院新聞局金鼎獎等。二〇一六年獲第十九屆國家文藝獎、第六屆文學星雲獎貢獻獎、獲頒第十一屆臺大傑出校友。

陪他一段

1979

蘇偉貞

費敏是我的朋友，人長得不怎麼樣，但是她笑的時候讓人不能拒絕。

一直到我們大學畢業她都是一個人，不是沒有人追她，而是她都放在心裡，無動於衷。

畢業後她進入一家報社，接觸的人越多，越顯出她的孤獨，後來，她談戀愛了，跟一個學雕塑的人，從冬天談到秋天，那年冬天之後，我有三個月沒見到她。

春天來的時候，她打電話來：「陪我看電影好嗎？」我知道她愛看電影，她常說那是一個活生生的世界在你眼前過去，卻不干你的事，很痛快。

她整個人瘦了一圈，我問她哪裡去了，她什麼也沒說，仍然昂著頭，卻不再把笑盛在眼裡，失掉了她以前的靈活。那天，她堅持看《午後曳航》，戲裡有場男女主角做愛的鏡頭，我記得很清楚，不僅因為那場戲拍得很美，還因為費敏說了一句不像她說的話──她至少可以給他什麼。

一個月後，她走了，死於自殺。

我不敢相信像她那樣一個鮮明的人，會突然消失，她父母親老年喪女，更是幾乎無法自持。昨天，我強打起精神，去清理她的東西，那些書、報導和日記，讓我想起她在學校的樣子；費敏寫得一手灑脫不羈的字，給人印象很深，卻是我見過最純厚的人。我把日記都帶了回家，我不知道她的意思要怎麼處置，依她個性，走前應該把能留下的痕跡都抹去，她卻沒有，我想弄懂。

費敏沒有說一句他的不是，即使是在不為人知的日記裡。

她在採訪一個「現代雕塑展」上碰到他的——一個並不很顯眼卻很乾淨的人；最主要的是他先注意到她的，注意到了費敏的真實。費敏完全不當這是一件嚴重事，因為他過不久就要出去了，她想，時間無多，少到讓他走前恰好可以帶點回憶又不傷人。

但是，有一天他說：「我不走了。」那天很冷，他把她貼在懷裡，嘆著氣說：「別以為我跟妳玩假的。」口氣裡、心裡都是一致的——他要她。費敏經常說——一個人活著就是要活在熟悉的環境裡，才會順心。這是一件大事，他為她做了如此決定，她想應該報答他更多，就把幾個常來找她的男孩子都回絕了，她寫著——我也許是；也許不是跟他談戀愛，但是，這也該用心，交一個朋友是要花一輩子時間的。

費敏在下決心前，去了一趟蘭嶼，單獨去了五天，白天，她走遍島上每個角落，看那些她完全陌生的人和事，入夜，她躺在床上，聽浪濤單調而重複的聲音，她說——

「怨憎會苦，愛別離苦」，這麼簡單而明淨的生活我都悟不出什麼，罷了。

我想起她以前常一本正經的說——戀愛對一個現代人沒有作用，而且太簡單又太苦！

果然是很苦，因為費敏根本不是談戀愛的料，她從來不知道「要」。

他倒沒有注意到她的失蹤，兩人的心境竟然如此不同，也無所謂了，她找他出來，告訴他——我陪你玩一段。

我陪你玩一段?!

從此，他成了她生活中的大部分。費敏不愧是我們同學中文筆最好的，她把他描繪得很逼真，其實她明白他終究是要離開的，所以格外疼他，尤其他是一個想要又不想要，是一個深沉又清明，像個男人又像孩子的人，而費敏最喜歡他的就是他的兩面性格，和他給她的悲劇使命，讓她過足了扮演施與者這個角色的癮。費敏一句怨言也沒有。

他是一個需要很多愛的人，有一天，他對費敏說了他以前的戀愛，那個使他一夜之間長大的失戀，那個教會他懂得兩性之間愛慾的熱情；費敏就是那個時候認識他的——他最痛苦的時候。他說——也許我談戀愛的心境已經過去了，也許從來沒有來過，但是我現在心太虛，想抓個東西填滿。費敏不顧一切的就試上了自己的運氣：他對她沒有對以前女友的十分之一好，但是，費敏是個容易感動的人。

開始時，他陪費敏做很多事，徹夜臺北的許多長巷都走遍了，黑夜使人容易掏心，她寫——他是一個驚嘆號，看著妳的時候都是真的。有次，他們從新店划船上岸時已經十一點了，兩個人沒說什麼，開始向臺北走去，一路上他講了些話，一些她一輩子也忘不了的——我需要很多很多的愛。費敏見他眼睛直視前方，一臉的恬靜又那麼熾熱，就分外疼惜他起來。她一直給他。

他們後來好得很快，還有一個原因——他是第一個吻費敏的男孩。她很動心。在這之前，她也懷疑過自己的愛，那天，他們去世紀飯店的群星樓，黃昏慢慢簇擁過來，費敏最怕黃昏，一臉的無依，滿天星星升上來，他吻了她。

有人說過——愛情使一個人失去獨立。她開始替他操心。

他有一個在藝術界很得名望的父親，家裡的環境相當複雜；他很愛父親，用一種近乎崇拜的心理，所以，把自己幾乎疏忽掉了，忘記的那部分，由費敏幫他記得，包括他們交往的每一刻和他失去的快樂。她常想，他把我放在哪裡？也許忘了。

他是一個不太愛惜自己的人，尤其喜歡徹夜不眠；她不是愛管人的人，卻也管過他幾次，眼見沒效，就常常三更半夜起床，走到外面打電話，他低沉的嗓音在電話裡，在深夜裡讓她心疼，他說：我坐在這裡完全不知道該怎麼辦。費敏就到他那兒，用力握著他的手，害怕他在孤寂時死掉。因為他的生活複雜，她開始把世故、現實的一面收起來，用比較純真、歡笑的一面待他。那到底是他可以感受的層次。

費敏是一個很精緻的人，常把生活過得新鮮而生動；我記得以前在學校過冬時，她能很晚了還叫我出去，扔給我一盒冰淇淋，就坐在馬路上吹著冷風，邊發抖，邊把冰淇淋吃完，她說——冷暖在心頭。有時候，她會拎瓶米酒，帶包花生，狠命的拍門說——快！快！醉鄉路穩宜頻到，此外不堪行！生活對她而言處處是轉機。她不是一個多話的人，卻很能笑，再嚴重的事給她一笑，便也不了了之，但是她和他的愛情，似乎並不如此。

剛開始的時候，費敏是快樂的，一切都很美好。

春天來了，他們計畫到外面走走，總是沒有假期，索性星期五晚上出發，清晨四點半到蘇澳的火車。他們先逛遍了中山北路的每條小巷，費敏把笑徹底的撒在臺北的街道上，然後坐在車廂裡等車。春天的夜裡有些涼意，他把她圈得緊緊的，她體會出他這種在沉默中表達情感的方式。東北部的海岸線很壯觀，從深夜坐到黎明，就像一場幻燈片，無數張不曾剪裁過的形象交織而過，費敏知道一夜沒闔眼的樣子很醜，但是他親親她額頭說——妳真漂亮。她確信他是愛她的。

南方澳很靜，費敏不再多笑，只默默的和他躺在太平洋的岸邊曬太陽，愛情是那麼沒有顏色、透明而純淨，她心裡滿滿的、足足的。他給了她很多第一次，她一次次的把它連起來，好的、壞的。費敏就是太純厚；不知道反擊，好的或壞的。

回程時，金馬號在北宜公路上拐彎抹角，他問她：「我還小，妳想過什麼時候結婚嗎？」她明明被擊倒了，卻仍然不願意反擊，是的，他還年輕，比她還小，他拿她的弱點輕易的擊倒了她，車子在轉彎時，她差點把心都吐出來。車子又快到了世俗、熱鬧的臺北時，她笑笑：「交朋友大概不是為了要結婚吧？」樣子真像李亞仙得知鄭元和高中金榜時，說道：「我心願已了，銀箏，將官衣誥命交與公子，我們回轉長安去吧，了我心願與塵緣。」那般剔透。

晶瑩剔透的到底只是費敏，他給了她太多第一次，抵不上他說一句「我需要很多很多愛」時的震撼，是的，她不忍心不給。

回到臺北，她要他搭車先走，她才從火車站走路回家。第一次，她笑不出來，也不能用笑詮釋一切了。

第二天，他就打電話來叫她出去，她沒出門，她不能聽他的聲音，費敏疼他疼到連他錯了也不肯讓他知道，以免他難過的地步。他倒找上她家，看到費敏仍然一張笑臉，就講了很多話，很多給她安全感和允諾的話。費敏在日記裡寫著——都沒有用了，他雖然不是很好，卻是我握不住的。費敏的明淨是許多人學不來的，很少有人能像她一樣把事情的各層面看得透徹，卻不放在心上，而她的善解人意，便是多活她二十歲的人，也不容易做到。

以後，她還是笑，卻只在他眼前，笑容從來沒有改變過，兩個人坐著講話，她常常不知不覺地精神恍惚起來，他說：欸！想什麼？她看著他，愈發是恍如隔世。她什麼也不要想。

她常常問他——怎麼跟李眷佟分手的？他從來不說，就是說了，也聽出多半是假的。他總說——她太漂亮，或者她太不同於一般人，我跟不上。即使是假的，費敏也都記在心裡，她希望有天開獎時，對對自己手上的運氣。跟他談戀愛後，她把一切生活上不含有他的事物都摒棄一邊，看他每天汲汲於名利，為人情世故而忙，她就把一切屬於世俗的東西也摒棄。跟他在一起，家裡的事不提，自己的工作不提，自己的朋友不提，他們之間的濃厚是建立在費敏的單薄上，費敏的天地既只有他，所以他的天地愈擴大，她便愈單薄，完全不成比例。日子過得很快，他們又去了一趟溪頭，也是夜半。他對她呵護備至，白天，他們在臺中恣意縱情，痛快的玩了一頓，像放開韁繩的馬匹。

溪頭的黃昏清新而幽靜，罩了一層朦朧的面紗。他們選了很久，選了一間靠近樹林的蜜月小屋，然後去走溪頭的黃昏，黃昏的光散在林中，散在他們每一寸細胞裡；他幫她拍了很多神韻極好的黑白照片，她仰著頭一副旁若無人、唯我獨尊的神氣。費敏的確不美，然而她真是讓人無法拒絕。我們一位會看相的老師曾經說過，費敏長得太靈透，不是福氣。但是，她笑的時候，真讓人覺得幸福不過如此，唾手可得。

夜晚來臨，他們進了小屋，她先洗了澡，簡直不知道他洗完時，該用什麼表情來面對他。她看了看書，又走到外面吸足了新鮮空氣，她真不知道怎麼跟他單獨相處。

他洗完澡出來峙，她故意睡著了，他熄了燈，坐在對面的沙發裡抽菸，就那樣要守護她一輩子似的。在山中，空氣寧靜得出奇，他們兩個呼吸聲此起彼落特別大聲，她直起身說——我睡不著。他沒扭亮燈，兩個人便在黑暗裡對視著。夜像是輕柔的撢子，把他們心靈上的灰，拭得乾乾淨淨，留下一眼可見的真心。

她叫他到床上躺著，起初覺得他冷得不合情理，貼著他峙，也就完全不是了，他抱著她，她抱著他，她要這一刻永遠留住的代價，是把自己給了他。

現在輕鬆多了，想想再也沒有什麼給他了。而第一次，她那麼希望死掉算了。愛情太奢侈，她付之不盡，而且越用越陳舊，她感覺到愛情的負擔了。

回去以後，她整天不知道要做什麼，腦子裡唯一持續不斷的念頭，就是——不要去想他。夜裡沒辦法睡，就坐在桌前看他送的蠟燭，什麼也不想的坐到天亮。她不能見他，想到自己總有一天會全心全意要占有他方會罷手，就更害怕，她的清明呢？她一次次不去找他，但是下一次呢？有人碰到她說：「費敏，妳去哪裡啦？他到處找妳。」

她像被人抓到把柄，抽了一記耳光，但她依舊是一張笑臉。他曾經要求她留長髮，她頭髮長得慢，忍不住就要整理，這次，倒是留長了些。她回到家裡，又是深夜，用心不去想那句詩——揀盡寒枝不肯棲。拿起電話，她一個號碼慢慢的撥—七—〇—二—八—九—七—四—。四字落回原處時，她面無表情，那頭——喂——，她說——嗨——，兩個人沒有聲音，終於她說——我頭髮留長了些。他仍然寂寞的想用力抱住她。他情緒不容易激動，這次卻只叫了——費敏，便說不下去。如果能保持清醒多好，就像坐在車裡，能不因為車行單調而昏昏欲睡，隨時保持清醒，那該有多好？她太了解他了，她不是他車程中最醒目的風景。費敏不是一個精打細算的人，對於感情更是沒有把握。放下電話，她到了他的事務所，在六樓，外面的車聲一輛輛劃過去，夜很沉重。他看著她，她看著他，情感道義沒有特別的記號，她不顧一切的重新拾起，再行進去。有些人玩弄情感於股掌，有些人局局皆敗，她就是屬於後者。

有天，她見到李眷佟，果然漂亮，而且厲害。李很大方的從他們身邊走過，拿眼睛瞅著他——沒有愛、沒有恨，也不把她放在眼裡，他原本牽著她的手，不知不覺收了回去。費敏沉住氣走到天橋上時，指指馬路，叫他搭車回去，轉過頭不管他怎麼決定，就走了。人很多，都是不相干；聲音很多，不知道都說些什麼。費敏一開始便太不以為意，現在覺得夠了。車子老不來，她一顆顆淚珠掛在頰上，不敢用手去抹，當然不是怕碰著舊創，那早就破了。車子來了，她沒上，根本動不了，慢慢人都散光了。她轉過身去，他就站在她後面，幾千年上演過的故事，一直還在演，她從來沒有演好，連臺步都不會走，又談什麼臺詞、表情呢？真正的原因，是這本劇本太老套，而對手是個沒有情緒的人，他牽著她，想說什麼，也沒說，把她帶到事務所，只是緊緊的抱著她，親她，告訴她——我不愛李。

費敏倒寧願他是愛李眷佟的，他的感情呢？

她覺得自己真像他的情婦，把一切都看破了，義無反顧的跟著他。

後來費敏隨記者團到金門採訪，那時候美匪剛建交，全國人心沸騰。她人才離開臺北，便每天給他寫信，在船上暈得要死，浪打在船板上，幾千萬個水珠開了又謝。她趴在吊床上，一面吐、一面寫——人魚公主的夢為什麼會是個幻滅，我現在知道了。到了金門，看到料羅灣，生命在這裡顯得悲壯有力，她把臺灣的事忘得乾乾淨淨，她喜歡這裡。

就在那一個月，她把事情看透了——這一生一世對我而言永遠是一生一世，不能更好，也不會更壞。她寫著。每天，他們在各地參觀、採訪，日程安排得很緊湊，像在跟砲彈比速度。她累得半死，但是在精神上卻是獨立的。離愛情遠些，人也生動多了，不再是黏黏的、模模糊糊的，那裡必須用最直覺、最原始的態度活著，她看了很多，反共的信心，刻苦的生活；看到最多的，是花崗岩，是海，是樹，是自己。

住在縣委會的招待所樓上，每天，吃完晚飯，砲擊前，有一段休閒時間，大家都到外面走走，三五成群，出去的時候是黃昏，回來時黑暗已經來了。她很少出去，坐在二樓的陽臺上，腦子裡一片空白，看著這些人從她眼瞼裡出現、消失。團裡有位男同事對她特別好，常陪著她，她放在心裡。碰過太多人對她好，現在，卻寧願生活一片空，她把一切都存起來，滿滿的，不能動，否則就要一瀉千里。

她寫信時，不忘記告訴他——她想他。

她買了一磅毛線，用一種異鄉客無依無靠的心情，一針一針打起毛衣來，灰色的，毛絨的，打到最後就常常發呆。寫出去的信都沒回音，她還是會把臉偎著毛衣，淚水一顆顆淌下來。那男同事看不慣，拖著她，到處去看打在堤岸上的海浪，帶她去馬山播音站看對面的故國山色，帶她去和住在碉堡裡的戰士聊天，去吃金門特有的螃蟹、高粱，但是從來不說什麼。一個對她好十倍，寵十倍，了解十倍的感情，比不上一句話不說讓她吃足苦頭的感情，她恨死自己了，十二月的風，吹得她心底打顫。

毛衣愈打到最後，愈不能打完，是不是因為太像戀愛該結束時偏不忍心結束？費了太多心，有過太多接觸，無論是好是壞，總沒有完成的快樂。終於打完了，她寄去給他。

回到臺北，她行李裡什麼都沒增加，費敏從來不蒐集東西，但是她帶回了金門特有的獨立精神。不想再去接觸混沌不明的事，他們的愛情沒有開始，也不用結束。

他現在更不放心在她身上了！

有天，採訪一件新聞，三更半夜坐車經過他的事務所，大廈幾乎全黑，只有他辦公室那盞罩著黃麻罩子的檯燈亮著，光圈暈黃，費敏的心像壓著一塊大石頭透不過氣來。他父親是個傑出的藝術家，有藝術家的風範、骨氣、才情、專注和成就，但是在生活上很多方面卻是個低能的人，他母親則是個完全屬於這個世界的人。很多人不擇手段的利用他父親，他父親常常不明就裡，全力以赴的去吃虧上當，家裡的一切都靠他母親安排，愈加磨練了一副如臨大敵，處處提防別人的性情。他父親的際遇使他母親用全副精神關照他，讓他緊張。他很敬重父親，自己的事加上父親的事，忙得喘不過氣來。現在，夜那麼深了，他不知道又在忙什麼？一定是坐在桌前，桌上計畫堆了老高，而他一籌莫展。無論做什麼，他都不願意別人插手。

費敏需要休息一陣了，她自己知道，他一定也知道。

費敏從此把自己看守得更緊。日子過得很慢，她養成了走路的習慣，漫無目的地走。她不敢一個人坐在屋裡，常常吃了晚飯出去走到報社，或者週末、假日到海邊吹風，到街上被人擠得更麻木。

從金門回來後兩個月，她原本活潑的性情完全失去了，有天，她必須去採訪一個文藝消息，到了會場，才知道是他和父親聯合辦雕塑展的開幕酒會，海報從外面大廈一直貼到畫廊門口，設計得很醒目。她不能不進去，因為他的成功是她要見的。展出的作品沒有什麼，由他父親的作品，更加襯托出他的年輕，但是，她看得出，他的作品是費心掙扎出來的，每一件都是他告訴過她的──讓我們的環境與我們所喜愛的人生緊緊地結合在一起。人很多，他站在她一進門就可以看見的地方，兩個月沒見，他一定是倒過又站了起來，站得挺直。她太熟悉他了，他的能力不在這方面，所以總是在掙扎，很苦。這些作品不知道讓他又吃了多少苦，但是，他沒有把它們放在眼裡，她不敢再造次。真的要忘掉他說的──我需要很多的愛。他們之間沒有現代式戀愛裡的咖啡屋、畢卡索、存在主義，她用一種最古老的情懷對他，是黑色的、人性的。他們兩人都能理解的，矛盾在於這種形式，不知道是進步了，還是退步了。

他走了過來，她笑笑。他眼裡仍然是寂寞，看了讓她憤怒，他到底要什麼？

他把車開到大直，那裡很靜，圓山飯店像夢站在遠方，他說──費敏，妳去哪裡了，我好累。她靠著他，知道他不是她的支柱，她也不是他的，沒有辦法，現在只有他們兩人，不是他靠著她，就是她靠著他，因為只有人體有溫度，不會被愛情凍死。

他問費敏──那些作品給妳感覺如何？費敏說──很溫馨。他的作品素材都取自生活，一籃水果，一些基本建材，或者隨時可見的小人物，把它整理後發出它們自己的光，但是，藝術是不是全盤真實的翻版呢？是不是人性或精神的再抒發呢？以費敏跑過那麼久文教採訪的經驗來說，她清楚以人性的眼光去創造藝術，並不就代表具有人性，必須藝術品本身具備了這樣的能力，才可以感動人。他的確年輕，也正因為他的年輕，讓人知道他掙扎的過程，有人會為他將來可見的成熟喝采的。

她不願意跟他多說這些，她是他生活中的，不是思想層次中的，他不喜歡別人干涉他的領域，他更有權利自己去歷練。夜很深，他們多半沉默著、對視著。兩個月沒見，並沒有給他們彼此的關係帶來陌生或者親近。他必須回家了，他母親在等門。以前，由費敏說——太晚了，走吧！現在，他的夜特別珍貴，不能浪擲。他輕輕的吻了她，又突然重重的擁她在懷裡，也許是在為這樣沒結果的重逢抱歉。

以後，她開始用一種消極的方式拋售愛情，把自己完全亮在第一線，任他攻擊也好，退守也好，反正是要陣亡的，她顧不了那麼多了。

他生日到了，他們在一起已經整整度過一年，去年他生日，費敏花了心思，把他常講的話，常有的動作和費敏對他的愛，記了一冊，題名——意傳小札。另外，用錄音帶錄了一卷他們愛聽的歌，費敏自己唱，有些歌很冷僻，她花了心血找出來。她生日時，他給了她一根蠟燭，費敏對著蠟炬哭過幾百次；這次，費敏集了一百顆形狀特殊的相思豆給他；那天晚上，他祖母舊病復發，他是長孫，要陪在跟前，他們約好七點兒，他十一點才來，費敏握著相思豆的手，因為握得太緊，五指幾乎扳不直，路上人車多，時間愈過去，她的懊悔愈深。

他突然出現在她眼前時，費敏已經麻木了。他把車停在外雙溪後，長長吁了一口氣，開始對她說話，說的不是他的祖母，而是李眷佟，李父親病了；連夜打電話叫他去，他幫李想辦法找醫生，西醫沒辦法，找中醫，白天不成，晚上陪著，而他自己家裡祖母正病著。費敏不敢多想，有些人對自己愛著的事物渾然不覺，她想到那次在街上李眷佟的神情，她捏著相思豆的手把相思豆幾乎捏碎。他看費敏精神恍惚，搖搖她，她笑笑、他說：費敏，說話啊？

費敏沒開口，她已經沒有話可說了。她真想找個理由告訴自己——他不要妳了！可是她有個更大的理由——她要他。

他問費敏：有錢嗎？借我兩萬。李的爸爸的事情要用錢，不能跟媽要。費敏沒有說話，他就沒有再問了。

第二天，費敏打電話給他——錢還要用嗎？她給他送去了。他一個人在事務所裡，那裡實在就是一個藝廊，他父親年輕時和目前的作品都陳列在那兒，整幢房子是灰色的，陳列櫃是黑色的，費敏每次去，都會感覺呼吸困難，像他這一年來給她的待遇。他伸了長長的腿靠坐著書桌，問費敏：錢從哪裡來的？從那個對她很好的男同事手裡。

費敏當然不會告訴他，淡淡的說——自己的。這一次，他很晚了還不打算回去，費敏看他累了，想是連夜照顧祖母，或者李眷佟生病的父親？她要他早點回去休息，臨走時，他說——費敏，謝謝。看得出很真心。

費敏知道李眷佟父親住的醫院，莫名的想去看看李，下班後，在報社磨到天亮，趁著晨曦慢慢走到醫院，遠遠的，他的車停在門外。

他是個懷舊的人？還是李眷佟是個懷舊的人？而她呢？她算是他的新人嗎？那麼，那句——只見新人笑不見舊人哭，該要怎麼解釋呢？

太陽出來了，她的心也許已經生鏽了。

費敏給他最大的反擊也許就是——那筆錢是從他的情敵處借來的。說來好笑，她從他情敵處借來的錢給她的情敵用。

情至深處無怨尤嗎？這件事，費敏隻字不提。

過年時，她父母表示很久沒見到他了。為了他們的期望，費敏打電話給他——來拜年好嗎？費敏的父母親很滿意。然後她隨他一起回他家。那天，他們家裡正忙著給他大姊介紹男朋友，他祖母仍然病著，在屋內愈痛愈叫，愈叫愈痛，家裡顯得沒有一點秩序，她被冷落在一旁，眼看著生老病死在她眼前演著。她一個人走出他們家，巷子很長，過年的鞭炮和節奏都在進行，費敏一直很羨慕那些脾氣大到隨意摔別人電話、發別人瘋的人，戀愛真使一個人失去了自己嗎？

後來在報上看到李眷佟父親的訃聞，他們終於沒能守住她父親出走的靈魂。她打電話去，他總不在，那天李的父親公祭，她去了，他的車停在靈堂外，李眷佟哭得很傷心，那張漂亮的臉，塗滿了悲慟的色彩，喪父是件大慟，李需要別人分攤她的悲哀，正如費敏需要別人分攤她的快樂，同樣不能拒絕。而他說——我不愛李。

是嗎？她不知道！

多少年來，她在師長面前，在朋友面前，都是個有分量的人；在他面前，費敏的心被抽成真空，是透明的。在日記裡，費敏沒有寫過一次他說愛她的話，但是，他會沒說過嗎？即使在他要她，她給他的情況下。費敏是存心給他留條後路？他們每次的「精神行動」不能給他更多的快樂，但是他太悶，需要發洩，她便給他，她自己心理不能平衡；實體的接觸，精神的接觸，都給她更多的不安，但是，她仍然給他。

事情並沒有因此結束，費敏放心不下，怕誤會了他，卻又不敢問，怕問出真相。他們保持每個星期見一次面，現在費敏是真正不笑了，從什麼時候開始她不會笑的？她也不知道。兩個人每次見面，幾乎都在他車裡，往往車窗外是一片星光，費敏和他度過的這種夜，不知道有多少。她常常想起群星樓外的星星，好美，好遠。他們之間再也沒有提起李眷佟，除了完全放棄他才能拯救自己外，其他的方法費敏知道不會成功，她索性不去牽扯任何事情。有一天，費敏說，出去走走好嗎？那段時間他父親正好出國，事情比較少，他母親眼前少了一個活靶，也很少再攻擊，他便答應了。

他們沒走遠，只去了礁溪，白天，他們穿上最隨便的衣服，逛街，逛寺廟，晚上去吃夜市，小鎮給費敏的感覺像沉在深海中的珍珠，隱隱發光；入了深夜，慢慢往旅館走，那是一幢古老的日式建築。月光沉澱在庭園裡，兩個人搬了藤椅、花生和最烈的黃金龍酒，平靜的對酌著，淺淺的講著話。「開始」和「結束」的味道同出一轍，愛情的滋味，有好有壞，但是費敏分不出來。

回到臺北，等待他的是他父親返國的消息，等待費敏的是南下採訪新聞的命令。費敏臨行時，給他打了電話，他說——好，我來送妳。費敏問——一定來？他答：當然。她從十二點最後一班夜車發出後，便知道他不會來了。火車站半夜來過三次，兩次是跟他。夜半的車站仍然生命力十足，費敏站在「臺北車站」的「站」字下面沒有動過，夜晚風涼，第一班朝蘇澳的火車開時，她一點感覺也沒有了。時間過得真快，上次跟他去蘇澳似乎才在眼前。高雄的採訪成了獨家漏網。

她回家後就躺下了，每天瞪著眼睛發高燒，咳嗽咳得出血；不敢勞累父母，就用被子蒙住嘴，讓淚水順著臉頰把枕頭浸得濕透。枕頭上繡著她母親給她的話——夢裡任生平。費敏的生平不是在夢裡，是在現實裡。

病拖了一個多月，整個人像咳嗽咳得太多次的喉嚨，失去彈性，但是外面看不出來。她強打起精神，翻出一些兩人笑著的相片，裝訂成冊，在扉頁抄了一首徐志摩的〈歌〉——當我死去的時候，親愛，你別為我唱悲傷的歌，我墳上……要是你甘心忘掉我……

那本集子收的照片全是一流的，感覺之美，恐怕讓看到的人永遠忘不了，每一張裡的費敏都是快樂的，甜蜜的。

她送去時，天正下雨。他父親等著他，他急著走，費敏交給他後，才翻開，整個人便安靜了下來，眼裡都是感動，不知道是為集子裡的愛情還是為費敏。她笑笑，轉身要離去時，告訴他——「你放心，我這輩子不嫁便罷，要嫁就一定嫁你！」雨下得更大，費敏沒帶傘，冒著雨回去的。這是她認識他後，所說過最嚴重的一句話。

她曾經寫著——我真想見李眷佟。他們去礁溪時，她輕描淡寫的問過他，他說——我們之間早過去了，我現在除了爸爸的事，什麼心都沒有！說來奇怪，我以前倒真愛過她。

她還以為，明白存在他們之間的問題是什麼呢？她真渴望有份正常的愛。見不見李其實都一樣了。

國父紀念館經常有文藝活動，費敏有時候去，有時候不去。她常想把他找去一起欣賞，鬆鬆他太緊的弦，但是，他們從來沒有機會。那天，她去了，是名聲樂家在為中國民歌請命的發表會，票早早賣完了，門口擠滿沒票又想進場的人群。費敏站在門口，體會這種「群眾的憤怒」，別有心境。群眾愈集愈多，遠遠的他走過來，和李眷佟手握著手，他們看起來不像是遲到了四十分鐘，不像是要趕場音樂會，他們好像多的是時間，是費敏一輩子巴望不到的。費敏離開了那裡，國父紀念館的風很大，吹得費敏走到街上便不能自已的全身顫抖，怎麼？報應來得那麼快！她還記得上次他們牽著手碰見李，如果李愛過他，那麼，她現在知道李的感覺了。

晚上，她抱著枕頭，壓著要跳出來的心。十二點半，她打個電話去他家，他母親接的，很直截了當的告訴她——沒回來，有事明天再打。他們最近見面，他總是緊張母親等門，早早便要回去，也許，他母親騙她的。

他們最後一次見面是在群星樓，他一看到她便說——昨天我在事務所一直忙到十二點多……。費敏不忍心聽他扯謊下去，笑笑的說——騙人。他一愣，她便說——音樂會怎麼樣？

他們怎麼開始的，費敏不知道，也許從來沒有結束過，但是，都不重要了，他們之間的事是他們的，不關李眷佟的事，費敏望著他那張年輕、乾淨的臉，這個世界上有很多演壞了的劇本，不需要再多加一個了。費敏不敢問他——你愛我嗎？也許費敏的一切都夠不上讓他產生瘋狂的愛，但是，他們曾經做過的許多事，說過的許多話，都勝過一般愛情的行為。他可能是太健忘了，可能是從來沒有肯定過，也許他們在一起太久了，費敏一句話也沒多提，愛情不需要被提醒，那是他的良知良能。群星樓裡有費敏永遠不能忘記的夢；他們一直坐到夜半，星星很美，費敏看了個夠，櫻桃酒喝得也有些醉了。

她習慣了獨自擋住寂悶不肯撤離，現在，沒有什麼理由再堅守了。她真像坐在銀幕前看一場自己主演的愛情大悲劇，拍戲時是很感動，現在，抽身出來，那場戲再也不能令她動心，說不定這卻是她的代表作。

日記停在這裡，費敏沒有再寫下去，只有最後，她不知道想起什麼，疏疏落落的寫了一句——我需要很多很多的愛。

作者簡介

——蘇偉貞，祖籍廣東，降生臺南。知名小說家。現任教於國立成功大學中文系，曾任《聯合報》讀書人版主編。以《紅顏已老》、《陪他一段》飲譽文壇，曾獲《聯合報》小說獎、《中華日報》小說獎、《中國時報》百萬小說評審推薦獎等。著有各類作品十餘種，包括：《租書店的女兒》、《時光隊伍》、《魔術時刻》、《沉默之島》、《離開同方》、《過站不停》、《單人旅行》、《夢書》等。

銅像城

張系國

銅像矗立在城中心，高逾百丈，占地十畝。城的四周是廣闊的草原。從城外五十哩，就看得到銅像龐大的身軀，在呼回世界的紫太陽下閃閃發光。據那時候的旅客說，從太空船觀看呼回世界，這星球上最醒目的標誌，就是索倫城的銅像。連京城的黃金寶殿，都不及銅像來得壯觀。這麼碩大的銅像，不要說呼回世界，在整個宇宙裡，恐怕也是獨一無二的。

有關銅像的來歷，傳說各異。據呼回史書記載，最初的銅像是為紀念索倫城第一批移民而樹立的。但一般認為第一尊銅像是索倫城首任城主的遺像。又有一個說法，銅像是第三次星際戰爭時虜獲的戰利品。不論如何，在第三次星際戰爭時，索倫城裡已有銅像存在，是後世史家都同意的事實。最初的銅像約有十丈高，在當時算是龐然巨物，但比起後來的銅像，乃是小巫見大巫了。

第三次星際戰爭結束後廿年，在戰亂裡失蹤的呼回王，突然回到索倫城。早已繼承王位的弟弟，自然不肯讓位，雙方終於兵戎相見。舊帝依賴老臣暗助，攻陷京城，新帝敗走草原。舊帝復辟後，將城中新帝餘黨全體處死，除了把千餘首級掛在城門示眾外，又將原有銅像熔化，與孽黨的盔甲共同熔鑄成舊帝銅像。舊帝不久崩殂，嗣君年幼，新帝黨得豹人之助，再度攻陷索倫城。新帝復位後，一樣殘殺舊帝黨，將原有銅像熔化，再鑄成新帝銅像。舊帝嗣君倖免於難，逃往草原，十二年後又率眾大舉攻城……新帝黨與舊帝黨之爭，持續了千年之久。根據呼回史書記載，索倫城易幟共計卅一次。當時局勢的動盪不安，可以想見，史稱「千年戰爭」。

千年戰爭既是新帝黨與舊帝黨的內戰，對安留紀呼回文明的發展並沒有什麼積極貢獻。唯一的成就，也許就是銅鑄技術的進步——不論何黨攻城得手，第一樁大事，就是殺戮敵黨，將死者的盔甲與原有銅像共同熔鑄新像。戰爭一次比一次殺人更多，銅像也就愈鑄愈大。索倫城第十七次易手時，銅像已高達卅丈。這麼巨大的銅像，即使銅鑄技術再進步，熔鑄仍是曠日費時的辛苦工作。勝利的一黨為了鑄像，每每搞得民窮財盡，怨聲載道。往往銅像剛鑄好，敵黨已開始擊鼓攻城。鑄像的工作，於是又得重新開始。

但銅像是不能不鑄的。索倫城的銅像，已成為索倫城統治者的夢魘。當時的一位呼回詩人寫得好：「整個世界的目光／都注視著京城裡日漸高大的金人」。索倫城第十九度易手時，勝利者曾頒布命令，搗毀銅像，並且從此不許鑄像。這位勇敢的新帝黨王子，竟在一夜之間成為全城人士鄙視唾棄的對象，第二天早晨就被部下在浴缸裡刺殺，索倫城也第廿度易手。有了這樣恐怖的殷鑒，後來的索倫城統治者，沒有人敢違抗傳統。不論鑄像的工作有多麼艱鉅，即使因此搞到府庫空虛，銅像也不能不鑄！

索倫城統治者對銅像的態度，因此不能不說是曖昧的。不鑄像會導致殺身之禍，鑄像卻必然亡國。這兩者之間的利害抉擇，足以令最英明的帝王焦慮到鬚髮皆白。索倫城人民對銅像的態度，也同樣十分曖昧。他們痛恨鑄像的工作。不少人的父兄，或者盔甲成為銅像的一部分，或者因鑄像而慘死——失足落入沸騰的銅汁鍋裡、搗毀舊銅像時被破片砸死、搬運銅像時筋疲力竭倒斃路旁。銅像因此帶來悲苦的記憶。但銅像又是索倫城人民最感驕傲的標誌。索倫城之所以偉大，索倫城一切的光榮事蹟之所以為人傳誦，都因有這銅像存在。呼回詩人沒有一位不曾寫詩詛咒過銅像，也沒有一位不曾寫詩讚美過銅像。直到現在，呼回年輕人苦戀時寫情書，總是稱對方為「索倫城的銅像」，就是由於這個典故。

索倫城的統治者和人民，對銅像有著如此複雜而濃烈的情感。到索倫城第廿九次易手時，銅像已成了高達五十丈的龐然巨物。任何想要熔鑄銅像的人，只要望它一眼，都會心膽俱裂。攻陷索倫城的舊帝黨將軍，進城時還十足的趾高氣昂。部下領他到銅像前，他的確僅僅望了銅像一眼，就一頭栽下馬來。這可憐人昏迷了三天。第三天的夜裡，有人看到他赤足背著手，在宮殿前的廣場上踱來踱去，喃喃自語。早上衛兵發現他吊死在宮裡。有人說他是自殺的；有人說他精神失常；也有人說是銅像的神靈附體，逼他投繯自盡。

不論真相如何，將軍吊死後，有卅七年之久，新帝黨和舊帝黨的軍隊都不敢進入索倫城，索倫城成為權力真空地帶。雙方的領袖都明白，誰膽敢進入索倫城，誰就必須重鑄銅像。雙方的領袖都缺乏這個勇氣，只好聽任索倫城自由發展。這也該算是天意吧，因為呼回文明的民主傳統，就是在這卅七年間建立起來的。新帝黨和舊帝黨既然都迴避索倫城，城中無主，混亂了幾年。後來有位老學究力勸市民依照地球古法，組織共和政府，史稱「第一共和」，索倫城也第卅度易幟。

共和政府成立後，索倫城逐漸恢復繁榮，人民安居樂業，工商百業迅速發展。共和政府的元老頗為自傲，有人就想到，該是重鑄銅像的時候了。主張鑄像的人指出，現在的銅像是新帝黨最後一任國王的遺像，無論如何不適合國民瞻仰崇拜。共和政府的成就，已經遠超過歷朝諸王，自然應該另鑄新像。至於究竟該鑄誰的像，則言人人殊，莫衷一是。有人認為該鑄許多小像，紀念索倫城第一批移民；也有人認為該紀念索倫城首任城主。至於共和政府的元老，自然私下都希望為自己鑄像，只是不便公開鼓吹罷了。

反對鑄像的人倒也不少。他們指出，歷朝君王皆因鑄像而亡國喪身，共和政府既是民主政府，就不該好大喜功。新帝黨和舊帝黨的騎兵隊，仍然在草原出沒，隨時可能進攻索倫城。如果共和政府將人力物力都浪費在鑄像上面，無疑是自取滅亡的愚蠢行為。況且銅像已高達五十丈，重逾百噸。上次重鑄銅像，費時共計十年。共和政府能不顧城內百姓反對，一意孤行嗎？

贊成鑄像和反對鑄像的兩派，勢力都很大，久久爭執不下。最後提出解決辦法的，還是當年首倡共和的老學究。這位老先生當時已九十多歲了，仍然耳聰目明，頭腦比年輕人還要敏銳清楚。他想出的解決辦法，的確是呼回歷史上一大創舉，對後世影響極大。他認為銅像不必重鑄，只需要在原有的銅像之外，添加一層外殼。這樣不僅新銅像比舊銅像更為高大，而且舊銅像不必搗毀，節省許多人力物力。最要緊的，由於舊銅像仍然在新銅像之內，並未搗毀，未來的統治者，也絕不敢輕言搗毀銅像，至多設法另外添加一層外殼罷了。

老學究的意見，迅速為共和政府的元老院一致通過採納。城內的商人和庶民，也都以手加額，如釋重負。這是何等聰明而兩全其美的辦法啊！人們對老學究非常感激，又念及他首倡共和的功勳，共和政府新修的銅像，竟非他莫屬了。誰知道這麼一來，卻送了老學究的命，也斷送了第一共和。

索倫城共和政府新建銅像的消息，迅速傳遍草原，激惱了新帝黨和舊帝黨的領袖。他們既然了解重修銅像並非難事，野心復熾，竟釋前嫌，組織聯軍，圍攻索倫城。共和政府英勇奮戰了三年，終於抵擋不住聯軍的攻勢。城破之日，共和政府的元老無一人逃走，集體端坐元老院內，自焚殉國。守城的共和政府軍隊，也戰至最後一兵一卒，無一人投降。第一共和悲壯的結局，迄今仍為呼回詩人所歌誦，也激勵了後來呼回族的千萬民主鬥士。聯軍入城，大屠三日，又斬決九十多歲的老學究及全家卅五口，將他們的頭顱掛在城門上，永遠不許取下。一直到一百廿四年後，民黨革命成功，建立第二共和，才取下老人全家的頭顱，並為老人重修銅像。

聯軍勝利後，共同擁戴新帝黨王子與舊帝黨公主為王及后，新舊帝黨的千年戰爭，至此告一段落。共和政府所修的銅像，也迅速加添了另一層銅殼。千年戰爭後，呼回歷史邁入新紀元。從此不再有新舊帝黨之爭，而是帝黨與民黨之爭。其後的兩千年間，共有廿七次共和革命，及廿七次復辟反動。帝黨的標誌是花豹，民黨的標誌是青蛇，因此史稱「蛇豹之爭」。民黨和帝黨最後彼此妥協，呼回歷史遂步入君主立憲時期，安留紀的呼回文明也進入巔峰的黃金時代。

蛇豹之爭的兩千年間，索倫城的銅像又加添了五十四層外殼，終於成了近百丈高的雄偉巨像。君憲初期，出了幾位雄才大略的將軍和內閣總理，還重修過幾次銅像。

但由於銅像體積過於龐大，連添加一層新外殼，工程都過於浩繁。最後一次添加外殼，竟耗資億萬，內閣因此垮臺。從此再沒有一位內閣總理嘗試過重修銅像。

銅像本身，卻逐漸自然起了變化。歷代加添的外殼，原本是不同朝代歷史人物的肖像。也許是因為年代久遠的關係，也許是受到地心引力的影響，這一層層的外殼自然而然壓縮黏接在一起。銅像逐漸改變外貌。它的面貌不再是某位歷史人物的面貌，而成了無數人物的綜合相貌。索倫城的市民和外來旅客瞻仰銅像時，都不由自主感受到一種奇特的壓力，彷彿看到的不是數百噸的金屬，而是一個有生命的東西。有人說面對銅像時，似乎整個呼回歷史的眼睛都回望著他。也有人說銅像的面貌，絕不是凡人的面貌。有關銅像的種種神話，流傳漸廣。有人發誓說夜晚經過銅像，聽到銅像發出重濁的呼吸聲。住在銅像附近幾條巷子的居民，都曾聽到銅像裡傳出哭喊聲和嘆息聲。這些流言，雖經索倫市政府一再闢謠澄清，仍然不脛而走。由於銅像埋葬了歷代無數冤魂，市政府方面認為會有這些神話出現，原本不足為奇。一直到以銅像為唯一真神的銅像教出現了，人們開始膜拜銅像時，索倫市政府才慌了手腳，採取嚴厲措施，禁止銅像教的傳教活動和膜拜儀式。

這時候的呼回文明，正進入如日中天的全盛時期。藝術、文化、商業、工業、科技及軍事各方面的發展，都凌駕銀河系附近其他星區之上。呼回星區自然而然成為附近十八個星區的盟主。以安留紀呼回人的文明進步，居然在首都索倫城出現原始的銅像教，頗費後世史家一番解釋。然而銅像的魔力一天天增長。市政府雖久未修整銅像，銅像卻似乎繼續生長。有人懷疑是銅像教教徒暗中進行修理的工作。這種說法難以採信。第一、銅像教教徒雖膜拜銅像，卻絕不敢和銅像接觸，這在他們的教義裡，是瀆聖的行為。第二、即使有教徒想犯禁修整銅像，他也很難不為守衛銅像的衛兵察覺。有一種說法，比較有科學根據。此一理論認為索倫城地層不斷下陷的結果，使銅像底部出現岩層裂縫，地底的赤熱岩漿注入銅像內部，像吹氣球般逐漸吹脹銅像。這一理論，也合理解釋了銅像為什麼有時彷彿在流「汗」，有時又似乎在流「淚」。不論如何，不斷在生長的銅像，的確引起市民普遍的驚恐。夜闌人靜時，銅像發出的喘息聲，即使是不相信銅像教的人，也能清楚聽到。銅像面部的表情，逐漸變得猙獰可怖。某國新來的大使，第一次看到銅像時，驚駭中竟脫口而出說：這是魔鬼的臉孔啊！

其後的百餘年間，銅像繼續生長，高度達到百廿丈，身軀也繼續膨脹，侵占了銅像前的廣場，和四五條街內的住宅區。隨著銅像的生長，信奉銅像教的人也愈來愈多。儘管有關方面全力壓制，也不能禁止銅像教擴充其勢力。孩童成群結隊，別著銅像徽章，在城中遊行。婦女頸項掛著鑲有銅像金身的項鍊，到銅像前祈禱求其賜福。哲學家撰寫冗長的論文，討論銅像是否即宇宙唯一真神。因著對教義解釋的不同，各銅像教流派之間不時爆發流血衝突。死難的教徒，便都堆在銅像前。銅像對這些變化似乎都無動於衷，只是一心一意繼續生長。初期飽受當局壓迫的銅像教徒，在內閣總理和內閣閣員都公開宣稱入教後，竟成為國教。呼回星區既然是附近十八星區的盟主，隨即照會加盟各星區，要求他們皈依銅像教。有十三個星區在呼回星區的武力威脅下就範。其餘的五個星區，斷然宣布退盟。呼回星區裡狂熱的銅像教徒，旋即組織遠征軍討伐退盟的星區。局部的武裝衝突，導致鄰近超級星區干預。一連串的不幸事件，如連鎖反應般，終於引發了第四次星際戰爭。

第四次星際戰爭歷時兩百五十年，對銀河系各文明的摧殘及影響極大。戰爭的經過，在「第四次星際戰爭全史」裡有詳盡記載，在此不多贅述。停戰協定簽訂後不久，禍首的呼回星區，受到應得的懲罰。來自G超級星區的艦隊，包圍了呼回世界的小小星球。一艘太空龍級無畏艦，不久就出現在索倫城上空。它費了二十分鐘的時間，就將整座銅像完全氣化。索倫城城中心，僅剩下一片燒得焦黑的空地。

有關銅像的神話，並不因銅像被氣化而消滅。據說在銅像被氣化前一日，銅像突然流淚不止，臉部呈現少有的慈祥表情。一位目擊的銅像教徒日後回憶說，在那一刻他才意識到，銅像實在是索倫城的靈魄。又有人說，氣化的銅像並未消失在大氣層裡。在呼河流域上游山區裡，又出現新的銅像。更有人相信，銅像必將再度凝聚成形，回到索倫城，領導呼回勇士，發動第五次星際戰爭，重振銅像教聲威。這些傳說，到今天還在呼回世界裡流傳。

但是有一件事情可以確定：銅像和索倫城的命運關係至為密切。銅像消失後，安留紀的呼回文明迅即走向崩潰的道路。銅像消失後廿五年，索倫城為蛇人攻陷，從此成為一片廢墟。而呼河流域的蛇人族，不久也都神祕絕種。這些離奇的歷史，究竟和銅像有何關聯，還有待未來的史家繼續考證。

作者簡介

——張系國，一九四四年生，江西南昌人。臺大電機系，柏克萊加州大學電腦科學博士；曾任教康乃爾大學、伊利諾大學、伊利諾理工學院、匹茲堡大學，並創辦知識系統學院。文學生命發端於大學時期，作品兼採科幻、寓言和寫實手法，亦極重視時代脈動，在臺灣被譽為科幻小說之父。膾炙人口的代表作《棋王》，已翻成英、德文等，並改編為電影、電視劇；另著有《昨日之怒》、《星雲組曲》等小說、隨筆三十餘種。近作為《多餘的世界》、《下沉的世界》、《金色的世界》所構成的「海默三部曲」。

圍城の進出

張貴興

戴圓翅幞頭著圓領衣繫紅鞓玉帶趿絲鞋的在職文人……斜倚松樹肅讀手中古籍……夕日皆睜……如瘀潰且布滿紅絲的眼珠滴噴著赤霞……晚空……一襲中彈的白色襯衫……背手凝視這般噴紅灑朱豔麗或悲壯的其中一位，釘頭鼠尾衣紋像敗戰旗子……披髮侍童靠著披麻皴假石打盹……踞坐竹簟弈棋戴硬翅平舉式幞頭右方這位褰起袖角中食二指啄住一枚黑棋空垂石案棋盤上……吸飽了血的蚊子嗡嗡嗡像隼鷹停在左方這位肩上，肚腹中的血漿紅得像郎窯寶石紅荸薺尊……齧進紗窗的風舔一口掛軸，軸桿的的的的響著，蚊子參差斑斕飛走了……

窗外的白茶花被風醺得鬼醉，像半身埋進水裡的鵝尾……楊公套著白色長袖的手臂搖過棋盒鉗一枚黑棋掛到右上隅……白底黑線縱橫像雷達螢幕的棋盤，幽浮著愈聚愈多互相圍擊的黑白不明飛行物……黑睛白眼仇視著……彷彿兩尾撕咬得肢散軀碎的黑白蜈蚣……楊公……輕輕咳嗽著……魚躍著的喉核像掙不脫導線的黑鯉就要呸一聲跳出來了……蚱蜢臉……童畫中畫得心巧力絀的大鼻子……惡顏厲色毀著面容……黑邊鑲金眼鏡瘸在臉上彷彿也毀得不成形了……像一隻連體蟹緊緊剪住山水畫裡丘崖上的一顆礬頭……

琉璃廣東長方形缽上被鐵絲搒得左右跪拜的榕樹……鏡片後的眼眸睨睇著棋盤……

矮几上的電話掛斷了……

四十七手……記錄王鵬飛教授燃點鞭炮似的把筆伸到棋罫紙上……像描女人小嘴小心翼翼畫著……戰慄的小嘴……

一頂一冠紅仙丹……蕊心吐得煙花轟飆一剎那……國運昌隆……

五十二分……龍吐珠紅白綠青噴鬆石牆上……計時員侯永平握拳托腮好似照片上拳擊手被一記重拳打得歪顎喇叭嘴……才四十七手啊，業已去了五十二分……這種下法……兩小時……哪裡禁得住兩般三樣慢條斯理琢磨……

黑貓從牆頭上蘸筆泚毫如是踮腳走過……公卿貴冑琥珀眼……白雲癡肥……豐沛得像母牛等著擠乳的朵朵蕾蕾乳房……

唐朝隱士頭紮巾子……白裳底半露著高牆履……曲領逢掖黃絹大袖衣揚虬欲裂……昂首含笑……

四十八手……落得真快呀……僅僅過濾了十七秒……侯永平齜牙睚眥吃了更重的

一拳了……持白棋的木谷宇太郎……牽牛花爬滿整棵安石榴喧賓奪主粉飾枝椏……糙肉粗皮狐獐狼蟲矮寇……蜻蜓點水只趕了十三分多……這種囫圇下法……楊公……

八哥野羅呀……心裡不禁叱咒了……

這樣的神色自若……也許從頭至腳早已釀妥輸棋細胞了吧……一點也不在乎……啊啊……那兩隻似極了叼在豬公陰莖尖端尿騷騷陰毛的薄眉……一皺起來臉上就勃起一種性慾的衝激……IQ零蛋的眼睛……那麼扁那麼紅那麼像狒狒屁股的鼻子……八字鬚尤其八哥野羅……這麼肥這麼短這麼像一隻招風興浪小蝴蝶結……瞧他雷霆一般的閃出大和民族微笑時……真似……似一個陽壯腎強硬興興撲向女人的大軍閥……不上相若此非吾輩褊狹……正側後倒看仔細隨便看……像得雞飛狗跳閣下活生生就是褪色嗜色的一個黃種阿敏……身材臉蛋舉止……八哥野羅……像得八哥野羅……把大和魂的氣魄切腹出來呀……攏總只拚了十三分鐘……膽小の東洋鼠……可惡の……混帳の……

唐朝貴族仕女一身披帛薄紗衣團花長裙……微袒豐潤而嫩刮刮地向雙乳膨脹的酥胸……高高的雲髻插著金步搖金簪子牡丹花冠……額間翩著兩隻蝶翅狀倒暈眉……眉間點一顆泥金色花壓子……擐金觸子的玉手執著拂塵揶戲一隻褐黑猧子犬……紮在犬頸間紅色蝴蝶結似極了木谷先生人中兩邊鬼飾著的八字鬚……

啊……啊……八品職業棋士陳魁也不禁在心中發出雨點一般繁複的咤驚了……從掛吊窗欄邊小瓷瓶像青銅器夔紋伸出的羽裂蔓綠絨……被風鼓盪時好似一隻多翅小飛龍搖頭擺尾俯衝而下……習慣性擰著絲質唐衫衣襟上的如意鈕結……四十八手止……序盤敵我壁壘……肅整得像兩支拔河隊伍……黑空實利多……白棋模樣大……雖然也有一兩著問題手……然而布局確實太雄偉了……兩位先生……彷彿武俠小說武角吃了仙丹神藥一夜縱橫武藝聖殿……棋藝驟然躍升……

往常和兩位先生下授子棋的八品職業棋士陳魁鷹瞰著棋盤竟也一時不知如何點兵遣將……

海棠不紅……扶桑紅得像一身豔赤的暹羅鬥魚撕打時怒張著的胸鰭……

靠窗獨坐的外科醫師江雄濤兩柄銳眼手術刀一式霍亮著……血腥……細膩……急救的……若此……剖析戰盤上的突發惡疾……

四十九手……楊公又長考了……

觀戰的四人立刻又陷入肅戾中……這樣……不見得占得到便宜……勢均力敵……時間揮霍得比那個天皇順民多出一擔擔……楊公今天到底滿懷什麼肚腸……難道真要風蕭蕭兮……這般如此不復還嗎？……落子啊……出手啊……給那個宮本武藏一記正宗回馬槍……

啊呀……四人彷彿籃球比賽終場幾秒鐘前從內心渴望楊公球過半場就躍馬中原急射了……

繼續孕育著四十九手的楊公……似乎不急著落子……只等著時間一秒一分賴過去……心靜神清，風流賊浪……

木谷宇太郎用力抄著半禿腦袋塗得根根筷筷的毛髮……凶狠的眨著兩眼……鼻孔不時發出嗅出臭味的囁嚅……這個東條英機……今天吃了什麼撒西迷……料理得迅捷又不見致命敗著……神完氣足，頭腳維新……全身養足了肉豬一般肥耷耷的武士精神……

一陣風揮拭著掛在牆上的雞毛撣子……像鬥雞對峙時火焰一般的頸毛……

戴鹿皮冠著大袖黃袍服趿高牆履的蒼癯中年漢子……春蠶吐絲衣紋如刀痕遒緊地劈開著……右手執一卷白紙左手拈筆遠眺冥思……

若有所吟……斑斕文采……還是……憂國傷時今夕何夕的喟慨……

●

「屈原……是吧……」

二十多年前第一次踏進楊家的木谷宇太郎睇瞻著畫軸中執筆吟哦中年漢子露出小學生式的疑惑。

「什麼……是李白……」三十四、五歲一枝花龍馬抖擻的楊公捧著一盤茶具，英姿煥發風流到客廳來。「你只知道屈原……」

「冠蓋滿京華，斯人獨憔悴……」細聲而近乎咬牙切齒的念著右上角的題款。「我好像在哪兒看過這一句呢……是李白寫的吧？」

「是杜甫……」楊公把茶具擱在矮几上發出分貝激竄的轟吼。

「啊……啊……」

木谷宇太郎酷似初進寶窟的大盜好奇而掠興橫流地鼠目瞟攝客廳四周的字書擺設，晌午的燠悍陽光冶煉得窗外園圃裡的枝紅杈綠亮金滴玉。楊公整飭妥當茶具，骨朗朗踱到木谷身邊。

「這幅仿製博古畫，你知道它的名堂吧？」

「啊……請指教……」

「這是明代初期的新理念花代表作，有一個名堂，叫做『隆盛理念花』，」楊公用食指在畫幅上描摹起來。「這是梅，這是柏……這是松……蘭……山茶……天竺……柿子……靈芝……水仙……如意……一共十種，取十全之意……」

「啊……啊……」

「說到『隆盛理念花』的特點嘛，不外枝葉俯仰有致各得其所，剛柔並濟繁而不亂……虛實相映隆重典麗……如此這般……隱隱蘊含東方理念的極致，」食指突突敲戳畫幅轉頭目視木谷宇太郎。「『隆盛理念花』是你們池坊流立華的始祖！」

「真的！真的！」木谷由衷的用日本話褒獎一番後，也學楊公叉出食指「這是梅」「這是柏」連續叫認了六七種，意猶未盡比畫著枝幹伸引的樣式。

沒有扭捏清楚「隆盛理念花」的特色和撇剩的三四種花材，眼光曖妙妙立刻被緊鄰一帖書法勾搭去了。

「哈哈……那是我的戲作……」楊公笑得行雲流水沒有一點礙窒。

「啊……是楊先生寫的嗎？寫得真好！寫得真好！」木谷像齧橡皮般吃力的念著。

「……仁則能全……義則能守……禮則從變……智則能兼……信則能克……好！好！」

「你知道這段文字的出處嗎？」

「請指教！請指教！」

「這是宋朝時，潘慎修將圍棋賦以仁義禮智信五德，寫了一篇棊說進諫太宗，很得太宗賞識呢！」楊公睽視自己鼎媾了黃山谷縱橫奇倔和李邕沉練雄偉的書法，不由得壯山吞河氣概起來。

「是！是！是！……」

「圍棋……在我們中國已經有很久的歷史了……《博物誌》說：堯造圍棋，丹朱善棋……這樣，至少有四千多年了……啊，說到圍棋，我們別再浪費時間，先下一局再說吧！」

「好！好！好！……」

兩人蹬到棋臺兩旁席地踞坐。

「下棋前，先嘗幾口凍頂烏龍！你剛來臺，大概很少呷過這種佳茗吧！」楊公從矮几上搆起東坡壺。「這種茶，據說元朝就傳來臺灣了，嘉慶皇帝還特地敕封它為貢茶呢！在臺灣，南投鹿谷鄉彰雅、永隆、鳳凰是有名的產地，那裡四季如春，氣候溫和，陽光從日出曬到日落！海拔一千多公尺的山頂經年籠罩著雲霧，恍如仙境！土壤水質，得天獨厚……」

「真了不起！真了不起！……」

「凍頂烏龍的好處，不勝枚舉！比維他命更維他命！去毒除膩，清潔血液，消除疲勞，養顏提神……」

「真好！真好！……」

「來，先品一品！清一清喉嚨，醒一醒頭腦！」楊公說得興騷，不等木谷端起杯子，側身指著牆上一幅掛軸。「那也是我寫的！不錯吧！頗得山谷道人真傳吧！你一定沒有看過這首詩，這是劉禹錫的〈試茶歌〉……」

高腔高調吟誦著前頭數行了……

山僧後簷茶數叢，
春來映竹抽新茸；
宛然為客振衣起，
自傍芳叢摘鷹嘴。
……。

●

楊公年輕時是北大中文系畢業生，來臺後弋得C大博士學位，便落難C大授課糴活。他在學校刊物及書店報攤搜尋無果的雜誌上鉛印過幾篇學術論文，不曾比他的學生在同地肆虐的小說引起更多悚驚。朦朧的解釋起來，他是個刺屁股的殷勤學妖，博博薄薄的雜家怪，在學術界小有名氣，教書虔真，和他的言行一般奠不下半尊牛鬼蛇神。三十歲時謀娶了一個同過班的碩士老婆，至今膝下猶虛。

三十四歲那年，他在一個晚宴裡叨識了比他遲生兩年的P大日文系副教授木谷宇太郎。追究這位呢喃得滿嘴悲切虛假國語的東瀛小兒族，就很有一批烏瘴了。據說他是透過他的學生——擊日剝劫漢學的臺灣留學生——的推介造孽到臺灣來的，此郎為何不留在亞洲生活水平最高的海島上吃壽司看相撲，妖障迷離一片謅測。有人說他在當講師的大學裡軋了一齣蟻火傷身的桃色豔事，有人說他抄襲外國論文，有人說他利用講師身分替幾家公司竊盜商業機密，更有人說他是山口組在臺眼線！種種劣聞，恐怕跟他那不令攝影師眷戀的面相有咎吧。總之，木谷帶著太太及兩個兒女闔家侵占過來了，而且似乎有永久流亡臺灣的疾態。數年後木谷太太果然霉在補習班赤貧貧教起日文來，兩個兒女也癌到國民小學習漢文唱中華民國國歌——這一切都有違大和民族生理及心理發展條款的吧！

媒合楊公及木谷宇太郎的那位狡睿先生，開口就篩出雙方尖銳的共同點，使得我們的苦悶俠客和來自異地的流亡武士覿面就張牙舞爪搭鬥起來。

「這位楊公，他的圍棋是朋儕中最高段的了；木谷先生，也是大阪業餘界一大高手，得空切磋切磋！」

這樣把兩隻好鬥的蟋蟀或惡狗關在一個籠子裡自由交誼了。

兩大高手第一回在楊家對弈時，彼此竟有點輕掂對手斤兩，等到兩局棋一勝一負拚纏下來，方知二郎真君唬住了齊天大聖，日後便失魂丟魄叫起陣來——不想第一回一勝一負的蟲竇戰績，一路衰敗僵持著往後對峙的成果：不論俠士浪人如何吃奶食米養精蓄銳鉤心鬥智，一律不衛生地混戰不出勝負。楊公如果某段日子裡氣勢狂猖連下二局，木谷一定背水沉舟搶回兩盤；木谷如若叱風咤雲扳倒三城，楊公必然斷腕嘗膽收復疆土；楊公倘或一陣枯朽四戰全勝，木谷勢必狂瀾破竹……這樣如此，嘔來喀去。在他們敵對的二十五、六年中，少說也下了近千局吧，除了最後一局——啊啊，這最後一局，留到後面再說——設若把這千局雙方贏取的目數累積起來，恐怕連半目微差也闕如了。

是這樣的勢均力勻……雙方在這二十多年為著壯魁棋藝犧捐的精力，足夠成就好幾十本論著了。博研棋譜，拍教職業棋士——木谷每年暑假歸日月餘碌碌請益，回臺時似乎又更上一層樓了——，精析專戮敵手缺害……二雄儘管競爭得日月膠悍，功力倒沒有因著遠歲長年的進化而達爾文對方……適當一人有著一絲絲進步，另一人必定合乎邏輯的一縷縷跟上，纏綿悱惻。

木谷宇太郎似乎對這種軒輊很俗習呢，像蝙蝠慶幸自己業已脫離哺乳的鼠類，而超升到和鳥禽一般貴矜。哎哎，無奈自詡鳳凰的楊公對此般異象要不滿而喝嘆不休了。

一旦楊公輸棋而心劣念惡時，便撥弄木谷日本製的小辮子治戲……有一次……木谷贏了一局……

「最近背部痛得真厲害，」輕輕轉動北極熊一般的腰桿，把勝利的興悅絞進肉脂裡。「也不知道看過多少醫生，就是治不好……」

「背痛嗎？……」楊公摳砸著壘塊了。「看西醫有什麼用？你應該看中醫的呀！扎幾針就好嘍……」

「這樣子嗎？」

「說起我們的中醫……」如常的導誨木谷。「別的國家不提，你們日本，奔湧著最猛鷙的影響力吧！你們明治維新以前的醫學，全以漢醫為主……約莫六世紀中旬，那個時候，有一個叫知聰的蘇州人攜了《針灸經穴圖》等一百多卷東渡日本，這些醫書，是最早傳入你們日本的中國醫書……」

「是！是！」

「七世紀初，你們天皇派了幾個藥師到中國來習藝，這便打開你們出國留學的最古先例！八世紀中旬……我們鑑真和尚蒞臨日本，好像菩薩下凡那樣，更叫你們醉溺漢醫了！鑑真和尚教你們辨認藥材，被你們尊為日本神農！……」

「是！是！……」此時木谷虔誠又尊敬的神色，好似無可抗拒地馴吭楊公反芻過來的食糧了。

……還有一次……兩人弈出和局……這使楊公七竅如何火冒若干……那盤棋原本他一路領先，不意收官粗心，被木谷扳平……楊公怒意鏗鏘隨手抄起身邊一份日報詈讀著體育版……

「就連你們奪得奧林匹克金牌的比較強的種，也是偷我們的吧！」面無臉色推開報紙……

「不是聽說你們從前拿我們山東人下種嗎？」

「啊？……」

「我說一個笑話，你知道為什麼你們從前長不高！舊時武大郎捉姦被西門慶追打四處奔竄攜了兒女逃到日本島——那時只是個禿前禿後漫無人跡的荒山僻地——安身立命成家建國——倉頡造漢字武大郎造日本字——怎麼造！——昔日賣燒餅記帳阿狗欠若干阿花還若干一擔現成漢字通盤盜用拼添一批自創豆芽蝌蚪孑孓了！——腰上圍巾攤地燒餅一塊往中間叭！——掌下！——這就是你們大日本帝國永不凋落太陽紅國旗！」

「……」

「武大郎的後裔……這個笑話很無聊？」

午後三時的陽光竟比一時開始對局時批紅判綠得更嚴酷……賢蕨、孔雀竹芋、筋頭竹、愛知赤、九重葛、彩葉芋烤烈了，瘀青淌赤……

披大紅皮裘戴幃帽抱琵琶坐獸皮氈倚枯幹的昭君，思漢殺愁……

一百零三手……真令人尿急一般悚肚慄腸……楊公……到底天馬行空棋勢中還是碧落黃泉何處去也……金分銀秒花了一小時二十九分……

木谷嘛……只用掉三十四分……

披髮或紮鵜角兒著對襟或交領短衣的頑懵村童大鬧學堂……豎蜻蜓翻筋斗武桌鬥椅……拈一莖草……搔擊椎髮紮東坡巾著長衫伏案打盹的村學先生……

楊公五十六歲退休後愈益恣戀打譜了。雖然他的大部分同事都枯朽到六十幾歲才隱退，然而楊公彷彿未有這種壯志未酬終身打拚的風孽，而憨然在屆滿退休年齡一年後鋃鐺下臺。據云，他是為著蔑視那些步步蠢蠢目無尊長及昏懶投機的學生而提早超度的……

木谷一日不逾地屆齡退休表現得更具規模了。不知是為著養家或防老，居然隱而不退地在幾家出版社兼任口譯，蜂聞油水比從前的教授柴薪還要肥厚……

過氣英雄更加添熾未竟烽火了……前所未有的頻繁戰事……好像每一枚棋子那是胸中壘塊……嘔落棋盤……有時不免像兩個傷殘累累鬥士拚盡最後一口氣想把搖搖欲墜的對手吹倒……

楊公六十五歲五個月耆老時……有一天……在楊公家裡……兩老弈完一局棋後……

「木谷老弟，」主人彷彿不勝累贅斂容說道。「我們鬥棋有二十多年了吧，始終分不出勝敗……」

「哪裡哪裡，」木谷十分得體地拒受恭維……「有楊先生這樣一個對手，是我一生光榮……」

「這樣子鬥下去，不知何時才能分個高下……再說，歲月不饒人……我們也逐漸老邁了……體力精力……不比往常了啊……」

「同感，同感……」

「我想，這樣子吧……」冥結著殘憔的眉毛……「這樣子……我們來下最後的一局……以這一局……蓋棺論定我們的優劣……」

「最終的一局……」

「既然是最後的一局，彼此制定一些規則是應該的吧……原則上，沒有時間限制，不過，當一方用時超過兩小時……」

「超過兩小時是常常難免的了……我們這幾年每弈一局……哪一次不是各耗個三四小時……年紀老大吧……」

「當一方超過兩小時……」千噸萬斤掂著每個字……

「是……」

「當一方超過兩小時，每下一手……必須切斷一根指頭……」

「……」

「一根一根切下去……下十手，切十指……十手後，真正不受時間限制了……」

「是這樣……」

「重複一次？……」

「聽懂了……」

「不過……」彷彿負荷不住這樣大斗大斗秤著每個字……「切指頭時，不能痲醉……」

「……」

「這個……我們找老棋友江雄濤幫我們做吧……他是一級棒的外科醫生……從切割、止血到包紮……」

「啊……」

「此外……我從前的學生侯永平……請他當計時員吧……放心……雖然是我的學生，不會偷分減秒或添秒增分的……老友王鵬飛……做紀錄……這兩個人都跟你下過棋吧……」

「沒有錯，下過棋……」

「有必要……最好是這樣……找一個見證人……陳魁可以吧……他是職業棋士……」

「是……」

「這樣子……是我構想的全部規則了……你有沒有意見……添刪什麼……」

「沒有吧……」

「好……那麼……決定下這一局嗎？」

「……」

「你考慮……三天內回覆我……沒有問題的話……我去聯絡他們……約定一個時

間……還有……不要告訴任何人……包括你太太……」

兩天後……木谷掛了一個電話給楊公……

「楊先生的精神實在令我敬佩……先生看得起我……令我感動……那麼……我……只有陪著先生壯烈一番……奉陪到底……」惶恐……但是堅毅地承諾了……

楊公一一聯絡人手……不用說，起初……四人都以為此公弈棋過多搔首抓腦揑斷什麼重要神經而發毛地全力矯正他的癲癇思維……其中外科醫生江雄濤反對尤烈……

「不麻醉情況下切斷十根手指頭！」在他那像私人診所一般淨亮簡明、節奏暢快的客廳裡，被首屈一指的A醫院醫生尊為偶像的江外科雷吼一般地從短細軀骸裡發出巨人咆哮……「楊老爹！你知道可能會發生什麼事？休克！你幾歲了？」

「休克……」楊公漠然的看著這位激動的老友。「不一定會休克吧……」

「如果休克，你還下什麼棋？也許真是最後的一局！」

「休克……需要多少時間救醒？」

「不一定……每個人體能不一樣……」

「麻煩你把搶救休克的器材也帶全吧！這局棋非下不可……就算是貪夜不眠十天半月也非下不可……」

「老師，您還有三分十六秒……」

逼臨四時的陽光熔鑄得紋紗窗金絲銀線交織著……一大匹悍麗的光澤慓馳在客廳邊近窗口的地板上……整個客廳的氣氛被這一匹光澤懾得驚惶了……牆壁天花板和各類擺設紛紛攘攘擾亮起來……昭君蒼癯的臉上激湧著一層紅暈……唐朝隱士笑得容光煥發……青蓮居士的喟慨夾著數聲厲嘯……輕輕咳嗽的楊公……唯獨這尪羸的苟喘……仍然一夫當關這般頑嗚著……竟然詭麗的揮灑著一絲一紋悲壯……

侯永平彷彿無力擊破這種蠻強氣氛細聲說著……

楊公的一百一十一手……一秒……一秒……惦考著……衛生紙一般枯皺的皮臉沒有一絡表情……像還有三百六十五天等著他長相思……

皇帝……太監……煎死人嘍……四人幾乎忍不住捶膺搗額……哎呀……哎呀……還想……還想……

但是一切業已太遲……楊公即使再灌一千公斤腦漿也無濟了……才下到一百一十一手已經耗剩三兩分鐘……局勢仍舊沌淆……黑棋掌權左右上隅，下邊兩地歸伏白棋麾下……枕戈待旦，風聲鶴唳……肉搏戰還沒有開張呢……啊啊……楊公……楊公……

一分二十四秒後，楊公終於落子了……若無其事……振眉……鷹爪一般揚長尖到右下角……

四人眼眉鼻嘴比鬥絕望的訊息……

五十六秒後……木谷堂堂拈下一百一十二手……然而……這個豬木馬場山本五十六攏總只用了一小時一分多……聲氣全無的臉容不知道動員多少精力捺熄廣島原子彈一般威猛的喜悅……那樣紅嘰嘰的似乎秒秒瞬瞬就要爆笑了……也許不是吧……是太過緊張……硬生生憋得一粒笑彈莊嚴肅戾……

四人已無魂魄睹評東方阿敏的神采了……

「老師……您還有一分五十二秒……」

楊公大約昏聵了……眊瞎了……魘寐了……不管四人急得如何……就要滾地呻吟了吧……一概朦酣地夢孕著第一百一十三手……

侯永平顛簸聲調讀秒時，王鵬飛低吟著催眠的語音召喚老友……

「楊公……投子……認輸算了……楊公……」

侯永平倏然止嗓……兩小時終結了……

鍾馗歪戴軟翅紗帽身穿內紅圓領腰束犀角大帶腳踏皂靴……蓴菜條衣褶隨風飄止，吳帶當風……焦墨勾線，磊落雄峻……落腮鬍鬚撼容攝色……飽滿天庭……方圓地閣……鋒眉刃目出鞘的青鋒寶劍刺向半空……印堂凜凜一股黑氣……休逃小鬼……

彷彿過了很久很久……沒有人識得多久多久……地面上的光澤似乎又迤邐一吋……駘野野地波漾得唐朝仕女的酥胸愈加滿盈……啊啊……就是這麼久這麼久……這麼像在滴滴答答拆卸兩霎三眨爆破的定時炸彈……啊啊，這麼靜這麼靜……像悄悄向肺部侵襲的癌細胞……連窗外的植物也簇擁而成一幅油畫，如風中盤止的雄鷹斂息在一片流湍的光色中……啊啊……就是這樣子吧……這樣子……楊公……彷彿魘噩噩且玲瓏剔透復甦過來了……凶敏地蘸染著這種氣氛……終於夢遺一般不由自主洩漏了戲劇性的舉動……用力鉗著一百一十三手黑棋，提抽著全身力量，軀幹往前傾倒，整個人似乎就要隨著棋子擲碎棋盤上了……

這一手，花了四分四十四秒……

「超過時間了吧……」楊公嘴角劃過一盞冷笑……啊啊，其是魆歹……簡直像在咕唧夢囈……「雄濤……麻煩你了……」

輕輕的……傀般傴樣的……散著五指把手棄置獨坐右方靠窗的江外科身前地板上……

啊啊……差那麼一釐釐……就差那麼一髮髮……賦詩填詞一般琳琅錦繡押進來的一篇光澤勢必起承轉合題吟那隻紋皺抑揚的手……

四人立刻慷慨地驅嚇那隻手了……

……不要開玩笑了，楊公……認輸算了吧，何必這麼認真……老師，看開一點……認輸吧，認輸吧，一盤棋……是啊，又不是一盤金一缸銀，老楊……

「君子一言，九鼎壓身……」啊啊……楊公也這般激昂巍峨彈了一段濫調……「雄濤……馬上動手……」

……喂，不要執古啊……老師，老師呀……斷了十指，以後就不能下棋嘍……豈止不能下棋……嘖嘖，真是……

此刻……木谷的一百一十四手不聲不忙落下了……仍舊莊嚴肅戾貫注棋盤上……不聞不問四周的是非好歹……

……啊，太過分了，太過分了……四人心中發出核子落塵一般密布的細聲齏語……這樣子太過分了吧……即使楊公現在投子認輸，也恐怕要切斷一指了……

「雄濤……快點呀……」楊公又落魄棋盤上……「我已經在想下一手了……從食指開始……下完這一手……馬上接著收拾中指……」

四人翕忽瘖闃了……筮凶了……慄獃了……

「婆婆媽媽什麼！快點呀！快點呀！想陷我於不義之地嗎？要我臨陣退縮嗎？食言而肥嗎？要我做懦夫嗎？小人嗎？……只是切斷幾根手指罷了，又不是叫你闍那條臊根……」楊公暢快洩悒地恚斥著……

「好吧……」這兩個字……是從江外科嘴裡逼出來的吧……雖然是那麼沙啞而猶豫……A醫院年輕醫師的偶像……就是在這樣擔憂的情況下發出來的聲音也還是震吟著權柄的力量……

客廳裡疾衍著楊公的輕咳……氣氛番生著一種癢癢而難受的鯁窒……其他的聲音……彷彿病入膏肓地沉寂了……像悄悄向肺部侵襲的癌細胞……此刻……啊啊……欣欣向榮地一步一步邁向屋內的陽光顯得多麼健康而活潑……醫院診霾的……像紫外線犀利地搜剔著菌源……

像戀人沿著膚肌遊熨充滿朝氣和熱血的炙吻……

彷彿沒有人搭睬江外科做什麼了，但是……

「那是什麼？」睨見江外科用止血帶纏住自己的手腕時，楊公立刻追究了……

「止血帶……」A醫院年輕醫師的偶像……像初出茅廬的實習醫生……「紮在手腕上……」

「把這個嚕囌丟掉……」楊公睞回棋盤上……「丟掉……」

「但是……」

「丟掉，嚕囌……」楊公很像一個力求壯烈成仁的烈士呢……

「好吧……」又是逼出來的兩個字……「楊公……我動手了……」

不等眾人進一步囑噥……江外科左手拇食二指捏住楊公食指，右手攥著骨剪便向近節指骨關節處怵然截下了……啊啊，這箇潑辣時節楊公踴躍著什麼神情以及眾人被擄劫了什麼反應……這個，稍待一下再說吧，先看看我們 A 醫院年輕醫師偶像的神奇技術……食指——啊啊，真的是食指呀，長在楊公手上的食指——誅然斷落棉布上時，江外科用力地以拇食二指攫緊斷口左右兩邊的血管，右手拈一支血鉗剔出血管續以絲線將之堵紮，窗外的紅仙丹和扶桑魁豔得嫉紅妒赤的——動作是這般的快，氣氛是這般的凝滯……江外科提起一把 Metal Clip——確實的中文譯名，連江偶像也不甚了了，這是一種代替手工縫皮的新式機械怪獸——釘書機一般的咬住斷口縫合表皮……這樣，再用棉布包紮便大功速成了……

真是駭稀的技術，前後只花了一分多鐘……再睖瞪一下流在棉布上的血跡吧……總共不過五西西……也許更少……像掛軸上在職文人注視著的瘀潰的夕日……啊啊……

楊公……楊公這個時節是什麼神情呀……根本沒有什麼神情吧——從遠一點的地方看來……近近的看，似乎也看不大清楚什麼……鼻子似乎畫得更糟了，甚至破壞著整個面容……除此之外……依舊惡顏厲色……不知道扛了多少重量……壓制著像長崎原子彈一樣威猛的痛苦……

令人更上一層崖地慌詫的……楊公……在江外科紮妥斷口幾秒鐘後……灑兮兮地便落下一百一十五手……

「輪到中指了……」大方地向承諾、信譽、壯烈或什麼布施自己的血肉……

江外科……攢眉重施神技……

木谷……依舊不曾斜眄過一毫地莊嚴肅戾棋盤上……

其餘四人……原來像楊公的守護使者一般激昂的四人，除了江外科，不外……淒凜，惶呆，渾鈍……面面印證……屢屢這樣……那般……不難估測的了……

也許是有了一點宰豬殺雞的生猛、爽快經驗吧……這一次江外科僅僅一分鐘便行刑完了……

「砉然響然，奏刀騞然，莫不中音……合於桑林之舞，乃中經首之會……果然快刀！好手藝！雄濤名不虛傳！哈哈……」啊啊……聽呀，聽呀，這個六十歲的退休教授憤亂地肆虐一些什麼豪情……浪佻得便要引吭一闋……看起來似乎更像扼要地滅飾斷指之痛及心中腐現的悲瘡苦瘤吧……「刮骨療毒也不過這般爽快吧！咦……」

剛莽地睇睎著棉布上十西西的血跡……「才流這麼一點血嗎？……怎麼可能……」

江外科……畢竟是偶像……沒有半點得意之色……「骨剪有止血作用……」

「是嗎？……」妖異地翻視著剩下三指的手掌……瞥幾眼尚未落子的木谷……低

首冥考……忽然起身走向廚房……

誰有那種腦筋战敹得出他在幹什麼……煽惑著什麼似的步回來時，左手愕然拎著一把盪剃著虎頭鍘一般刃芒岌岌的……菜刀……

除了木谷……眾人又不免被那岌岌刃芒惕脅著了……「我想看到大量的血流出來，這樣才有一點意思……」走到原位從容踞下……「下一手我下定了，先斷了再說吧！……這麼一根就夠瞧了吧！……」

追著踞坐下來的身子而砍下去的菜刀……快得眾人來不及配唆幾聲悽厲呼嘯……像是負載著楊公體重那般地朝貼落地面上的無名指劙下……因為斷的是近節指骨基底部而割的發出忐忑的聲音……菜刀噹噹墜地……血漿酗噴醉湧地醺紅了地面，其中有一大葉不省人事酩酊到那片光澤中，灌得健康活潑的她們忽然地不勝酒力酣酡酡起來，舞塵揚坌……不知道是她們挑釁得那些血愈加亢奮地爍耀著，還是那些血嫖啜得她們豔麗起來……

楊公……連他也意料不到吧……手掌竟然抽搐得不由自主地向上彈躍……仍舊噴灑著的血，矢飛鏢颺地闖進棋盤下隅中間的地方……那兒有二十幾目被白棋圍空了，因此空著……這三、五滴空降部隊大約是訝然自己陷入敵陣而慷慨淒鬱地殉眠著了……

江外科立刻以拇食二指攫緊斷口兩端重施故技……大約是斷口的結構被菜刀破壞

得非常凌亂吧，竟花了比前兩回更多的時間……

木谷瞅一霎棋盤上的血滴，便莊嚴肅戾棋盤上……

「大江東去浪濤盡千古風流人物，故壘西邊人道是三國周郎赤壁，亂石崩雲驚濤裂岸捲起千堆雪江山如畫一時多少豪傑！……」楊公也重施故技了……略帶戰慄的嗓音及額上微沁的汗珠……啊啊，這樣吟誦一些毫不相干的詩詞確實可以減低不少痛苦吧……祖國的山河比麻醉藥更有效吧……哎哎，真有點令眾人心酸而不忍卒睹了……楊公繼續這般地吟誦了三兩首……「看著血這樣洶湧澎湃地奔流出來，而不是那樣婆婆媽媽地三點兩滴，心裡舒暢得多了！雄濤，剩下的……用回你的老法子吧……」

木谷像是偷偷地黏下了一百一十六手……

「一根就夠了……木谷老弟，你一定不會讓我一人專美，獨自壯烈吧！……」楊公傲睨著對手……

木谷抬首尷尬地咧一咧笑，低頭莊嚴肅戾……

「哈哈哈……」楊公也垂頷覓尋一百一十七手……

淒狷的拚賭還沒有停止……從一百一十七手開始，楊公便啟用左手下棋了……如此這般，右手五指蕩然無存……爾後，左手也根根波及……但是楊公的棋是落得愈來愈慢了，一百二十三手竟拖了四十一分，是目前思罣得最長的一手……而且，萬分頑邪的，似有愈下愈亂的趨勢……

一百二十九手……楊公只剩左手一根小指了……每切一指便朗誦三兩首詩的楊儒俠，精神並不比切第一根指頭時更衰萎，似乎還肅立了一層陰昂昂的魄氣……這麼說，是一點也不誇張的啊，看吧，看吧，一百三十一手……已經無指捏棋的楊公，用兩掌托抔著棋盒挪至嘴前蠕出雙唇銜一枚棋子隨後彎腰縮背地把棋子降送到棋盤上……啊啊，當他把最後一根小指切除而重複做著這種動作時，是多麼地滑稽又可悲……似乎完全摒棄到一種爬蟲類動物的卑夷境界了……自憐地乞背縮脖子，狼狽地像嗅覓一般尋視著棋盤，諂諛又生怕被責備似地小心翼翼落下棋子，甚或齷齪地在棋子上留下一些口水……

楊公切完十指時，木谷尚餘三十一分多……然而從這時開始，木谷也頻頻長考了……一百三十二手花了八分多……一百三十四手花了十二分多……

一百三十八手時……

「木谷先生，您還有四分十一秒……」侯永平迫不及待且誇張地喧曉……

天色逐漸晦暝了，下午六點三十分的陽光衰老了一甲子，多病、昏瞌且力瘁地在外頭一邊躬褪一邊眷留著……客廳被兩盞戇強的日光燈橫暴地撻伐著……

楊公……時而睨睨棋盤……時而睥睥木谷……這個無指老人現在到底在想些什

麼……

一百三十八手嚴思一分多鐘後……木谷忽然慢慢抬起頭來，欽服、真誠且感動地向楊公深深鞠躬……

「楊先生的精神和意志力實在令小弟敬佩，有幸與先生下這一盤棋，終身難忘……先生的功力原來就在小弟之上，過去二十多年曾蒙先生指教和禮讓，不勝感激……惶恐之餘，不知如何回報……這一盤棋就下到此為止吧，先生比小弟高明，小弟衷心拜服……從此人前人後，一律承認小弟乃先生的一生手下敗將……」

楊公……乃至眾人……一時呆懵了……

「小弟認輸了……」木谷鞠第二個躬了……

楊公緩緩開口了……口氣和神色是多麼複雜啊……不喜不悲不甜不苦……啊啊，這都不能形容了……「你也終於認輸了……」

「誠服在先生這樣一位高手手下，也是光榮啊……」木谷三鞠躬了……

「哈哈哈……」楊公輕輕笑了幾下……若哀若樂……似乎連自己也表露不出心中的滋味吧……

拍拍拍拍拍……掌聲驀地響起來了，侯永平起頭……須臾，江外科、王鵬飛、陳魁……也紛紛激昂地鼓掌了……啊啊，那樣激昂啊，手掌要賀爛了……

恭喜，恭喜，楊公……太棒了。老師……恭喜，恭喜……了不起，了不起啊，老楊……

不管他們在想什麼……不管他們是不是故意不提楊公的犧捐……也許是真的一時亢奮過度忘了吧……總之，這樣衷心、熱絡且不停地向楊英雄道賀了……

戰爭終於結束了吧，勝方……然而，當掌聲和祝賀聲漸漸止息時……萬分頑邪的……從陳魁……乃至木谷、江外科等人……甚至包括楊公本人……忽然又一一將注意力集中棋盤上……

「兩位下得太好了，太精采了，太微妙了，」八品職業棋士嘖嘖論戰……「我也下不出這種局勢呢……」

「是，是，這是我一生中下過的最美好、最有分量的一局……」剛剛還十分謙卑的木谷，這時也不揣譾陋地自誇了……

「而且，這麼難分難解短兵相接的局面……要怎麼樣打開這種僵局啊……右邊，黑棋打劫活嗎？……必須犧牲左下角……如果大龍活了，可以回頭攻上方的白棋吧……這樣……這樣……糾纏不清……」陳魁彷彿又羨又嫉地指指點點……

「白棋有希望做活大龍吧，真想知道結果……微妙……」木谷也戀戀不捨地言語著……

江外科、侯永平及王鵬飛三位棋迷也不由自主加入討論……滔滔不絕爭吵……五個人……似乎無視棋盤上的血跡……到底那些血在他們眼裡會勾出什麼意象……更不用說地板上迤邐的另一片血了……

天色黑全了，窗外的綠色植物似乎魔咒一般的萎縮起來……屋內的光線添了一層帶菌的濕氣……

「楊先生……」木谷突然又向一直不說話但愣視著棋盤的楊公鞠躬……「我有一個請求……」

楊公露出詢問的神色……

「這盤棋實在太微妙了，相信您一定同感……我想……把它下完……當然，不管結局如何，一概不能當真啊……我已經向您認輸了……」

楊公低首目瞪棋盤……

「一生從來沒有下過這麼微妙的棋，希望先生成全……不計勝負，只是想知道結果如何……先生意下如何？」

楊公繼續瞅著棋盤……

「楊公就把它下完吧，反正木谷先生已經認輸了……」陳魁也攛掇著……

「好吧……」此後楊公視線未曾割捨過棋盤了……「我也想知道結果……」

這是持續未竟的戰爭吧……大約所謂的和平、切磋、不計勝負的友誼賽……從一百三十八手開始，兩人又步步為營落子了……雙方用時竟也愈耗愈多……木谷有一手居然費了四十八分而打破本局紀錄……但不久又被楊公的五十一分刷新……令人扼腕且不解的是，楊公似乎下得愈來愈沒有條理了……思路紛亂了……不但頻頻湧現敗著，更下出好幾手拚命的棋子……漏洞百出，左支右絀……觀局的四人不禁暗暗叫疼……啊啊，怎麼啦？剛剛稱雄的楊公到底怎麼啦？或許……強忍著的切指之痛折騰得思維混亂了吧！不再精準了吧……看他那副殫精竭慮的苦樣，似乎塞一個簡單的七減三數學題到他腦海裡，就可以把他思得累倒了……

隨著情勢的急轉直下，楊公的臉色似乎也跟著蒼白、疲累了……那一副孱羸且不堪一擊的模樣，一根指頭就可以將他扳倒了吧……

一百八十八手後，白大龍業已驍猛飢饞且風捲殘雲活了……黑棋……退無可退，進無可進……

如若往常出現這般狀況，楊公早已投子認輸了……今天……楊公卻沒有這麼做，似乎準備拚到一兵一卒，一口氣一滴血了……

兩百四十七手後，勝負已定……

黑棋盤面輸了二十九目，貼還三目，楊公竟然輸了三十二目……一生中從來未曾敗得這般悽慘……

「這盤棋的勝負不要放在心上吧……總之，先生贏了，小弟永遠是先生的手下敗將……謝謝先生今天不吝指教……謝謝，謝謝……」木谷又深深一鞠躬後，慢慢站起來了……「那麼……我走了……已經快十一點了……又要給太太說一頓嘍……再見……謝謝……謝謝……」

木谷向大家告別時，楊公仍舊苦苦且茫然地盯著棋盤……其餘四人禮貌性地向木谷點點頭……木谷於是慢慢地步出位於臺北市泰順街A巷B弄C號的日式平房……

屋內五人仍舊若有所思……所感……所惑地瞄視淌著楊公乾涸血液的棋盤……許久許久……啊啊，也許沒有那麼久吧……彷彿又是很短很短的一段時間……到底多長多短，似乎不那麼重要了……坐在旁側的王鵬飛首先有了舉動……輕輕將身旁一臂之遙的電話掛了回去……煢煢走到窗前獨思了……

電話很快且擾亂地響著……

被鈴聲驚醒了的楊公……起身走到矮几旁……伸出右手……瞬刻又縮回去……

「哪一位幫我接電話……大概是我太太從娘家打來的吧……」

說完……噗的……昏倒地上……

作者簡介

——張貴興，祖籍廣東龍川，一九五六年生於馬來西亞砂勞越，一九七六年中學畢業後來臺，師大英語系畢業後於國中任教。其作品多以故鄉婆羅洲雨林為背景，常處理華人與當地土著間的愛恨情仇與剝削關係。文字風格強烈，以濃豔華麗的詩性修辭，刻鏤雨林的凶猛、暴烈與精采，是當代華文文學中一大奇景。代表作有《伏虎》、《賽蓮之歌》、《頑皮家族》、《群象》、《猴杯》、《我思念的長眠中的南國公主》等，近作為《沙龍祖母》。作品曾獲時報文學獎小說優等獎、中篇小說獎、中央日報出版與閱讀好書獎、時報文學推薦獎、開卷好書獎、時報文學百萬小說獎決選讀者票選獎、聯合報讀書人最佳書獎等。

1987

沒卵頭家

王湘琦

一、沒卵頭家

醫院裡的醫師們、護士們、掃地的歐巴桑、閒步的住院病人，不禁暫停了手頭的工作，他們細細地交談著，有幾個還差點忍不住笑出聲來。

「那，那就是澎湖首富——沒卵頭家！」他們說著，指指點點地，好似見了啥歌星明星的樣子。

吳金水拄著杖，慢慢踅過長廊。右腿打上的石膏，仍未拆去。雖已是六十好幾的老先生，他的外表卻總令不明就裡的人驚異著——略顯豐滿的身軀、紅潤光澤的臉龐，似乎與一頭白髮不太相稱。

他慢慢走著，一雙冷靜、澄澈的眼珠子凝視著前方——好像有意避開近處他人異樣的眼光似的。

「他們真的對你這樣說嗎？」他以一種不很尋常的高亢音調，尖尖地，但仍中氣十足地，向身旁的年輕人說。

「是的……等一下我還得跑一趟訓導處，怕也是為這件事喲……」「爸——人家說的也不是沒理，去爭一個泡在藥罐裡的標本，是不是有意義呢？」年輕人靦腆地問。

「你不要操心這事！你儘管念你的書，好好把書念好！將來作醫生……只有你也當了醫生，阿爸才免再受人作弄！」吳金水頗為堅決地說。

這是吳金水先生第二次光臨××醫學院了。好似掀起一陣旋風，整個學校都像在談論這事。「沒卵頭家……卵葩爭奪戰……」許多人笑得腸都打結啦！

二、腫大的陰囊

約半年前的一次寄生蟲實驗，陳老師正口沫橫飛地介紹血絲蟲病。

「這個 filaria 要是阻塞了淋巴管……那個……那個就會大起來了！」他停了一下，舔舔嘴唇。後座同學有人在偷笑。

「引起水腫——Elephantiasis 就是這樣形成的。咳……」陳老師接著略為輕薄地笑了。「Elephant 是大象的意思，人的陰囊若腫大如象，該是怎樣的『風景』呢？今天，前面 demonstration 有一件好東西，保證你們沒見過這款巨大的卵葩……」陳先生語未畢，後排的男生已交頭接耳地竊笑起來。

「喂！後排的先生們別笑！待會兒不服氣的可拿出來比！」陳先生還是不改老毛病。眾人哄堂，都笑折了腰。

實驗室的前方，擺著一張放滿瓶瓶罐罐標本的長桌，吳丁旺擠在圍觀的同學中，他們爭先恐後搶看著，嘴裡念念有辭地背著。「哇噻——」同學們不約而同地發出讚歎聲。眼前福馬林藥水中泡著的象皮腫陰囊，恐怕比兩個泰國芭樂還大！

吳丁旺瞇著雙眼，細細地審視著眼前的標本，他的心中正有更多的思緒糾纏起伏著。標本瓶下方有一張泛黃的標籤引起了他的注意——「一九五三年／澎湖／血絲蟲病（Wuchereria bancrofti）陰囊／吳——金——水／男／二十七歲……」他一個字一個字地默念著，反覆念了兩遍。頓時，吳丁旺的雙頰由紅轉青，然後——變得和水門汀一般黯淡蒼白。

「我一定要寫信告訴阿爸……我一定要……」他想。

「喂！先生，來啦！」走廊上掃地的歐巴桑探頭進來叫了一聲，打斷了吳丁旺的思緒。

「叫他們進來！」陳老師雙手插在白袍袋裡，吩咐了一聲。這是上週應該作的E・V（蟯蟲）檢查示範，他說。

一個三十多歲，侷促不安的婦人，抱著一個約三、四歲的小男孩應聲進來。她如履薄冰地走到講臺前，朝陳先生深深地一鞠躬。一隻手無助地整飭著從沾著泥漿的紅色太空衣後襬露出的綠色開絲米龍毛衣。

小男孩以疑懼的眼神覷著陳老師，陳老師作了一個手勢，「屁股抬高，對觀眾！」他說。然後——迅速地、優雅地，陳老師右手拿載玻片加膠帶，左手一把扯下男孩的褲子。「看好喔！這是最標準的蟯蟲檢查法！」他哼了一句。

突然間——有點出乎人的料想，小孩憤怒地踢起雙腳，「不要——不要……我不要脫褲子給人家看！我不要……」他大哭大鬧起來。

陳老師有點詫異，也有點尷尬。他使了點力道，姿態也失了原有的優雅。像按著一頭小山豬，他控制著男孩，右手把膠帶在孩子肛門周圍摩挲起來。

「免錢——學術免費！有蟲會通知你！」陳老師揮揮手，對著鞠躬離去的母子大聲說。

「免錢？學術免費？」吳丁旺思索著。「這長桌上瓶瓶罐罐裡的腸子、肝、腦……還有那歎為觀止的大卵葩，大概也是學術免費割來的吧？」「或許阿爸當年也正是這般光景……學術免費?!……」想著想著，吳丁旺的眼眶濕了。

三、求神起醮

一九五二年，澎湖離島之一的黑狗港爆發了神祕的怪病。不久，就震動了整個群島，也波及馬公的討海人。

「你是相信阿爸說的，還是村人講的！」吳金水——人稱「沒卵頭家」是如此大聲地對著他的獨子——吳丁旺訴說著開場白。

那時候，村裡的男人一個個得了怪病。稍早的時候，只是蚊子叮了癢得要死，「真是夭壽癢呵！」男人們忍不住搔抓著身子。

後來，身體某些部位漸漸大起來了。沒多久，女人家也不得倖免。不同的是——女人家是大了奶子，男人們則是大了卵葩！因此，有些女人竟仍五十步笑百步地竊笑著。

馬公重金禮聘來的巫師、乩童們，要村人把畫了符的黃紙貼在身上。

「那裡大就貼那裡！」他們吩咐著。而且——還儼然一副說教面孔，耳提面命地訓誡村裡的男人：「你們光貼貼符還不夠，要徹底禁絕房事才行！房事？知否？夜暝莫再和你們的牽手加夜工了！知道嗎？」

「你們一定太縱慾了……卵葩大是神的懲罰和警示！」黃天師嘆了一口氣，語重心長地說。

「本來一個月規定兩次，你們說不定搞得上下午各一次……連神都看不順眼了！」一個酒渣鼻的乩童接著說。

村人到此有些不服氣了。黑面憨仔說：「我根本陽萎壞不起來，都是用口的，為何上面不大，下面會大呢？」

黃天師高傲的神態顯得有點不悅了，他瞪了一眼，用一種演布袋戲那般尖刻的陰陽怪調，嚴峻地斥道：「不怕死底，神前還敢頂嘴，不怕穿腸破肚，翻船溺水嗎？」

眾村人低頭認錯，不敢再發一言。黃天師臨別前交代了最重要的事：速緊籌錢起醮！他說。還有——附帶地，要男人們一定要轉告女人家：乳子不得再給男人玩了！

四、伊是貴人

神是祈了。那場醮也打得鬧鬧熱熱；黃天師一口氣爬了四十九級的刀梯，他的徒子徒孫們跳火的跳火、穿嘴的穿嘴，也算使盡了渾身解數。

可是——村人腫大的身子並未消下去。又過了三、五個月，黑面憨仔已穿不起褲子了。他索性用舊米袋套著。由於下面大得離譜，走路都困難起來。因此，黑面伊的魚也打不成了。

吳金水雖然早已對這怪病有了警覺，看到大卵葩的村人總避得遠遠的。可是——他終究是逃不了。剛開始的時候，好像感冒似的。有一點不高不低的燒，約在三十八點五到三十九度之間徘徊。寒顫和盜汗常伴著燒一起發生。接著他感到頭痛、惡心（甚至嘔吐）、畏光，以及肌肉痠痛。當他發現大腿內側、靠近卵葩的地方，有一片具有壓痛感的腫塊，並且逐漸向中央地帶蔓延開來，吳金水近乎絕望地意識到怪病已降臨他身上，「這……這該怎麼辦？」他無助地說。

像黑面這樣套著米袋的人有增無減，相對底，出海的船就愈來愈少。「這般境況拖下去，實在不堪設想……」吳金水低頭看看昨日開始換穿的米袋，憂心忡忡地囁嚅著。不久，馬公方面聞訊來了一位著白袍的年輕先生。他在四處忙碌地調查著，小筆記本上記得密密麻麻底。

他要村長阿福集合村人，語重心長地說：「要小心蚊子，蚊口沫中有蟲！」眾人對這些耳提面命的人物，已不若從前有信心。「騙肖！」村人說。「古早即有蚊仔，已好幾萬年，難道古來男人都是大卵葩嗎？」眾村人笑了。

黑面憨仔說：「伊說的和黃天師不一樣，一定有一個在騙阮……你們說對不對？對不對？」他說著說著忍不住自得起來，好像這是什麼了不起的大發現似的。

眾人點頭稱是。「我看這少年說得沒理！說蟾蜍會吹卵葩，我還信；說蚊仔會吹，阮莫信！蚊仔口那款細小，要多少萬隻才吹得大阮底大大卵葩呢？」村長阿福一副長輩的口吻說著。眾人又笑了！

可是——村人是愈來愈笑不出來啦！白先生才走沒多久，又有多人染上了怪病。就在村人日復一日，耐心地把黃紙符往身上貼；就在村人日日馨香禱祝，期待神明降臨的時刻——有人從馬公帶回了大消息。大消息——黃天師的卵葩也大——起——來了！

「黃天師也大卵葩了！黃天師也大……」村人爭相走告著。以一種幸災樂禍和略帶嘲謔的心情，他們笑著、談著，樂此不疲地傳播這個大消息。

可是——「我們的病呢？」幾天後，有人提出了這個現實而又棘手的問題，好像突然從笑鬧中醒過來似的。

村人派了代表去馬公問黃天師，說：「我們都聽你的，也花錢打醮求了神，現在你自己打算怎麼樣呢？」

「我已經病了！也通不了神鬼了……我嘛……要去臺灣找先生去，你們也莫再找我，我病了！」黃天師懶散地說。那代表回到村上，也只得一五一十地說了。

村人正在絕望邊緣，馬公的白先生又來了——領著先生娘和兩個衛生所的幫手。

「我已和臺灣聯絡過了，××醫學院有興趣幫忙！」白先生一上岸就鄭重地宣布。

這回——村人是不得不信他了。

白先生並不先治村人的身子，反而要村長阿福發動大家清掃環境。他說：「看這黑狗港，房舍擁擠，通衢又臭又濕，雞、鴨隨處屎尿，水溝不通！蚊蟲多得夭壽！怎麼不生瘟呢？」所以，清掃環境是最重要的，他叮嚀著。

眾人初時合作無間，久了就失了耐性。

「你娘的，騙肖！掃地卵葩就會消？阮莫信！」村長阿福說。他是村長，也是最夠資格先抱怨的。因為——雖未經評審過，眾人也不得不承認伊的卵葩最是可觀。「最少也有十斤囉！」眾村人那一回不約而同地讚歎道。那天白先生終於在天后宮前問診起來。村人那有病的排了好長的一列等候先生審視。所以……也算非正式的友誼賽了一次。

黑面憨仔的牽手在一旁張望。她竊笑著對阿福嫂說：「乾脆改叫大卵葩村吧！臺灣的有錢有閒的，說不定不怕路遠也要來看！到時候……大人五塊、小孩三塊——生活就可以過了。」阿福嫂聽了笑得抽了腹筋。

白先生仔細地觸摸腫大的部分：「多摸一會兒吧！」那後看的唯恐先生摸得不若先看的久，紛紛計較起來。

那阿福的米袋才退下，白先生的一雙眼珠子就瞪得如牛眼般的，像要衝掉眼鏡片似的。

「哇——這怕是文獻上也少見的大卵葩吧?!真是 typical！typical Elephantiasis！」他不禁歎為觀止地叫出來。

兩個助手忙著丈量那個可能打破紀錄的傢伙，「咦——」一個助手一面抽組織液一面說話了。「怪……怪，伊卵葩上長痣呢！」語未畢，眾村人一擁而上，「哇——帥呀！卵葩長痣帝王之相，貴人呀！」「怪不得伊是村長，比大還比不過他呢！」村人趁機打趣地笑鬧起來。

黑面憨仔望著下身的米袋，嘆了口氣，莫可奈何地說：「伊……伊是貴人哪！」

五、反者金水

白先生在黑狗港待了一個多禮拜，又返回馬公。對村人的怪病，似乎也束手無策。臨去前，他說：「我會再來的！臺灣××醫學院已答應要來，我回去安排一下。」

白先生走了。村人又只得在耐心等待中數著日子。

「黃天師說神要來，結果卵葩大了走去臺灣。這個白先生說××醫學院要來，會不會又一走了之呢？」村人中幾個疑心大過耐心與信心的，紛紛議論起來。

現在，日子是愈發艱苦了。套著米袋，四處遊走的男人愈來愈多。天后宮前的老榕下，成了他們弈棋閒扯的聚集地。女人家到石塘裡撿拾的小魚，旱田裡拔起剛篩去土的土豆也常拿到這裡來銷售。「伊娘的，出海的船愈來愈少，閒聊的愈來愈多！有土豆配水，小魚好狗肚的日子，就要偷笑啦……」村長阿福屈著右腿踞在長板凳上怨嘆著。

只有一個人，仍舊亮著眼珠子；野心勃勃地注視著黑狗港內的船陣，他——正是吳金水，拾魚嫂的遺腹子。

吳金水的阿爸在他未出娘胎，就葬身碧海之中。拾魚嫂茹苦含辛地把幼弱的金水撫養長大。

金水小時候，拾魚嫂常背著他到碼頭撿魚。有時候，也厚著臉皮和小孩一起搶幾尾剛卸上岸的魚貨。

「夭壽——土匪——」村人意思意思地罵著趕著。其實——還真擔心母子搶不到幾尾呢！「喂！阿嫂……這裡，那裡……」他們喊著。

吳金水懂事之後，成為一個孝順上進的好孩子。尤其與別的孩子不同的是：他幾幾乎成了一個嗜書如命的人。碼頭、旱田……隨處都能出神地讀著，甚至到了近乎廢寢忘食的地步。十二歲那年，他替長生伯往返馬公的交通船搬貨，換來入學馬公國校的機會。

「討海人常翻船溺水，主要不是拜神誠不誠、起醮鬧不鬧熱的問題；氣象預報、海上聯絡不發達是主要原因！」學校裡那個從臺灣來的年輕老師這樣說著。

吳金水喜歡老師的論調，又好讀外面世界的書，久而久之就成了知識的信徒。他甚至勸拾魚嫂莫再拜神，莫再參加起醮的鬧熱。村人對這種轉變幾近視若毒蛇猛獸，「反者金水」的渾號就不脛而走。

起先拾魚嫂對村人的調侃並不在意，可是——不久村人扯上了金水的爸，說：「你們金水是中了啥邪門了？怕又要走伊阿爹的路囉！」他們心焦地、多事地你一言我一句地訴說著拾魚嫂。

「莫再說啦！伊是我的命根哪……」拾魚嫂給攪得淚如雨下，不久時，竟病倒了。吳金水只得休學在家。

金水放棄學業時，差一年就卒業了，他在黑狗港替人當夥計，日日加減著進出的魚貨。久了，就對生意經有了心得。

怪病蔓延開以後，金水時常站在碼頭上數著港內的船，若有所思地喃喃自語著：「冊上不是說……危機就是轉機嗎？這該也是個機會吧？」他的眼珠子閃亮著。

六、臺灣來的大醫生

村人拉長了脖子企盼著，又過了一個多月了。就在絕望的怨嘆聲四處飄聞的時候，終於——白先生回來了！領著一船臺灣××醫學院的大醫師，在村人歡呼歌頌、頂禮膜拜聲中，像神一般降臨了黑狗港。

這些臺灣來的大醫師個個西裝革履，薄薄的頭髮油晃晃地服貼著，右手提著一只上好牛皮的かばん（公事包），胸前風衣鈕扣故意鬆開幾個的地方掛著神氣的カメラ（相機）。當他們從駁船上跨下碼頭時，並沒有正眼去瞧歡呼的村人，只是略略不自然地用日語交談著。好像眼前這等歡迎歌頌的場面並不怎麼樣……或是見多了，或是理應如此的樣子。

臺灣來的先生們對一切似乎都很新奇，拿著カメラ四處照攝。連那破石厝，也成了寶貝似的。

不過——最令他們吃驚、驚癡的，莫過於村人的大大大卵葩了；當然，女人家鬆垂的大乳子，也令他們歎為觀止。

他們如獲至寶一般地撫弄著村人的身子。用皮尺量著，用豬肉秤磅著，甚至要村人排成一列，退下米袋，用カメラ從各個角度照個痛快。

村人見他們如此肆無忌憚，並不服氣。「用カメラ攝一攝就會消嗎？會消嗎？」眾人輕聲地、耳語地抱怨著。

白先生把村人的不滿轉告××醫學院的大醫師。伊們聽了笑笑，說：「是你們拜託我們來的！總得……配合一點才行呀！況且，科學研究當然沒畫畫符那般簡單容易！叫他們卡忍耐一點吧！」

村人聽了白先生的回話，紛紛低頭認錯，不敢再發一言。「要是氣走了伊們，該如何是好……」他們擔心地想。

日日，村人們乖乖地任憑他們量著、摸著，攝影留念著。臺灣來的先生們忙著在卡片上作密密麻麻的紀錄。

「消腫？不急……不急……」他們說罷又低頭振筆疾書。

村人眼巴巴地望著，一個禮拜過去了。當他們驚異地看著開始打包行囊的大醫生們，他們謙順卑下的心終於終於又鼓起了一絲的勇氣，怯怯地，他們問：「到底什麼時候消啊？我們的身子……」

「這個嘛……這個……我們正要集合村人說明呢！不要急……不要急！我們已完全了解了！」領隊的大醫生說。

阿福「哐——哐——鏘……哐——哐——鏘——」地擊著鑼。「開始治療囉！集合喲……有救了……」他大聲播報著。

村人滿懷希望地，扶老攜幼著，激動地，甚至感動得淚下數行地。他們爭相走告著，「要治療囉！我們的身子……」他們興致沖沖地來到天后宮前的場子，你爭我奪地，搶著前面的好位子。

醫生的解說開始了！好像在論文發表。領隊的大醫師站在臨時搭蓋的野臺上，口沫飛揚地滔滔不絕。

他好像愈說愈得意，「完全——完完全全——徹底地了解了！」他露出了勝利的微笑。「這是血絲蟲 Wuchereria bancrofti 引起的象皮腫。它的病理……我是說 Pathological basis 是血絲蟲阻塞了淋巴管……關於血絲蟲的 Life Cycle 和病媒，也已研究出來。蚊蟲——蚊仔是引起傳染的媒介。所以……撲滅蚊仔是治本的良策……」說到這裡，大醫師忍不住歇止了一下等待掌聲。

「伊講的和白先生差不多嘛！」黑面憨仔不耐煩地說。

「又是蚊仔吹的！騙肖，阮莫信！」阿福接著說。他的大大大卵葩已令他舉步維艱了。

「你們安靜！安靜！否則聽不清，阮莫講第二遍……關於這個公衛——公共衛生的意義……」大醫師意猶未竟地說。

「你等等……等一下，我們可不要聽公衛還是母衛的事，我們要你說，說說：阮的大卵葩到底要怎樣才會消？到底啥時辰阮才能再出海抓魚呢？你……你大醫生，拜託卡緊訴說吧！」黑面憨仔忍不住站起身質詢起來。

「對——啊——伊講的有理！」眾村人附和著。

「這個嘛……這個……奇怪——誰告訴你們一定會消的？」大醫生左顧右盼，一副冤枉無辜的神情。

「不過——還是有一個大好消息要告訴大家，」大醫師閃動了一下眼珠子，舔舔唇說。「只要你們依照××……的要領，你們的子孫將世世代代免得這款怪病了！」他說完又恢復了絕對的自信，而且忍不住又露出勝利的微笑。

可是——場子上，眾村人面面相覷，彷彿沒了方才的興奮。「騙——肖——」半晌，村人才發出了近乎怒吼的抗議聲。「我們都活不下去了！哪裡還有子孫呢？」黑面憨仔說。

「大醫師呀！你們好歹也有一招半式，莫再客氣了，速緊告訴我們消腫的辦法吧？」阿福上前央求著。

「這個……」大醫師扶正了眼鏡，慢吞吞地說：「剛開始病的、腫的不大的，可以吃藥把蟲殺死。至於……腫得快十斤的那種……要嘛……只有開刀了。割割去，割割去……」他攤攤手說。

「什——麼？割卵葩呀！要刮——卵呀！」眾村人不約而同近乎怒吼著。「騙肖——要刮卵，也需大醫師嗎？閹雞、閹豬嫂仔還熟練一點呢！」村人間起了一陣騷動。

「不要？我也沒辦法了！」大醫師說罷準備下臺去。

就在這緊要關頭，一個瘦削的年輕人從人群中站起來，「請等一下，」他說。他——正是反者金水。

「開刀可以恢復完全輕便的行動嗎？割了就可以去打魚嗎？割了就可以工作無礙嗎？」他嚴肅認真地問。

「那當然可以！不過——我也不勉強你們開刀，這款病拖著也死不了！割去只是求輕便、方便罷了！」大醫師說。

場子上的村人都回過頭來瞪著一雙驚愕的眼珠子望著金水，好似他長了三個腦袋瓜了。「我願意開刀……」金水堅定地說。

有整整一分鐘的時間，村人只是靜靜地坐在那裡，瞪著大眼珠子，面面相覷。然後——「夭壽呵——這金水……想作太監不成？」眾人爆出了譏笑聲。大家只管盡情地訕笑著，也就暫時忘了消腫的事啦！

金水決心到馬公去動手術了。臨上船前，見了村人如送喪般死板的眼神，心中不禁起了一陣淒涼悲壯的感覺。「這是幹什麼喲……又不是去出征！」他擠出了一絲笑容，自我解嘲地說。

船就要行了，送行的村人中竄出阿福。他蹣跚地走上前，「幹伊娘，反正留著也沒能打砲，刮去倒爽快！」他說。於是，金水就多了一個伴了。

金水、阿福一行人順利抵達馬公，在醫院裡住了三天，就解決了大事。兩人如釋重負般地雀躍著。

「等不及想出海！」白先生的牽手瞧著他們笑了。她燉了鍋鱸魚湯，替兩人補身子。

又過了一個禮拜，金水、阿福已可出院回家了。

臨出院時，金水打躬作揖，說盡了多謝的話。對臺灣來的大醫師，他幾乎要跪地答謝。可是——他還是，鼓足了勇氣，怯怯地、輕語地問：「我們的……切下的……身子可否給我們帶回去作紀念？」

阿福在他身後探頭探腦，「莫見笑阮啦！卵葩總不可流落他鄉呵……將來進棺材也要再裝上的。否則作個沒卵鬼，見笑至閻王殿去！」他和著說。

「這個嘛……」大醫師似乎有苦衷地皺起眉頭。「當然——這當然是可以的。不過……那樣的話……醫療費就不能免了！大概八、九千吧？待會到櫃檯找小姐算算，」大醫師說。

「八——九——千——哇——」一向穩重的金水也不禁睜得如牛目般的眼珠叫出來。「真貴死喲！」兩人齊聲說。

「刮卵……也要錢嗎？阮的卵給人割去，還要付人錢！還要嗎？」阿福喪著臉說。

「沒錢？也沒關係……『學術免費』是唯一的辦法了！」大醫師說罷從抽屜抽出兩份印著細細小小蟹走般的英文表格，「簽吧！也沒別的方法了。簽吧！一角也免交了……」

金水和阿福終於又平安地回到黑狗港。他們肩著布包（裡面塞著白先生的牽手給他們的大人小孩穿的舊衣裳）極為輕鬆巧妙地從駁船上躍下。村人笑著迎著。

「好了吧？」他們關心地問著，露著黃牙齒笑著。黑面憨仔拄著杖走上前，「會消嗎？真的會消嗎？」他近乎央求地問著。

金水和阿福只是沉默著……半晌——他們才擠出一絲不自然的笑容，說：「好了……都好了！」然後——點著頭、哈著腰，各自匆匆地回自家厝去，彷彿做了啥見笑的事。不用說，他們是空著手回來的！

八、來旺船隊

吳金水坐在來旺漁業公司老闆的寶座上，身前的大辦公桌上有一封攤開來的信。顯然是剛看完了信，此刻的吳老闆正挺直了腰桿子，用一雙如鷹隼般犀利的眼睛透過左側的落地窗，向遠處山坡下的一片碧波望去。

那是兒子丁旺捎來的信。一想到丁旺，吳金水就不禁露出一絲滿足與自得的笑意。這孩子不僅是聰明、聽話，而且就像當年的反者金水一般——是個嗜書如命的用功青年。尤其令吳老闆驕傲，又叫村人睜大了欽慕的眼珠子的是——吳丁旺是數百年來，第一個考入臺灣的醫學院醫科的黑狗港青年。「這丁旺……要作醫生囉！」村人興奮地說。

可是——眼前這封信，卻令吳金水陷入深深的沉思中。尤其是提到那個實驗室裡的標本……更勾起了吳金水隱隱作痛的記憶。過去的影像一幕一幕地湧現，陰晴、悲喜的神情交替地浮現在吳老闆已顯蒼老的臉上。

「啊——」他長嘆了一聲。「無論如何，這些年來我吳金水也創出了一點事業……」

他乾乾地笑了起來。

那時他和阿福剛去了勢。村人又老實不客氣地訕笑了好一陣子。兩人也只得刻意避著他人的視線。

不久，轉機來了！吳金水發覺海上的魚幾乎多得捕不完！每回出海總是沉甸甸地滿載而歸。

然後，就在男人們拖著疲憊的腳步四處告貸的時候，金水以極低的代價購進了他們的船。成立了來旺船隊。也正是在卵葩大得寸步難移的男人們閒扯訕笑之際，吳金水開始大賺其錢。而且——極為高明的，他把大部分的船隊移駐馬公，在那裡添置設備、聘僱船員，直接對臺灣作起生意來。

來旺船隊的船極少出意外，因為他們的氣象接收、通訊聯絡的設備都比別人的船強很多。而且，好學的金水又嚴格要求船員的素質——沒把他編的教材背熟的，隨時有被解僱的危險。然而他也沒忽略了員工的福利——只要因公受到的損失，無不盡最大力量去協助。

現在——吳金水口袋裡的鈔票是愈來愈多了。在地方上，也是有名望、地位的大人物。然而——他還是……還是「沒卵頭家」！他每一念及此，便不禁汗濕背脊，一種深深的刃銳的羞辱油然而生。

「伊娘的，你爸一定要取回自己的身子！」他瞪大了眼睛，握緊著拳頭的右手重重地打在辦公桌上，他近乎憤怒地立起身子。

九、頭家氣魄

吳金水坐在閃亮氣派的朋馳轎車內，平穩無聲地出了××醫學院的大門。他的臉上露出交易成功後自得的微笑，略為前傾了一下，他平靜地吩咐了一句：「圓山飯店！」

吳丁旺穿著灰色的風衣夾克、牛仔褲，右手還持著一本原文書，站在飯店門口等候爸爸。當爸爸的車駛近時，他跨步向前替阿爸開了車門。

「功課念得如何？」吳金水一面鑽出車子，一面打量著數月不見的兒子。「為啥不讓爸到學校接你？」他又問。

吳丁旺沒有回答，關愛地注視著眼前的老人。這兩年來，由於透悉了他身世中的某種祕密，丁旺幾乎變了一個人似的。他開始過儉樸的生活，而且不欲人前人後提著自己念醫科的事。

故鄉樸實愚昧的村人、陽光燦燦的碧藍海水開始激起他內心裡前所未有的關懷和濃郁的鄉情。吳丁旺自覺地醒悟到過去的自傲實在是一種近乎自愚的事。「念醫苦是苦了一點……但也未若鄉人瞪著欽慕的眼珠子想像的那般神聖艱難。就像他們頂著海上烈日的鹽蒸，一任陽光烤著黑褐的背脊一般，這些都只是生活中性質相近的事罷了！」他想。

「好久不見了？孩子——」吳金水摟了一下兒子的肩頭說，此刻他的臉龐與方才坐在朋馳車內的模樣是截然不同的——沒一絲老闆氣息，洋溢著慈祥與滿足的笑容。「缺錢用吧？」他問。「看你——褲子都補丁了！別太省，好兒子！」吳金水低頭嘟囔著。「想吃什麼？」他問。

「爸，你上次給我的還有呢！謝謝爸爸……」丁旺回答。

吳金水有點詫異地看了丁旺一眼，「怎麼？這孩子這兩年來真是變了！竟跟我客氣起來……」他想。

「吃什麼？」他又問。

「就吃自助餐吧！」丁旺說。

父子倆找了一處靠窗的安靜位子坐下。一面用餐，一面慢慢地聊著。「爸，事情辦得怎樣？」丁旺問。

「那還有問題?!」吳金水充滿自信地回答。「花了一百塊——新臺幣一百萬而已，不算什麼……」他抿抿嘴說。

「什麼？一百萬……」丁旺睜大了眼問。

吳金水抬頭看著兒子笑笑，他說：「事情是這樣的，我的律師跑了兩天，沒有結果。那個寄生蟲科主任和總務長什麼的，好像想找麻煩……說什麼『學術免費』絕沒有收回的可能，否則已移植的器官、角膜若又要取回，該怎麼辦？」「我的律師恐嚇說要循法律途徑解決，那個××主任還說：試試看吧！」「我看打官司不是沒希望，只是費事了一點……」吳金水侃侃而談。

「那阿爸怎麼辦？」丁旺極感興趣地問。

吳金水吸了一口菸斗，又得意地笑了。「我親自去見總務長，告訴他大家有話好好說，這私立學校凡事也總是多點彈性的。況且——我吳金水又不是三十年前黑狗港那個給八千塊嚇倒的窮小子。我把一百萬的本票簽好擺在他面前，『不要說交換、贖回什麼的，就算我作貴校家長的表示一點心意吧！』我說。」吳金水把面前的茶杯端到口邊吹了一下，淺淺地啜了一口。

「結果呢？」吳丁旺問。

「你們總務長沉吟了半晌，拍著胸脯說：那有什麼問題呢？」

「他還說要訂做個玻璃匣子裝著那東西，派專人給我送去呢！」吳金水說著說著又得意地笑了。

十、村人的爭執

像朝聖者引回菩薩似的，一路上吳金水滿心歡喜地捧著那個包著紅布的玻璃匣子。「賽伊娘……今後誰敢再呼你爸什麼『沒卵頭家』，你爸一定抓他來朝拜這個東西。沒燒三根香，叩三個響頭，你爸絕不放他休！」吳金水略顯豪邁地自語著。

帶著失而復得的寶貝，吳老闆神采飛揚地回到了故鄉。

村人聞訊，紛紛帶著慣常的好奇心走訪著。老一輩的拄著杖，以一種懷舊的心情過來道賀。他們笑著問著，回味著那段艱苦的歲月。然後——語重心長地，略帶些許驕傲地，向圍觀著探頭探腦的孩子們說：「那時的生活多苦喲！」他們嘆著氣，卻掩不住一絲得意地撫著鬍子。

碼頭上，巨大的吊車正發出咻——咻、咚——咚的吵雜聲。黑狗港的二期擴建工程正如火如荼地進行著。

幾個年近二十的少年站在防波堤上看著工程進行，他們充滿自信地大聲交談著。

「金水伯花了一百萬，老遠跑去臺灣，就換回那個泡在藥水裡不堪用的大卵葩嗎？」一個穿著ＡＢ褲的少年懷疑地問。

「是啊！簡直有錢沒地方花嘛……憨到極點了！」另一個穿著Ｔ恤露出一雙粗壯胳膊的少年應著。

「金水伯是精明的人！我阿爸最佩服他了……」一個戴眼鏡穿著卡其制服高中生模樣的少年說。「可是——他這次錢花得太不值得了！給村子蓋座水泥籃球場也不必那麼多……」他不以為然地說著。

這時，防波堤上有個賣芋冰的老頭騎著後座有個冰箱的老舊機車走過來。他聽了幾個少年大聲的議論，不禁減緩了速度，把機車停下來。

「吃冰？少年。」他問。少年們調過頭來見是村上的長輩，也就走過來打招呼。

他們吃著芋冰，隨意聊著。「少年——剛才我聽到你們在談金水伯的事，有些也滿有理的，」「可是——我覺得金水伯的作法並沒有錯！身體髮膚受之父母，不可毀損……冊上不都是那麼說的嗎？」老頭轉身向著戴眼鏡的問著。

「你們好命，沒見過苦日子！有了病也莫法度……還要受盡外人的凌遲！」老人好似用一種歌仔戲中的哭調在訴說著。「賽伊娘——金水這次也算替咱出了一口氣！」他說。

「可是——人家臺灣現在都在草擬器官移植法了！你們還在身體髮膚……」戴眼

鏡的少年反駁道。

「還有，新聞報導說：那個全臺灣最有錢的王××也願意捐出器官哪！金水伯有魄力該跟他學才對！」穿T恤的少年跟著說。

賣芋冰的老頭見這班少年比他還大聲，長嘆了一口氣，「你們好命……沒見過苦日子……」他搖搖頭推著車走開了。

類似以上的，不大不小的爭執，成了黑狗港茶餘飯後的新話題。所幸老的少的縱使意見不同，總還不至於大罵出口。況且——在那麼一個遙遠偏僻的地方，尊敬長上仍舊被視為牢不可破、理所當然的事。

十一、得而復失

一如往常的忙碌，吳金水從早上八點十分不到開始處理業務，一直忙到十一點半多才有機會稍稍歇一會兒。

他端起茶杯，掀開蓋子啜了一口。才發覺陳小姐剛才沏的茶早涼了。他搖搖頭笑了笑，突然他想起什麼似的，按下了右手邊的對講機，「陳小姐，今天上午你通知玻璃林了沒有？」他問。

玻璃林是黑狗港的玻璃師傅，今年也近六十了。三十年前，他也得了怪病。所幸用一種叫「海挫辛（Hetrazan）」的藥及早殺滅了血中的血絲蟲，才使剛開始腫大的身子穩定下來。可是——為了買藥，伊的魚船就保不住了。

沒了吃飯傢伙的玻璃林，像漂泊的野鬼般困窮潦倒著。好在吳金水借他錢去馬公學玻璃，才使他又有了生機。現在——既然吳金水嫌××醫學院送的玻璃匣子不夠好，要自己訂製一個，第一個想到的人——自然是玻璃林了。

「陳嫂應該照應的很好吧！」吳金水哈著菸斗想著。此刻他又從左側的落地窗往山坡下碼頭的方向望去。那裡的擴建工程好像進行得很順利的樣子，「等丁旺從醫科畢業，那工程該完工了吧？到時候……就是實現我畢生最大心願的時刻了……」吳金水似乎陷入美好的憧憬中。

突然間——「鈴——鈴——」桌上的外線電話宿命地驚響起來，吳金水從幻象中驚覺，他拾起話筒，「喂——」他說。

「喂！頭家嗎？我是玻璃林啊！」電話那一頭玻璃林的聲音響起，口氣顯得侷促不安。

「頭家，伊娘的——他們搞錯啦！我早上在量匣子的時候，無意間看到那個東西上有一顆痣，頭家啊！那應該是阿福的吧！記得嗎？那夭壽阿福的貴人痣，記得否？」

電話那一頭傳來老林的大發現。

大發現——吳金水茫然地放下話筒，「好像……注定取不回似的……」他無力地癱瘓下來。「不……不，那只是他們搞錯了吧！糊塗呵……」他罵起來。

吳金水陡然立起身子，「幹——」像個準備投入另一回合拳賽的選手。「砰——」門在他身後重重地關上，吳金水一言不發地走出公司。

開著車子往家裡走，碼頭工程的巨大吊車仍在「咻——咻——咚——咚咚」地響，吳金水略微加了一下油門。

「阿福？」他突然想起：「可憐的阿福……」，「和他一般果敢地去了卵葩的阿福，竟——禁不住村人的一兩句……」他想著。這時車子駛過新開的臨海路，右方是港內略略波動的海水，他想到人們在那裡打撈起阿福的光景，「昨晚喝醉了酒，就失蹤了！」阿福嫂說。「那時距他們返回黑狗港才一個多禮拜呀！可憐呀……阿福，」金水想著。

突然間——「鏗——鏘——迸——」地轟然一聲巨響，吳金水的車子在拐彎處撞上了運砂石的大卡車。

陳嫂、老林，還有村中的鄉親們趕到的時候，保健站的護理人員已準備送昏迷的金水上船，「到馬公去！」他們說。

火速地轉送到馬公的醫院，經過一番急救，吳金水竟奇蹟似的活過來了，「我要去××醫學院，我要去××醫學院……」他像個受傷倒地卻仍呻吟喊打的拳手。

十二、魚與熊掌

這是吳金水第二次到××醫學院了。好似掀起一陣旋風，無聊的醫師、乏味的護士，還有學校裡大大小小、上上下下好像都在談論著這件事。「沒卵頭家?!卵葩爭奪戰?!媽的——什麼怪事都有！」一個穿著白色短上裝狀似實習醫師的男士說，在他身旁的醫師們、護士們、掃地的歐巴桑、閒得發慌的住院病人霎時捧腹大笑起來。雖然極度抑制著音量，甚至根本是無聲進行的，但那種動作和神態讓人劇烈地感到那是件天大可笑的事了。

吳丁旺從訓導處出來的時候，已是正午用膳的時間了。他想起剛才在訓導處所領受的數十雙目光的注目禮，一種屈辱、荒謬的感覺充塞心中。「到底爭的是什麼？」他近乎惑亂地喃喃自語著。

「我希望……你開導你爸爸——全屍的觀念早落伍了！」李教官拍著丁旺的肩膀說。

「連王××都願捐出身後的器官，你爸——也是不簡單的人喔……應該跟他學才有意義呀！」紅鼻朱教官和了一句。
「你知道嗎？今早你爸又去院長那裡拍桌子，而且聽說連例行記者會都有記者質詢起這事……呃，你爸真是有辦法啊！」總教官也遊走過來湊了一句。
「我到底能做什麼呢？」丁旺抬頭問。
「這……我們只是希望你轉告令尊：學校絕不是故意刁難他，況且——他那樣做，對誰都沒有好處的！到底……他也是要面子的人啊！」總教官結論似的說。
「你們說的道理，沒有人不知道！阿爸應該也很清楚。我想請問：要是換了您，您會毫不猶豫地放棄嗎？」吳丁旺說完，立起身子，默默地退出訓導處。
吳丁旺走在訓導處通往附設醫院的長廊下，整個事件的始末曲折一一流過他腦中。「沒卵頭家！」「卵葩爭奪戰！」他喃喃自語著，突然——他忍不住大笑起來！一直那麼笑著，直到淚水模糊了他的視線。
吳丁旺在父親的病房門上叩了兩下，一個護士伸出頭來說：「用餐時間，不准會客！」
「我是他兒子，有急事！」吳丁旺說。
「是丁旺嗎？叫他進來嘛！」吳金水的聲音響起。
吳丁旺面色如土地走進病房，他調過頭看看那護士。吳金水作了個手勢請小姐出去一下。

「吃過了吧？」吳金水問。吳丁旺搖搖頭。

「怎麼了？孩子，病了嗎？」吳金水詫異地問。

「阿爸現在怎麼樣？」吳丁旺問。

「這個嘛……沒什麼了！」吳金水笑笑，指著打著石膏的右腿說。「關於我的身子……那個寄生蟲主任說：十年前搬家，破損了一些；八年前颱風，也亂了一陣。但——為什麼阿福的東西會貼著我的標籤，他們實在搞不清楚……」我對他們說：「你們搞不清楚！你們糊塗，你們糊塗透了！無論如何……我要追討下去！」吳金水說著重重地放下箸子。

「阿爸——」吳丁旺打斷了吳金水的話，「我來是想告訴你：我打算休學了！這樣……才能幫忙您追討卵葩……」說著說著丁旺又笑了，淚水禁不住奪眶而下。

「什——麼？」吳金水瞪著牛目般驚訝的眼珠，「你——說——什——麼？」他又問了一句。

「休學？為了幫我討回卵葩？你啊你……讀了那麼多年的書，竟說——竟說這種傻話來！真是憨到極點了……」吳金水氣急敗壞地說。

「我不忍心繼續在這裡聽人家在背後譏笑著阿爸，訕笑著、詈罵著……我不忍心繼續聽下去……」吳丁旺搖了搖低垂的頭，慢慢走到吳金水跟前。

「爸爸——」他有一點激動地叫了一聲。「雖然——阿爸一直說：『你是相信我，還是相信村人！』可是，阿爸忍辱割去身子，是三十年前的事，而我……而我只有二十幾。所以，打從聽說那場怪病開始，我就知道您只是我的養父，可是我佩服阿爸、感謝阿爸……阿爸的勇氣和智慧非比常人……而且，如今我已長大成人、阿爸對我的恩，比誰都大……」吳丁旺說著說著不覺雙膝跪落地面。

「阿爸現在有如此重大的事——連家鄉的事業都擱置一旁，兒子不能、也不忍心袖手旁觀。所以，特別來請爸爸同意我休學，以便和阿爸共同努力，盡一點孝道！」

吳金水那如鷹隼一般犀利的目光，瞬都沒瞬一下。半晌，只是以一種奇異的眼光盯著地上的兒子。

「起來吧……我懂你的意思，我懂……」不知沉默了多久，吳金水終於長嘆了一聲說，他無力地坐下來，神情顯得疲憊而蒼老，像個退出拳賽的老邁拳手。

「我也的確是……有點糊塗了……」吳金水撫著額說。「唉……關於那……我早該對你明說了！到底你已經長大了……」「二十多年前，你本是一個溺死討海人的遺腹子。和我一樣……」吳金水說到這裡停頓了一下，聲音有點哽咽了。「我知道你母親無力養活你，自己又不能有後，就收養了你。至於——你生母，聽說已遷去臺灣了，這個我可以替你打聽。啊——這都是早該告訴你的。」吳金水平靜地說。

「還要告訴你一件更重要的事！」吳金水突然引亢了聲調，他雙眼閃爍著希望地立起身子。「我吳金水到現在還拚命賺錢的原因，是一個畢生最大的心願未了！我自己受的淩遲不想黑狗港後代子孫再受，我打算在黑狗港建一座設備不亞於臺灣的好醫院，而且——我們不要再靠外面請來的大醫師了，我要黑狗港自己的子弟來當醫師，我要黑狗港有自己的醫院，有自己的醫師！」他的聲音又哽咽了。

「如果你還念及阿爸的養育之恩，我只希望你幫我完成這個心願。」吳金水輕拍著丁旺結實的肩膀說。

丁旺許久都低頭不語。當他看到父親拖著打上厚厚石膏的右腿轉身向床邊移動時，他慢慢抬起頭來。這時——他看到了老人家異常巍峨的背影。

「回去吧！回去好好想一下，我相信你不至於傻到那種地步……」老人的聲音輕鬆而篤定地響起。

●

沒卵頭家——吳金水終於又平安地回來了！黑狗港的村人笑著迎著，「好了吧？」

他們關心地問著，露著黃牙齒笑著。「都好了！都好了！」吳金水應著，笑著。明亮的陽光下，海風吹著。當他沿著碼頭走回來旺公司的時候，他的背脊挺得直直的。雖然——這回他也是空著手回來的。

作者簡介

——王湘琦，一九五七年生，臺北市立西園國小、萬華國中、建國中學畢業，臺師大生物系、高醫學士後醫學系畢業，現為精神科專科醫師，曾任三峽靜養醫院院長，現為王湘琦身心診所院長。曾以〈沒卵頭家〉獲第一屆聯合文學新人獎短篇小說首獎，亦曾受時報文學獎、巫永福文學獎等。著有小說集《沒卵頭家》、長篇臺灣歷史小說《俎豆同榮》、長篇小說《骨董狂想曲》。

華文文學百年選 01

華文小說百年選‧臺灣卷（壹）

主編	陳大為、鍾怡雯
責任編輯	張晶惠
創辦人	蔡文甫
發行人	蔡澤玉
出版發行	九歌出版社有限公司 臺北市105八德路3段12巷57弄40號 電話／02-25776564‧傳真／02-25789205 郵政劃撥／0112295-1
九歌文學網	www.chiuko.com.tw
印刷	晨捷印製股份有限公司
法律顧問	龍躍天律師‧蕭雄淋律師‧董安丹律師
初版	2018年2月
初版 2 印	2022年7月
定價	360元

書號	0109401
ISBN	978-986-450-168-7

（缺頁、破損或裝訂錯誤，請寄回本公司更換）

國家圖書館出版品預行編目資料

華文小說百年選. 臺灣卷 / 陳大為, 鍾怡雯主編.
-- 初版. -- 臺北市 : 九歌, 2018.02

冊 ;　公分. -- (華文文學百年選 ; 01-02)

ISBN 978-986-450-168-7(壹 : 平裝). --
ISBN 978-986-450-169-4(貳 : 平裝)

857.61　　106025239